Denn was auch immer auf Erden besteht,
besteht durch Ehre und Treue.
Wer heute die alte Pflicht verrät,
verrät auch morgen die neue.

Adalbert Stifter (1805–1868), österreichischer Erzähler, Romanschriftsteller, Novellist und Maler

Die Geschehnisse, sämtliche Handlungen und Charaktere sind frei erfunden.

FSC
www.fsc.org
MIX
Papier aus verantwortungsvollen Quellen
FSC® C104608

Der CO_2-Ausstoß dieses Druckproduktes wurde mit ClimateCalc berechnet und kompensiert:
www.climatecalc.eu
Cert. no. CC-000094/DK

Bibliografische Information der Deutschen Nationalbibliothek
Die Deutsche Nationalbibliothek verzeichnet diese Publikation in der Deutschen Nationalbibliografie; detaillierte bibliografische Daten sind im Internet abrufbar über http://dnb.ddb.de

www.niemeyer-buch.de

Umschlaggestaltung: C. Riethmüller
Der Umschlag verwendet Motiv(e) von 123rf.com
Druck und Bindung: Nørhaven, Viborg
Printed in Denmark
ISBN 978-3-8271-9370-4

Dieter Aurass

OST WEST DEUTSCH TOT

CW Niemeyer

In den Staaten, in denen es die meisten freien Menschen gibt, da gibt es die wenigsten Spitzel. Aber in den Staaten, in denen es die meisten Spitzel gibt, da gibt es die wenigsten freien Menschen.

Christo Botew (1849–1876 [gefallen]), bulgarischer Lyriker und Publizist

Vorwort

Bei dem vorliegenden Roman handelt es sich um eine fiktive Geschichte, die sich allerdings in genau dieser Art oder zumindest ähnlich abgespielt haben könnte.

Zahlreiche der vorkommenden Figuren sind Personen der Zeitgeschichte, die zu dieser Zeit gelebt haben oder noch leben und die auch in den entsprechenden Positionen tätig gewesen sind.

Dazu zählen unter anderem:

- Markus Wolf, der Leiter der Auslandsspionage bei der HVA
- Horst Neubauer, der Leiter der Ständigen Vertretung
- Generalmajor Männchen, Leiter der HA III („Horch und Guck")
- Hansjoachim Tiedge, Leiter der Spionageabwehr des BfV
- ... und weitere, die im Anhang mit den genauen Daten aufgeführt werden.

Alle anderen Personen entstammen meiner Fantasie, sind aber oft an Menschen angelehnt, die ich im Laufe meiner Tätigkeit als Kriminalbeamter kennenlernen durfte.

Viele der geschilderten Vorgänge, Verhaltensweisen, Regeln und Verhältnisse bei den beschriebenen Ermittlungsbehörden habe ich in der Zeit meiner Tätigkeit bei der Spionagebekämpfung, in der Abteilung Staatsschutz des Bundeskriminalamtes, selbst erlebt.

Dieter Aurass
EKHK a. D.

Um die anfänglich sicher aufkommende Verwirrung über die Vielzahl der handelnden Personen ein wenig abzumildern, hier eine kleine Aufstellung der zu Beginn wichtigsten fiktiven Personen:

- Ricardo Müller, Hauptmann bei der Morduntersuchungskommission in Ostberlin
- Friedrich Kümmel, Oberleutnant, Kollege von Müller bei der MUK
- Freddy Ahlefeld, Hauptkommissar bei der Mordkommission Bonn
- Rudi Gattung, Erster Kriminalhauptkommissar (EKHK) und Leiter der Mordkommission Bonn
- Erich Rubischke, das Opfer.

Und hier noch die wichtigsten Abkürzungen, die immer wieder auftauchen und die nun wirklich nicht jeder kennen muss:

- IM = informelle Mitarbeiter, also Menschen, die für das Ministerium für Staatssicherheit der DDR (MfS) gearbeitet haben, sowohl Bundesbürger als auch DDR-Bürger
- HA III = Hauptabteilung III des MfS, zuständig für das Abhören von Telefonen und Funkverkehr
- HVA = Hauptverwaltung Aufklärung, die Zentrale des MfS für Spionage im Ausland

- BfV = Bundesamt für Verfassungsschutz mit Hauptsitz in Köln
- BND = Bundesnachrichtendienst mit Hauptsitz in München
- MK = Mordkommission
- MUK = Morduntersuchungskommission, das Pendant zur MK in der DDR
- PP = steht sowohl für Polizeipräsidium als auch für Polizeipräsident, jeweils abhängig vom Kontext
- MAD = militärischer Abschirmdienst der Bundeswehr mit Hauptsitz in Köln
- V-Mann = Vertrauens-Mann, also eine Person, die in einer kriminellen Organisation für die Polizei ermittelt, nicht zu verwechseln mit einem „verdeckten Ermittler", der immer ein Polizist ist.

Für
Adi Ahlefeld, meinen leider viel zu früh verstorbenen Freund und Kollegen. Wir haben viel zusammen erlebt, viel Spaß gehabt und vor allem viel gelacht.
In dankbarer Erinnerung an unseren gemeinsamen Weg.
Ich denke, dieses Buch hätte dir gefallen.

Prolog I

Ostberlin, am Teltow-Kanal, 4. November 1963

War das ein Schatten, der sich da bewegt hat?

Die Nacht war noch nie sein Freund gewesen. Und vor allem die Schatten, die alles Mögliche hätten sein können, hatten ihm schon als Kind Angst gemacht.

Aber welcher frisch gebackene Offizier der Nationalen Volksarmee der DDR hätte schon zugegeben, dass er eher der Tageslicht-Typ war und sich vor der Dunkelheit fürchtete?

Und dann war da ja auch noch die Angst vor der Angst.

Was war, wenn er aus Furcht einen Fehler machte, falsch reagierte oder auf nicht-existente Schatten schoss?

Nicht, dass es da viel gegeben hätte, was man hätte falsch machen können. Die Befehle waren klar und eindeutig:

- Jeder, der versucht, diese Grenze zu überwinden, wird ein einziges Mal angerufen.
- Sollte der Republikflüchtling nicht sofort aufgeben, ist ohne weitere Warnung zu schießen.

Genau darauf waren sie trainiert worden. Immer und immer wieder. Sie alle hatten in vielen Tests und Überprüfungen beweisen müssen, dass sie treue Bürger der noch jungen Republik waren, überzeugte Anhänger des real existierenden Sozialismus und sie dem geleisteten Eid treu sein würden, ihr Volk vor allen äußeren und inneren Feinden zu schützen.

Auch vor dem Verrat am Volke, den es bedeutete, wenn jemand den Versuch unternahm, den antiimperialistischen Schutzwall zu überwinden und zum Feind der Arbeiterklasse auf der anderen Seite überzulaufen.

Er wusste, dass es in den vergangenen zwei Jahren schon einige solcher Versuche gegeben hatte, und in Kreisen der Armee kursierten Gerüchte, dass dabei auch schon einige Male geschossen worden war. Es hatte Festnahmen, Verletzte und auch schon Tote gegeben. Genaue Zahlen wurden nicht veröffentlicht, und es war den Soldaten auch verboten, darüber zu reden.

Er war grundsätzlich ein positiv denkender Mensch und deshalb überzeugt, dass nicht ausgerechnet während seiner Wache jemand versuchen würde, genau in diesem Abschnitt den Teltow-Kanal zu überwinden, um in den gegenüberliegenden Westberliner Stadtteil Zehlendorf zu gelangen.

„Da ist doch was! Schau mal, da vorne rechts!“, riss ihn plötzlich die laute Stimme seines Kameraden völlig unerwartet aus seinen Gedankengängen ... die ihn eigentlich von seinen Ängsten hatten ablenken sollen.

„Was? Wo?“

„Da!"

Sein Kamerad zeigte in die Richtung, in der sich angeblich etwas bewegt haben sollte.

Und sosehr er sich bemüht hatte, sie in Schach zu halten, so plötzlich war sie wieder da: die Angst vor den Schatten.

Es war eine Stunde nach Mitternacht, der neue Tag war zwar angebrochen, aber die Dunkelheit würde noch für viele Stunden nicht weichen. Er starrte in die Schwärze über dem Wasser des Kanals. Es ging fast kein Wind, und er versuchte angestrengt, auch nur das geringste Geräusch zu hören ... vergeblich.

„Da, genau da drüben!", schrie sein Kamerad, und er sah, wie der andere neben ihm die Waffe nach oben riss und in die angezeigte Richtung anlegte. Dabei rief er mit lauter, aber nicht zu überhören leicht unsicherer Stimme: „Halt, stehen bleiben oder wir schießen!"

Meint er das wirklich ernst? Ich sehe überhaupt nichts.

Im gleichen Moment hörte er kurz vor sich im Wasser ein Plätschern und fuhr in die neue Richtung herum. Gerade als er eine laute Warnung in Richtung des Geräusches rufen wollte, begann sein Kamerad zu schießen. Gleichzeitig brüllte er wie ein Kamikazepilot kurz vor dem Auftreffen seines Flugzeuges in ein feindliches Schiff: „Aaaaaahhhhhhh!"

Sein Schrei wurde von dem schnellen „Tack, tack, tack, tack, tack!" seiner Maschinenpistole nahezu übertönt.

Erst als er das Rucken in seiner Hand bemerkte, fiel ihm auf, dass seine eigene Waffe das gleiche Geräusch von sich gab und sich langsam von links nach rechts bewegte ... bei jedem „Tack“ ein wenig weiter ... und bei jedem „Tack“ sah er auf dem bisher ruhigen Wasser eine neue Fontäne aufspritzen, die sich in einer fast geraden Linie von links nach rechts bewegte. Ihm war nicht klar, warum er gerade in diesem Moment an die Untersuchungen des russischen Forschers Pawlow denken musste, die er vor einigen Wochen zum Thema Reflexe und wie diese antrainiert wurden gelesen hatte.

Er realisierte auch nicht sofort, was die kurze Unterbrechung der langen Linie von kleinen Fontänen bedeutete, bis er den spitzen Schrei und das kurz darauf folgende, lautere Geplätscher und dann ein gurgelndes Geräusch hörte.

Aber ich habe doch gar nichts gesehen.

Nichtsdestotrotz hatte er keinen Zweifel daran, dass seine unbeabsichtigt ausgelösten Schüsse tatsächlich etwas getroffen hatten.

Nein, nicht etwas, korrigierte er sich selbst, *jemanden.*

Er wusste nicht, was er nun tun sollte.

Er wusste noch nicht einmal, was er eigentlich getan hatte.

Er wusste erst recht nicht, wie er sich dabei fühlen sollte.

Aber seine Gedanken rasten, und alles drehte sich immer wieder darum, ob er nun ein Angsthase oder ein

Verbrecher war ... oder ein Held der Republik ... oder irgendwas dazwischen.

Was würde sein Kamerad sagen? Auf was hatte der geschossen? Wie würden seine Vorgesetzten reagieren?

Aber zu einem Kernpunkt seiner Überlegungen kehrten seine Gedanken immer wieder zurück:

Ich glaube, ich habe gerade jemanden erschossen. Aber es war doch richtig ... oder?

Prolog II

Bonn, 23. November 1988, 21:30 Uhr

„Hallo?"

„Steht der Termin für die Übergabe fest?"

„Ja, keine Sorge, alles klar."

„Gut." *(Klick)*

Das Gespräch war so schnell beendet, wie es kurz gewesen war, und Erich Rubischke legte ebenfalls einfach auf.

Er sah sich in seinem Hotelzimmer um, und ihm wurde wieder einmal bewusst, welchen Luxus der Westen zu bieten hatte. Aber auch, was er für ein Glück hatte, dass ihm dieser Luxus zur Verfügung stand.

Als es an der Tür klopfte, band Rubischke sich den Gürtel des weißen Bademantels, in dem er erst vor fünf Minuten aus der Sauna wieder auf sein Zimmer zurückgekehrt war, etwas enger, bevor er sich zur Tür begab.

„Ja, bitte?"

„Zimmerservice. Ihr bestellter Champagner!", erklang eine weibliche Stimme von der anderen Seite.

Rubischke entriegelte die Tür und öffnete. Mit einem Champagnerkühler in beiden Armen stand eine junge und ausnehmend hübsche Frau vor ihm und lächelte ihn an.

„Wo darf ich Ihnen den Champagner hinstellen?", fragte sie mit einer angenehmen Altstimme.

Rubischke trat zur Seite und wies in die Suite.

„Stellen Sie ihn einfach auf den Couchtisch ... bitte."

Er betrachtete ihr sehenswertes Hinterteil, als sie an ihm vorbeiging, und überlegte einen kurzen Moment, ob er versuchen sollte, die Situation zu nutzen. Trotz seiner achtundfünfzig Jahre und des Umstands, dass sie vermutlich seine Enkelin hätte sein können, war er stolz auf seinen gestählten Körper und prinzipiell einem Abenteuer nicht abgeneigt. Aber er war sich nicht sicher, dass die junge Frau ähnlich willig sein würde wie einige Bürgerinnen der DDR, die er in vergleichbaren Situationen angemacht hatte, und er konnte sich keine Komplikationen leisten.

Aber ich sollte ihr auf jeden Fall ein großzügiges Trinkgeld geben, überlegte er sich und wandte sich dem „stummen Diener" zu, auf dem er sein Jackett ordentlich aufgehängt hatte ... als plötzlich alle Lichter erloschen.

Erich Rubischke verspürte weder einen Schmerz noch blieb ihm die Zeit, zu begreifen, was gerade mit ihm passiert war.

Als der Eispickel von hinten unter der Schädelbasis in sein Hirn eindrang und innerhalb des Bruchteils einer Sekunde seinen Tod verursachte, fiel er wie ein nasser Sack zu Boden.

***

Die junge Frau zog langsam und mit Bedacht den Eispickel aus dem Kopf ihres Opfers, drehte sich langsam um die eigene Achse und sah sich in dem Raum um. Erst als sie sich sicher war, dass es keine Spuren von ihr gab, zog sie sich leichte Stoffhandschuhe an, nahm den Eiskübel wieder vom Couchtisch und verließ das Zimmer. Dabei vergaß sie nicht, sicherheitshalber noch einmal alle Flächen, auf denen sie vielleicht Fingerabdrücke hätte hinterlassen haben können, mit den Stoffhandschuhen abzuwischen. Von der Innenseite der Hotelzimmertür nahm sie den Türanhänger mit der Aufschrift *Bitte nicht stören* hängte ihn an die Außenseite und zog die Tür hinter sich zu.

Kapitel 1

Bonn, 25. November 1988

„Und? Was haben wir denn heute Besonderes? Liebhaber von Freundin oder Freund einer Gespielin ermordet? Beischlafdiebstahl, der aus dem Ruder gelaufen ist? Oder war das so ein reicher Sack, der mal wieder mit zu viel Geld um sich geworfen hat und dafür ausgeraubt und ermordet wurde?“

Freddy Ahlefelds Unart, bei jedem ersten Eintreffen an einem Tatort sofort alle möglichen Theorien aufzustellen, ging seinen Kolleginnen und Kollegen, sowohl denen aus der Mordkommission als auch den Spurensicherungsbeamten des Polizeipräsidiums Bonn, gehörig auf die Nerven – und er wusste es genau.

Aber es bereitete ihm diebische Freude, es immer und immer wieder zu tun und dann in vielen Fällen später dahin gehend bestätigt zu werden, dass eine seiner Theorien sich als zutreffend herausstellte.

„Mensch, Ahlefeld, halt doch einfach mal die Klappe und lass den Gerichtsmediziner oder die Spurensicherer zuerst mal sagen, was sie bisher wissen und was sich daraus folgern lässt“, blaffte EKHK Rudi Gattung, der älteste Mitarbeiter der MK und gleichzeitig Teamleiter der Truppe, ihn an.

Freddy Ahlefeld zuckte mit den Schultern und näherte sich der Leiche, die nur mit einem Bademantel bekleidet vor einem „stummen Diener" lag, auf dem eine Anzughose und ein Jackett ordentlich abgelegt waren. Einer der Spurensicherer war gerade dabei, die Taschen des Jacketts zu leeren.

„Oh, das wird lustig", äußerte sich der junge Mann, den Freddy nur vom Sehen kannte, „das wird so richtig lustig!" Dabei hielt er den Ausweis hoch, den er aus der Brieftasche aus dem Jackett genommen hatte, sodass Freddy ihn sehen konnte.

Der kniff die Augen zusammen und besah sich das Dokument aus der Nähe.

„Ach du Scheiße, das hat uns noch gefehlt. Ein beschissener Kommunist", stellte Freddy mit aufgerissenen Augen fest.

Gattung war hinzugetreten, und da er im Gegensatz zu Freddy Handschuhe trug, nahm er dem Spurensicherer den Ausweis aus der Hand und sah ihn sich näher an.

„Erich Rubischke, geboren 1930 in Dresden, wohnhaft in Berlin ..."

„Ostberlin, wohlgemerkt", wagte Freddy einzuwerfen.

„... in Berlin, der Hauptstadt der DDR", fuhr Gattung ungerührt fort. „Ich befürchte, das wird einige Verwicklungen und Beschränkungen für unsere Ermittlungen nach sich ziehen."

Zwischenzeitlich war das Bestattungsunternehmen eingetroffen, das die Leiche in die Gerichtsmedizin transportieren würde. Die beiden Männer in den dunklen Anzügen warteten auf dem Flur vor dem Hotelzimmer darauf, dass die Leiche für den Transport freigegeben würde.

In einer Ecke des Raumes stand – immer wieder von den Beamten ermahnt, sich nicht von der Stelle zu rühren – ein Mitarbeiter des Hotels, der ohne Unterlass seine Hände knetete. Sehr wahrscheinlich machte sich der Mann mittleren Alters darüber Gedanken, welche Auswirkungen dieser Todesfall auf die Reputation des Nobelhotels haben würde. Es bereitete Freddy eine diebische Freude, langsam zu dem Mann hinzuschlendern und noch ein wenig Öl ins Feuer zu gießen. „Oh, oh, das wird eine üble Presse geben, wenn die Zeitungen über die ganzen schmutzigen Details dieses Mordes berichten. Besorgen Sie sich besser schon mal einen guten Anwalt, sonst haben Sie in Kürze viele leere Zimmer in diesem schönen Hotel."

Die Augen des Mannes hatten sich in offensichtlichem Entsetzen geweitet, und sein Mund formte ein großes „O", was Freddy geradezu genoss. In den letzten Jahren waren ihm zu viele arrogante und wenig hilfsbereite Hotelangestellte und vor allem Hotelmanager untergekommen, die es genossen, dass die Polizei auf ihre Mithilfe angewiesen war, und die sich deshalb oft die Würmer aus der Nase ziehen ließen.

Freddy hätte gerne noch einen draufgesetzt, sah aber aus dem Augenwinkel, dass der Leiter des Spurensicherungstrupps, Kurt Müller-Lobeck, gerade seinen Chef zu sich winkte.

Offenbar gab es erste Erkenntnisse, und die wollte er sich auf keinen Fall entgehen lassen. Also eilte er zu den beiden und lauschte den Ausführungen des Tatortermittlers.

Freddy kannte Müller-Lobeck nun schon seit vielen Jahren, und der ziemlich übergewichtige Mittfünfziger mit den ausgedehnten Geheimratsecken war ihm schon immer sehr sympathisch gewesen, unter anderem wegen seines trockenen Humors. Allerdings war Müller-Lobeck auch ein ausgesprochener Könner auf seinem Fachgebiet und nervte vor allem nicht mit Vermutungen, sondern schilderte Fakten und Erkenntnisse, die in den meisten Fällen sehr nützlich für die weiteren Ermittlungen waren.

„Ich will mich noch nicht zu weit aus dem Fenster lehnen und auf keinen Fall den Ergebnissen einer Obduktion vorgreifen, aber der Mann ist schon mindestens sechsunddreißig Stunden tot, und es war kein natürlicher Tod."

„Geht das auch etwas genauer?", fragte Gattung ungehalten.

„Aber selbstverständlich. Mir ist ein vergleichbarer Fall zwar schon lange nicht mehr untergekommen, aber das sieht mir mehr nach einer Hinrichtung aus als nach einer Tat im Affekt. Der Mann wurde mit großer Sicherheit erstochen."

„Ohne Blut?" Freddy konnte seine ungläubig geäußerte Frage nicht zurückhalten, obwohl er sich dafür einen mahnenden Blick seines Vorgesetzten einhandelte.

„Ja, mein vorlauter Freund, ohne Blut. Als Tatwaffe kommt jedes ausreichend lange, dünne und spitze Werkzeug infrage, von einer Stricknadel bis hin zu einem Eispickel, wobei ich auf Letzteres tippen würde, da ich mir nicht vorstellen kann, dass ein Profikiller mit Stricknadeln hantiert."

Bei dem Wort „Profikiller" waren sowohl Freddy als auch Rudi Gattung zusammengezuckt, weil sich die Ermittlungen sicherlich sehr schwierig gestalten würden, wenn diese Vermutung zutreffen sollte.

„Vorsichtig mit solchen Mutmaßungen", mahnte Gattung. „Und wie ging dieser Mord dann vonstatten?"

Der Tatortermittler wandte sich ab und ging zu der auf der Seite liegenden Leiche. Freddy und Gattung folgten ihm. Dort wies Müller-Lobeck auf den Nackenbereich des Toten, wo unter dem militärisch kurz geschnittenen grauen Haar eine gerade noch so erkennbare, runde Einstichstelle zu sehen war, aus der auch eine geringe Menge Flüssigkeit ausgetreten war.

„Da ich keinerlei andere Verletzung entdecken konnte, gehe ich davon aus, dass ihm von hinten mit einer Stichrichtung nach oben die Waffe ins Gehirn getrieben wurde." Er grinste die beiden Kriminalbeamten an. „Ich weiß zwar nicht, ob euch das irgendwie beruhigt, aber der Mann ist in Bruchteilen einer Sekunde gestorben und hat vermutlich nicht mal mitgekriegt, was ihm da passiert. Beruhigend, oder?"

Gattung und Freddy verdrehten unisono die Augen und wandten sich ab. Trotz häufiger Meinungsverschiedenheiten lagen sie doch in vielen Dingen auf einer Wellenlänge. Lediglich Gattung drehte sich noch einmal kurz um und murmelte ein leises: „Danke für die Infos".

Freddy war gedanklich schon an einer ganz anderen Stelle der Überlegungen zur weiteren Vorgehensweise.

Welche Ermittlungsansätze hatten sie, wenn es sich tatsächlich um eine Hinrichtung durch einen Profikiller handelte? Was waren die politischen Implikationen, wenn ein Bürger der DDR in einem Nobelhotel in Bonn ermordet wurde? Würde man ihnen den Fall überhaupt lassen?

Eine ganze Menge Fragen, auf die er hoffte, so schnell wie möglich eine Antwort zu finden. Nichtsdestotrotz machte er sich gedanklich schon auf eine Ermittlung mit vielen Schwierigkeiten und Hemmnissen gefasst.

Kapitel 2

Ostberlin, 26. November 1988

Als Ricardo Müller an diesem Morgen das Büro der Morduntersuchungskommission betrat, fiel ihm als Erstes der verstörte Blick seines Kollegen Friedrich Kümmel auf. Er hatte wie jeden Morgen ein fröhliches „Guten Morgen, Kollegen" in den Raum gerufen, aber zu seinem Erstaunen kaum eine Reaktion erhalten.

Kümmel hatte sich etwas in den Bart gemurmelt und war sofort seinem Blick ausgewichen.

Müller schüttelte verwundert den Kopf und fragte sich, was wohl jetzt wieder los war. Ein neuer Fall für die MUK hätte eine andere Reaktion unter seinen Kollegen hervorgerufen.

Vielleicht eine drohende Umorganisation oder ein Rüffel aus der Zentrale der Volkspolizei für irgendein vermeintliches Fehlverhalten? Möglich ist alles.

Also fasste er sich in Geduld und harrte der Dinge, die da kommen mochten. Er setzte sich an seinen Schreibtisch und kontrollierte, ob sich ein neuer Vorgang fand, was jedoch nicht der Fall war.

Er hatte noch nicht mal die Zeit gefunden, sich einen Kaffee zu holen, als Oberst Hartmann ohne anzuklopfen in das Büro stürmte und sich hektisch umblickte. Sein Blick fiel auf Müller, und er riss die Augen auf.

„Hauptmann Müller, hat Ihnen noch niemand gesagt, dass ich Sie unverzüglich in meinem Büro sehen wollte?", brüllte er Ricardo entgegen. „Oder warum sonst sitzen Sie an Ihrem Schreibtisch und langweilen sich?"

Ricardo würdigte ihn keiner Antwort, sondern sah ihn lediglich mit auf die Seite gelegtem Kopf und hochgezogenen Augenbrauen an.

„Mitkommen!", rief Hartmann und stürmte aus dem Büro.

Ricardos Kollegen sahen allesamt betreten vor sich auf ihre Schreibtische, und er fragte sich, welchem Umstand er es zu verdanken hatte, dass ihn niemand vorgewarnt hatte. Schweigend folgte er Hartmann bis in dessen Büro. Sein Vorgesetzter begab sich sofort hinter seinen Schreibtisch und ließ sich in den Bürostuhl fallen.

„Tür zu! Setzen!", bemerkte er, begleitet von einem Handzeichen auf den einzigen Stuhl gegenüber dem Schreibtisch.

Ricardo ließ sich Zeit, begab sich langsam zu dem Stuhl und setzte sich. Noch während dieses Vorgangs sagte er erstmals, seit der Oberst in ihrem Büro aufgetaucht war, etwas.

„Sie hatten recht."

„Wie bitte?"

„Ich sagte, dass Sie recht hatten."

„Womit?“ Hartmann war sichtlich verwirrt.

„Damit, dass niemand so freundlich war, mir mitzuteilen, dass Sie mich zu sprechen wünschten. Ich vermute mal, dass meine Kollegen weniger ängstlich gewesen wären, wenn Sie ihnen gesagt hätten, worum es geht.“

Hartmann bekam einen hochroten Kopf, vermutlich weil er sich darüber ärgerte, dass Ricardo es geschafft hatte, ihn so aus der Ruhe zu bringen und zu verunsichern.

„Ihr loses Mundwerk wird eines Tages noch mal Ihr Untergang sein. Und jetzt Klappe halten und zuhören.“

Er lehnte sich in seinem Sessel zurück und ließ sich Zeit, vermutlich um Ricardo zu ärgern. Aber eine solche Strategie hatte bei dem erfahrenen Kriminalisten keine Aussicht auf Erfolg. Gelassen und geduldig sah Ricardo seinen Vorgesetzten abwartend an. Er hatte nicht wirklich Angst um seine Position oder dass man ihm etwas vorwarf, da er sich nichts hatte zuschulden kommen lassen. Sein bisweilen vorlautes Mundwerk hatte ihm bisher kaum geschadet, da er der erfolgreichste Ermittler der MUK war. Sein Einfühlungsvermögen in Menschen und seine realistische Einschätzung dieser Menschen, sagten ihm in der Regel sehr schnell, ob er angelogen wurde oder ob ein Zeuge oder Beschuldigter die Wahrheit sagte. Alleine aus diesem Grund schlotterten ihm nun nicht gerade die Knie, wie es bei manchem anderen der Fall gewesen wäre.

Irgendwann holte Hartmann tief Luft, verdrehte die Augen nach oben und schüttelte leicht den Kopf.

„Nun gut, also, die Sachlage ist die, dass ich heute Morgen Besuch eines hochrangigen Vertreters der Staatssicherheit bekam und ... bei diesem Gespräch ging es um Sie.“

Nun wurde es Ricardo doch etwas mulmig, aber das wollte und würde er sich ums Verrecken nicht anmerken lassen. Also war das Einzige, was er sich leistete, das leichte Hochziehen einer Augenbraue.

Hartmann mahlte mit den Kiefern angesichts des mangelnden Erfolges seiner Strategie.

„Sie reisen in den Westen“, bemerkte er ohne Vorwarnung oder weitere Erklärung.

Nun hatte er Ricardo doch verblüfft, und die Zufriedenheit darüber, dass man es Ricardo ansehen konnte, war wiederum dem Oberst anzumerken.

„Machen Sie sich keine falschen Hoffnungen, Müller. Gemeint ist eine Dienstreise nach Bonn. Sie sollen dort die Kollegen der BRD bei Ermittlungen ... unterstützen.“

Wohl kaum, dachte Ricardo, *wahrscheinlich eher überwachen oder kontrollieren.*

Allerdings wollte ihm kein Grund einfallen, warum die westdeutsche Polizei das zulassen sollte. Aber viel wichtiger als der Grund für die Reise war ihm etwas anderes.

„Warum gerade ich?“

Diese Frage schien Hartmann zu erfreuen, denn erstmals schlich sich ein Grinsen auf sein Gesicht.

„Weil Sie, mein lieber Müller, glücklich verheiratet sein sollen und drei kleine Kinder haben ... was die

Wahrscheinlichkeit einer Republikflucht doch erheblich minimiert oder habe ich unrecht?“

Ricardo war schockiert. Aber mehr als die Frage, woher die Staatssicherheit wissen wollte, ob er tatsächlich glücklich verheiratet war, interessierte ihn nun doch, worum es eigentlich ging.

„Darf ich schon vor Antritt meiner Dienstreise erfahren, worum es geht? Oder werden mir das erst die Kollegen im Westen erzählen?“

Die Verärgerung war auf Hartmanns Gesicht zurückgekehrt.

„Es geht um einen Mord an einem DDR-Bürger“, knurrte er brummig. „Mehr brauchen Sie im Moment nicht zu wissen, denn die Herren der Hauptverwaltung Aufklärung der Staatssicherheit werden Sie vor Ihrer Abreise noch intensiv vorbereiten und Ihnen die Spielregeln Ihrer Reise erklären.“

Ricardos Gedanken überschlugen sich in dem Versuch, die möglichen Ursachen für ein solches Verfahren auszuloten. Ihm wollte nichts einfallen, was eine solche bisher von ihm nie gehörte Vorgehensweise hätte auslösen können.

Und ihm war noch völlig unklar, ob er sich freuen oder Angst haben sollte.

Kapitel 3

Flughafen Köln-Bonn, 26. November 1988

Ricardo Müller konnte nicht verhindern, dass sein Puls sich beschleunigte, als er am Flughafen Köln-Bonn den Flieger der Aeroflot verließ und erstmals in seinem Leben den Boden der BRD betrat.

Wären nicht die widrigen Umstände gewesen, hätte er einen Freudenschrei ausstoßen können, aber so ...? Yvonne und die Kinder waren von dem Gedanken nicht begeistert gewesen, dass er in den Westen reisen würde. Ohne sie! Nicht, dass sie Angst gehabt hätten, er würde nicht mehr wiederkommen, nein, das war kein Thema. Aber zu gerne hätte Yvonne ihn begleitet, natürlich nur mit den Kindern. Und dann ... ja, dann wäre es mehr als fraglich gewesen, ob die DDR sie jemals wiedergesehen hätte.

So aber war er nun alleine an dem Ort, von dem er die letzten Jahre immer wieder geträumt hatte. Der Ort der Freiheit! Der Freiheit, zu tun, was immer man auch gerne tun wollte. Na ja, fast alles. Keine staatliche Überwachung, keine Angst vor einem offenen Wort mit den Nachbarn oder Arbeitskollegen, keine Bevormundung und vor allem keine Reisebeschränkungen.

Seine Mutter war kurz nach dem Krieg als diplomatische Mitarbeiterin der kubanischen Botschaft nach Berlin gekommen und hatte dort seinen Vater kennengelernt. Als Ricardo 1950 auf die Welt gekommen war, hatte die Familie noch überlegt, nach Kuba auszuwandern, aber irgendwie hatte man den Absprung verpasst. Als dann 1959 die Revolution in Kuba ausbrach, waren alle Verwandten seiner Mutter in die USA geflüchtet, und als dann schließlich 1961 die Mauer gebaut wurde, war an eine Familienzusammenführung nicht mehr zu denken gewesen.

Ricardo war in die 1949 gegründete DDR hineingeboren worden, kannte also nichts anderes – wenn man von den Bildern des Westfernsehens absah, die ihm oft unglaublich erschienen waren –, und er wäre vermutlich einigermaßen zufrieden gewesen, hätte nicht seine Mutter mit den Erzählungen von ihrer Heimat ein Fernweh in ihm geweckt, das er sich bisher nicht hatte erfüllen können.

Eine Zeit lang hatte er nach Eintritt in die Volkspolizei mit dem Gedanken gespielt, sich zu einem Austauschprogramm ins kommunistische Kuba einteilen zu lassen, aber er war zu oft mit seinen Vorgesetzten aneinandergeraten. Er hatte seinen Hang zum Widerspruch gegen unsinnige Befehle und seine Abneigung gegen inkompetente Vorgesetzte nie in den Griff bekommen können. Damit hatte er sich einige Chancen verbaut, und wäre er nicht ein so guter Ermittler gewesen, hätte seine Karriere schnell ein Ende gefunden.

Während der Bus, der die Passagiere vom Flugzeug abgeholt hatte, auf umständlich erscheinenden Wegen zum Terminal fuhr, rief ihm der Gedanke an seine Vorgesetzten wieder in Erinnerung, wie er in der Zentrale des MfS in der Normannenstraße für seine Reise instruiert worden war.

Alleine das Betreten der MfS-Zentrale hatte etwas Furcht einflößendes und hatte bei ihm eine ungewohnte Unsicherheit ausgelöst. Er war in einen Raum geleitet worden, den er aufgrund seiner Erfahrung sofort als Verhörraum mit Einwegspiegel erkannt hatte. Dort hatte man ihn eine halbe Stunde alleine sitzen lassen, bevor ein unscheinbarer Mann in einem schlecht sitzenden Anzug durch die Tür getreten war.

„Guten Morgen, Hauptmann Müller", hatte der MfS-Mitarbeiter ihn kühl begrüßt, eine dicke Akte auf den einzigen Tisch im Raum geknallt und sich ihm gegenübergesetzt.

„Mein Name ist Major Zimmermann, und ich bin hier, um Sie auf den Einsatz im Feindgebiet vorzubereiten."

Ach du lieber Himmel, was hab ich mir da eingebrockt, war es Ricardo durch den Kopf geschossen. Allerdings hatte eine Ablehnung seines Einsatzes nie zur Diskussion gestanden.

„Nun, wie ist Ihre Einstellung zur BRD?", hatte Zimmermann gefragt, ohne sein Studium der Akten zu unterbrechen oder gar aufzusehen.

„Brauche ich eine Einstellung?"

Das wiederum hatte Zimmermann endlich dazu gebracht, von der Akte aufzusehen. Er hatte einen Augenblick überlegen müssen, bevor sich seine Augenbrauen zusammenzogen.

„Es stimmt also, was in Ihrer Akte steht. Sie sind ein arroganter und oft unbotmäßiger Querulant, der es mit der Treue zum sozialistischen Staat nicht so genau nimmt. Aber ich darf Sie warnen, Sie stehen unter genauester Beobachtung, und bei der kleinsten Abweichung von Ihren Befehlen wird eine harte Bestrafung die Folge sein."

Er hatte sich wieder der Akte gewidmet, darin geblättert, ab und zu die Stirn gerunzelt und den Kopf geschüttelt. Dann hatte er wieder aufgeblickt.

„Und?", hatte er ungeduldig gefragt.

„Und was?"

„Ihre Einstellung zur BRD natürlich. Mann, stellen Sie sich nicht dümmer, als Sie sind."

Ricardo hatte sich mehr Zeit gelassen, als er für eine Antwort gebraucht hätte.

„Nun ja", hatte er bedächtig geantwortet, „ich weiß, wie jeder in diesem Land, dass der kapitalistische Ausbeuterstaat, der sich Bundesrepublik nennt, der Feind aller sozialistischen Bruderstaaten und seiner braven Bewohner ist und nichts anderes als die Weltherrschaft im Sinn hat."

Es hatte einen Moment gedauert, bis Zimmermann sich entschieden hatte, wie er diese Aussage werten sollte. Er hatte die Akte zugeklappt und Ricardo böse angestarrt.

„Übertreiben Sie es nicht, Müller. Ich kenne Typen wie Sie zur Genüge. Mich verarschen Sie nicht und ... vor allem nicht ungestraft. Prinzipiell ist es mir schnurzegal, wie Sie zu Ihrem Vaterland stehen, solange Sie wissen, wo Ihre Prioritäten liegen. Sie haben Familie, und Ihre Familie ist hier, also zweifle ich nicht daran, dass Sie für das Wohl Ihrer Familie alles tun würden, was notwendig ist. Habe ich mich klar ausgedrückt?"

Das war schon fast keine versteckte Drohung mehr gewesen, sondern eine ziemlich offene. Aber er war noch nicht fertig gewesen: „Sie dürfen selbstverständlich mit Ihrer Dienststelle telefonieren, aber lediglich belanglose Ermittlungsergebnisse."

Dürfen? Was soll das werden? Bin ich etwa ab jetzt Spion? Ricardo war überrascht von dieser Wendung gewesen.

„Alle wichtigen Telefonate mit uns", hatte Zimmermann ungerührt weitergeredet, „führen Sie selbstverständlich von der Ständigen Vertretung der DDR in Bonn, wo kein westlicher Geheimdienst mithören kann. Den Botschafter haben wir bereits unterrichtet. Ich muss Ihnen keine Telefonnummern geben, der Kulturattaché ist einer unserer Leute und wird Sie entsprechend unterrichten. Er wird Ihnen auch vor Ort sagen, worauf Sie achten müssen bei den West-Beamten. Trauen Sie niemandem, erzählen Sie nichts, sondern halten Sie ausnahmsweise mal den Mund und lauschen. Haben Sie das verstanden, Herr Hauptmann?"

Er hatte kurz überlegt, ob er wieder eine schnippische Antwort geben sollte, sich aber dagegen entschieden. Dies war weder der Ort noch die Zeit, wo man mit der Staatssicherheit seine Kräfte messen sollte.

Stattdessen hatte er mit ernster Miene: „Jawoll, Herr Major", gesagt und war kurz darauf entlassen worden. Allerdings hatte Zimmermann ihm noch eine Menge unsinniger Ratschläge über den richtigen Umgang mit den „Kapitalisten" mit auf den Weg gegeben.

Ricardo war inzwischen an den Transportbändern für die Koffer angekommen und wollte sich gerade auf eine längere Wartezeit einrichten, als bereits die ersten Koffer über eine Rampe auf das Förderband rutschten.

Er schnappte sich seinen uralten Reisekoffer, mit dem er sich sehr unwohl zwischen den ganzen Reisenden mit modernen Koffern mit Rollen fühlte, und begab sich in Richtung Ausgang. Noch vor dem Abflug war er von seiner Dienststelle darüber informiert worden, dass ihn jemand abholen würde – allerdings weder, wer das sein würde, noch wie sie sich gegenseitig würden erkennen können.

Als er nun aus dem Zollbereich ohne jegliche Kontrolle in den Bereich trat, wo die Reisenden von Verwandten, Freunden oder Geschäftspartnern erwartet wurden, sah er sich unvermittelt einer Menschenmenge gegenüber, in der er auf den ersten Blick niemanden ausmachen konnte, der als Abholer infrage kommen konnte.

Erst auf den zweiten Blick fiel ihm das kleine Pappschild mit der Aufschrift „R. Müller – MUK“ auf, das von einer Person, die sich nicht die Mühe machte, die Passagiere genauer zu betrachten, gelangweilt in die Luft gehalten wurde. Dieser Mann schien darauf zu warten, dass der Gast, den er in Empfang nehmen sollte, von sich aus auf ihn zukommen würde.

Ricardo betrachtete den Mann genauer. Er war etwa in seinem Alter, also Ende dreißig, ein paar Zentimeter größer, wahrscheinlich etwa eins fünfundsiebzig, und hatte für Ricardos Geschmack zu lange, ungepflegt wirkende Haare. Er trug eine Jeans, Turnschuhe und eine ziemlich zerfledderte Jeansjacke.

Vermutlich ein Kraftfahrer, der mich zu meinem Ziel bringen soll.

Also ging er zielstrebig auf ihn zu.

„Guten Tag, ich bin Ricardo Müller, und Sie sollen mich vermutlich abholen.“

Der Blick und die Art und Weise, wie der Mann ihn abschätzend von oben bis unten begutachtete, ließen nichts Gutes erahnen.

Kapitel 4

Bonn, 26. November 1988

Freddy Ahlefeld kam sich vor wie ein bescheuerter Chauffeur, der einen Hotelgast vom Flughafen abholen sollte. Das Pappschild mit dem mit Filzstift aufgemalten „R. Müller“ kam ihm so lächerlich vor, dass er es zwar hochhielt, sich aber gelangweilt abwandte, als ginge ihn die ganze Aktion nichts an.

Zum einen fragte er sich, was Ricardo für ein beknackter Vorname für einen „Müller“ sein sollte, aber es ging ihm auch nicht aus dem Kopf, ob es nicht doch eine Bestrafungsaktion sein sollte, dass sein Chef ausgerechnet ihn als Betreuer des DDR-Kollegen ausgesucht hatte.

„Wie bitte? Ich glaub, ich hör nicht richtig. Ausgerechnet ich soll das Kindermädchen für so einen Stasi-Fuzzi spielen?“, hatte er seinen Chef, Rudi Gattung, entgeistert gefragt.

„Ja, ausgerechnet du“, hatte Gattung geantwortet, „und ich habe mir sehr wohl etwas dabei gedacht. Vielleicht lernst du bei der Zusammenarbeit mit diesem Beamten mal, dein vorlautes Mundwerk ein wenig im

Zaum zu halten. Mensch, Freddy, du bist so ein guter Mordermittler und wärst schon längst selbst Leiter einer Mordkommission, wenn du nicht immer erst reden und dann denken würdest.“

„Aber ich ...“

„Nichts, aber. Das wird für dich eine wertvolle Erfahrung werden, mal genauer darüber nachzudenken, was du sagst oder vielleicht besser nicht sagst, bevor du es sagst. Wir wissen noch nichts über den Kollegen, der angeblich von der Morduntersuchungskommission Berlin, dem Pendant zu unserer Mordkommission, kommen soll. Es ist ein Hauptmann Ricardo Müller, also auch im Dienstrang dir gleichgestellt.“

„Aber ...“

„Ende mit ‚aber‘, mein Lieber. Wir wissen noch nicht, ob der angebliche Kollege vielleicht in Wirklichkeit ein Stasi-Mann ist, was er für Erfahrungen hat, wie er zur Bundesrepublik steht und so weiter. Sieh es als Herausforderung sowohl an deine mangelnde Zurückhaltung als auch an deinen kriminalistischen Spürsinn. Du bist verantwortlich dafür, dass der Typ hier keine Geheiminformationen abgreift und keinen Unsinn anstellt. Also ein sehr verantwortungsvoller Job.“

„Was denn für Geheiminformationen?“, war Freddy erstmals in der Lage gewesen, eine sinnvolle Frage zu stellen.

„Na ja, da das Außenministerium über das Innenministerium Druck auf unseren Präsidenten gemacht hat, dass wir es zulassen, einen Vertreter der DDR an den Ermittlungen teilhaben zu lassen, kann ich mir vorstellen, dass es nicht lange dauern wird, bis auch die Nachrichtendienste hier aufschlagen und irgendwie mitmischen wollen. Das ist eben alleine durch die Staatsbürgerschaft unseres Opfers eine politische Sache geworden."

Freddy hatte die Augen verdreht.

„Du weißt, was ich von diesen Ost-Typen und ihrem Scheiß-Kommunismus halte. Bist du dir sicher, dass ich der richtige Mann für diesen Kindergartenjob bin?"

Gattung hatte feist gegrinst. „Genau aus diesem Grund bin ich der Meinung, dass du die Idealbesetzung bist. Sieh es wirklich als Chance an, du willst ja vielleicht irgendwann doch noch mal befördert werden, oder?"

Diesem Argument hatte Freddy nichts mehr entgegenzusetzen gehabt.

Freddy Ahlefeld war so in seine Erinnerungen vertieft gewesen, dass er nicht bemerkt hatte, dass sich ihm jemand genähert hatte.

„Guten Tag, ich bin Ricardo Müller, und Sie sollen mich vermutlich abholen."

Sein Blick wanderte zu dem Mann, und er konnte nicht verhindern, dass sich seine Augen verwundert etwas weiteten. Er betrachtete den Typ von oben bis unten und versuchte, ihn in eine Kategorie einzuordnen ... was ihm nicht auf Anhieb gelang.

Er war vermutlich Ende dreißig und lediglich ein paar Zentimeter kleiner als er selbst, wobei er einen etwas sportlicheren und fitteren Eindruck machte. In den dunklen Haaren zeichneten sich erste graue Strähnen ab, aber am auffälligsten waren die stahlgrauen Augen, die ihm gerade freundlich entgegenblickten.

Der grundsätzlich nicht negative Eindruck wurde durch einen altmodischen Anzug und einen uralten Koffer nachhaltig zerstört.

So einen Koffer habe ich das letzte Mal in einem Film aus den Sechzigern gesehen, wunderte Freddy sich. *Der wirkt irgendwie ... ärmlich. Na, wenigstens spricht der Mann kein Sächsisch.*

Freddy war der Meinung, einen leichten Berliner Dialekt aus den wenigen Worten herausgehört zu haben.

„Supi, na, dann kommen Sie mal mit, *Kollege*."

Er hatte den „Kollegen" bewusst so betont, dass kein Zweifel daran bestehen konnte, dass er den Mann für alles andere als einen Kollegen hielt.

„Ich bin übrigens Kriminalhauptkommissar Ahlefeld."

Mit diesen Worten drehte er sich um und marschierte los, ohne sich darum zu kümmern, ob der Mann aus der DDR ihm folgte.

Kapitel 5

Die Fahrt vom Flughafen zum Polizeipräsidium war ohne ein weiteres Wort vonstattengegangen.

Ricardo wollte sich nicht die Blöße geben und den Kollegen, den er anfänglich für einen Kraftfahrer gehalten hatte, irgendetwas fragen, obwohl ihm Hunderte von Fragen auf der Zunge lagen. Ahlefeld hatte seine Antipathie ihm gegenüber – worin auch immer diese begründet war – durch sein ganzes Verhalten von Anfang an sehr deutlich gemacht. Und er war zu stolz, als dass er um Sympathie gebettelt oder auch nur den Versuch gemacht hätte, sich irgendwie positiv oder auch nur nett darzustellen.

Also hatten sie schweigend nebeneinandergesessen, und Ricardo hatte während der Fahrt interessiert aus dem Fenster gesehen und die Eindrücke in sich aufgesogen.

Das Polizeipräsidium Bonn an der Bundesstraße B9 war keine große Überraschung, denn es ähnelte ähnlichen Zweckbauten und großen Bürogebäuden in der Hauptstadt der DDR. Der westdeutsche Kollege fuhr den Wagen über eine breite Rampe nach oben und parkte in der Nähe eines Einganges.

„Den Koffer können Sie im Auto lassen, ich fahre Sie später noch ins Hotel."

Es überraschte Ricardo, dass der Kollege so hilfsbereit erschien, wo er sich doch ansonsten sehr abweisend verhielt. Also nickte er lediglich schweigend und folgte dem Kollegen ins Innere des Gebäudes und dort in einen Fahrstuhl, der sie in den dritten Stock brachte. Im Fahrstuhl informierte Ahlefeld ihn über das weitere Vorgehen: „Wir gehen jetzt in den Besprechungsraum der Mordkommission, und dort werden Sie die Kollegen kennenlernen. Die Vorstellung überlasse ich ganz Ihnen."

Na ja, keine wirklich herzliche Aufnahme, aber letztendlich habe ich damit auch nicht gerechnet, dachte er ein wenig betrübt. Als sich die Fahrstuhltür öffnete, ging Ahlefeld wieder schnellen Schrittes voran, und Ricardo trottete ergeben hinter ihm her.

Als er hinter Ahlefeld das Großraumbüro betrat, in dem er auf die Schnelle elf anwesende Personen zählte, schlugen Ricardos feine Antennen für Stimmungen sofort Alarm. Er konnte sehr schnell erkennen, welche der Herren Vorgesetzte und welche Untergebene waren, auch, welche Personen sich hier nur ausnahmsweise aufhielten und welche sich hier wie zu Hause fühlten. Aber da war auch noch eine feindselige Stimmung gegenüber einem Mann, der sich von allen anderen etwas abgesondert hatte.

Er war gespannt, um wen es sich dabei handelte, aber Geduld war eine seiner Stärken.

„So, die Herren ... und Dame", begann Ahlefeld mit einem leichten Kopfnicken zu einer Frau mittleren

Alters in einem teuer wirkenden Hosenanzug, „ich bringe Ihnen hier den Kollegen Müller, der sich Ihnen selbst vorstellen wird."

Da Ricardo vorgewarnt worden war, kam diese Entwicklung nicht überraschend, und er begann den Text aufzusagen, den er sich auf die Schnelle zurechtgelegt hatte.

„Ja, guten Tag, ich bin Hauptmann Ricardo Müller, arbeite seit zwölf Jahren bei der Morduntersuchungskommission der Kriminalpolizei von Berlin ... der Hauptstadt der DDR."

Er hatte diese kleine Ergänzung geplant, da er an den Gesichtsausdrücken verschiedener Personen deutlich erkennen konnte, wie sie zur DDR standen – abschätzig verzogene Lippen, nach oben verdrehte Augen oder stoßartig über die Lippen herausgepresste Luft sagten ihm alles.

Sieben der elf anwesenden Personen – Ahlefeld eingeschlossen – standen der DDR nicht unvoreingenommen gegenüber.

„Ich möchte betonen, dass ich mich auf keinen Fall in die Ermittlungen einmischen möchte, sondern lediglich als Beobachter dabei sein soll und dass ich für diese Möglichkeit sehr dankbar bin. Da es um einen Bürger der DDR geht, der hier zu Tode gekommen ist, kann ich vielleicht mit meinen Kenntnissen und möglicherweise auch Informationen über Hintergründe und Abläufe in der DDR hilfreich sein, wenn Sie dieses Angebot annehmen wollen."

Ein leises Händeklatschen aus einer Ecke nach Abschluss seiner Vorstellung lenkte die Aufmerksamkeit auf den alleine in der Ecke stehenden Mann, der Ricardo gleich beim Eintreten aufgefallen war.

„Bravo, bravo, sehr gelungene Vorstellung. Ich bin beeindruckt. Und weil mir das so gut gefallen hat, möchte ich die Gelegenheit nutzen und mich auch gleich selbst vorstellen, bevor das der verehrte Herr Polizeipräsident tut. Mein Name ist Dietrich Sass, Kriminalhauptkommissar bei der Abteilung Staatsschutz des Bundeskriminalamtes in Meckenheim. Mein Chef, der Präsident des BKA, hat mir den Auftrag erteilt – selbstverständlich nach Rücksprache mit dem Generalbundesanwalt in Karlsruhe –, hier ein Auge auf die Ermittlungen zu halten und zu beurteilen, ob wir es unter Umständen mit einer politisch motivierten Tat zu tun haben ... in welchem Fall wir die Ermittlungen natürlich sofort zuständigkeitshalber übernehmen würden."

„Wie bitte? So eine Scheiße müssen wir uns nicht bieten lassen. Der Mord ist in Bonn passiert, und somit sind wir zuständig!"

Der überraschte Ausruf war von Freddy Ahlefeld erfolgt, dem sich nun alle Blicke zuwandten. Ein älterer Kollege eilte sofort zu ihm, packte ihn am Oberarm und flüsterte ihm etwas ins Ohr.

Ein ähnlicher Einwurf hätte auch von mir kommen können, na ja, allerdings vielleicht ein wenig diplomatischer, musste Ricardo sich eingestehen. *Na, wenigstens hat der West-Kollege Eier.*

„Äh, meine Damen und Herren", erklang eine neue Stimme, diesmal von einem älteren Herrn in einem dreiteiligen Anzug, der sich gerade von seinem Platz erhoben hatte und sich nun das Jackett zuknöpfte. „Ich muss wohl erwähnen, dass die Aussagen von Hauptkommissar Sass tatsächlich den Tatsachen entsprechen. Ich hatte heute Morgen ein Gespräch mit meinem geschätzten Kollegen, dem BKA-Präsidenten, und wir sind uns darüber einig, dass der Fall wohl tatsächlich in die Zuständigkeit des BKA fallen würde, sollte sich ein politischer Hintergrund herausstellen."

Ricardo vermutete, dass es sich bei diesem Mann um den Bonner Polizeipräsidenten handeln musste.

„Und nun", fuhr der Polizeipräsident fort, „beruhigen wir uns alle ein wenig, lassen unsere Professionalität mal aufblitzen und widmen uns der Lösung dieses Falles, der auch ohne politischen Hintergrund genug Wirbel bei der Presse verursachen wird. Also ...", er klatschte dreimal in die Hände, „... husch, husch, an die Arbeit. Frau Staatsanwältin, auf ein kleines Wort in meinem Büro?"

Er winkte der Frau in dem teuren Hosenanzug zu, drehte sich um und verließ mit ihr im Schlepptau das Büro.

„Meine Herren, Sie haben es gehört", meldete sich daraufhin der BKA-Mann erneut zu Wort, „meine Legitimation ist nun bestätigt, Sie wissen, was Sie zu tun haben, ich schaue Ihnen über die Schulter, und wenn der politische Hintergrund sich bestätigt, woran ich keine Sekunde zweifle, werden wir die Fortführung der Ermittlungen übernehmen."

„Na, das werden wir noch sehen!", rief Ahlefeld aus der gegenüberliegenden Ecke, was ihm einen bitterbösen Blick seines Vorgesetzten einbrachte.

Ahlefeld zuckte mit den Schultern und sagte etwas leiser: „Beruhige dich, Rudi, ich meinte lediglich die Frage, ob es hier einen politischen Hintergrund gibt. *Das* werden wir noch sehen."

„Allerdings werden wir das noch sehen", wand Sass nun etwas verärgert ein, „und ich wette zehn zu eins, dass hier ein politisch motivierter Mord vorliegt."

Ricardo hatte genügend Westfernsehen verfolgt, um sich mit westlichen Dialekten ansatzweise auszukennen. Bei der Sprachfärbung des BKA-Mannes meinte er eine leichte hessische oder pfälzische Färbung zu erkennen. Aber das war wohl nicht anders als in der DDR. Auch er hatte bei der Volks- oder Kriminalpolizei in Berlin Kolleginnen und Kollegen aus Mecklenburg, Sachsen oder Thüringen. Lediglich das Hickhack um Zuständigkeiten lief in seinem Land etwas anders: Wenn das Ministerium für Staatssicherheit einen Fall wollte, dann nahm es ihn sich. Da wurde nicht lange diskutiert oder die Generalstaatsanwaltschaft eingeschaltet. Dieser Fall versprach über die eigentlichen Mordermittlungen hinaus überaus interessant zu werden.

Kapitel 6

Polizeipräsidium Bonn, 27. November 1988

Die gesamte Crew der Mordkommission hatte sich um acht Uhr in dem Großraumbüro versammelt, und die beiden Kaffeemaschinen liefen auf Hochtouren.

Insgesamt waren es drei Männer und zwei Frauen, die nun in legerer Kleidung um den großen Besprechungstisch herumsaßen, teilweise in Unterlagen blätterten oder einfach nur ihren Kaffee schlürften und darauf warteten, dass es losging. Ricardo hatte sich am Vortag noch mit allen bekanntgemacht, wobei er nicht bei allen auf Gegenliebe gestoßen war. Erstaunlicherweise waren es die beiden jungen Frauen, Tanja Bacher und Ellen Zerwas, gewesen, die ihm am offensten entgegengetreten waren, was vielleicht an ihrer Jugend gelegen hatte. Beide waren erst Mitte zwanzig und kannten die DDR lediglich als ein benachbartes Land, in dem halt die gleiche Sprache gesprochen wurde. So zumindest hatte Ellen es ausgedrückt, eine üppige Blondine, die erst seit einem Jahr bei der Mordkommission Dienst verrichtete. Sie habe auch kein Problem mit dem Sozialismus, sei doch ihr Vater auch schon immer ein „Linker" gewesen, dem vieles in der Bundesrepublik nicht so wirklich gefiel.

Ricardo musste daran denken, wie Ahlefeld ihn am gestrigen späten Nachmittag ins Hotel gefahren hatte. Als er auf der Straße vor dem kleinen Touristenhotel gehalten hatte, war er zunächst einfach sitzen geblieben und hatte sich dann wohl ein Herz genommen, das zu sagen, was ihm auf dem Herzen lag.

„Ich möchte gleich mal was klarstellen, damit es zwischen uns keine Missverständnisse gibt. Also ... ich weiß noch nicht wirklich, was ich von Ihnen halten soll ... also, ich meine ... wie ich Sie einschätzen soll. Ich weiß nicht, ob Sie wirklich ein Kollege sind oder einer dieser Stasi-Schergen, der uns hier den Kriminalbeamten vorspielen soll, um uns entweder auf falsche Fährten zu leiten oder Informationen abzugreifen."

Als Ricardo etwas hatte entgegnen wollen, hatte Ahlefeld Ruhe gebietend die Hand erhoben.

„Einen Moment, ich bin noch nicht fertig. Ich bin nicht der Typ, der sich vorschnell ein Urteil bildet, sondern mache mir lieber erst mal ein Bild. Aber Sie sollten wissen, dass ich Ihnen nicht traue und diesem sogenannten Arbeiter- und Bauernstaat eher ablehnend gegenüberstehe. So, jetzt wissen zumindest Sie, woran Sie bei mir sind. Überzeugen Sie mich, dass man Ihnen trauen und mit Ihnen zusammenarbeiten kann, dann sehen wir weiter."

Ricardo hatte genickt, einen kleinen Moment überlegt und erst dann geantwortet: „Gut. Schön, dass Sie so ehrlich sind. Ich kann Ihr Misstrauen ein wenig verstehen und hoffe, dass es mir gelingt, Sie vom Gegenteil zu überzeugen. Danke, dass Sie so offen zu mir sind."

Ohne ein weiteres Wort war er ausgestiegen, hatte seinen Koffer von der Rückbank genommen und war in dem Hotel verschwunden.

Nun saß er, diesmal nicht im Anzug, sondern mit einer legeren Hose, einem karierten Hemd und seiner Strickjacke in dem Besprechungsraum und beobachtete die Kollegen. Ein junger Kollege, Richard Kölsch, wenn er sich richtig erinnerte, hatte ihm bei der persönlichen Vorstellung sehr deutlich klargemacht, wie er zu einer Zusammenarbeit stand.

„Mit Stasi-Leuten rede ich nicht, und das mit der Zusammenarbeit können Sie sich gleich abschminken. Ich habe keine Lust, hier mit Kommunisten zusammenzuarbeiten, die ihre eigenen Leute beim Versuch, das Land zu verlassen, einfach erschießen."

Damit hatte er sich abgewandt und Ricardo einfach stehen gelassen.

Auch jetzt beäugte Kölsch ihn von der anderen Seite des Tisches argwöhnisch, während er sich irgendwelche Notizen machte.

Der Leiter der Mordkommission, Rudi Gattung, hatte sich erhoben und ging zu einer fahrbaren Tafel, auf der bereits Bilder des Tatorts befestigt waren. Neben den Fotografien waren Anmerkungen und der Name des Opfers notiert.

„So, Leute, lasst uns mal anfangen, damit wir sehen, was wir bereits haben und welche Schritte wir als Erstes in Angriff nehmen sollten."

In der Hand hielt er Unterlagen, die er nun zurate zog und deren Inhalt er offensichtlich mit den Anwesenden teilen wollte.

„Ich habe hier das Ergebnis der gestrigen Obduktion, und wie bereits am Tatort vermutet, war die Todesursache ein Stich mit einem mindestens zwölf Zentimeter langen, sehr spitzen und schmalen Gegenstand. Der Stich wurde an der Schädelbasis im Nacken gesetzt und hat den Hirnstamm durchdrungen, was den sofortigen Tod des Opfers zur Folge hatte. Es gab keinerlei Abwehrverletzungen, und da der Stich von hinten erfolgt ist, können wir wohl davon ausgehen, dass der Täter das Opfer überrascht hat. Was wissen wir über das Opfer?", stellte er die Frage in den Raum.

Tanja Bacher, die zweite Kollegin, eine schlanke Schwarzhaarige mit einer Kurzhaarfrisur, stand auf.

„Den Hotelunterlagen zufolge ist Erich Rubischke, geboren am 23.11.1930 in Dresden, wohnhaft laut eigener Eintragungen im Anmeldeblatt in Ostberlin, Stadtteil Marzahn, Allee der Kosmonauten 211, vorgestern angereist und hat als Aufenthaltsgrund ‚geschäftlich' angegeben. Über die Art der Geschäfte können wir noch nichts sagen. Wir haben eine Anfrage an die Ständige Vertretung der DDR in Bonn gestellt, aber noch keine Antwort erhalten."

Sie blickte Ricardo mit leicht hochgezogenen Augenbrauen an. „Aber vielleicht kann uns ja der Kollege Müller etwas mehr dazu sagen?“

Der Angesprochene zog ein Blatt aus seiner Aktentasche, das er bereits am Vorabend im Hotel vorbereitet hatte.

„Gerne. Nach den mir vorliegenden Informationen war Rubischke im Auftrag des Ministeriums für Außenhandel unterwegs. Er ist einer der Vertreter von Schalck-Golodkowski und sollte für die KoKo, die bezüglich der Kreditrückzahlungen an die BRD in Verhandlungen mit der westdeutschen Gegenstelle Termine ausgemacht hat, diese Verhandlungen führen. Mehr kann ich Ihnen leider auch noch nicht sagen, allerdings warte ich noch auf eine Liste mit den Namen seiner Gesprächspartner und eventuell auch mit Terminen.“

„Pah“, erklang es von Richard Kölsch, der seinen Stift vor sich auf den Tisch geworfen hatte. „Und das sollen wir dem Stasi-Mann glauben? Ihr werdet dem doch nicht trauen, oder? Ich rate jedem, mal ein wenig misstrauischer zu sein bei allem, was der uns erzählt.“

Ricardo hatte mit solchen Vorwürfen gerechnet. Dennoch ärgerte er sich und wich von seinem Vorsatz ab, die West-Kollegen nicht zu verärgern. Mit einem leichten Lächeln antwortete er:

„Das kann ich nachvollziehen. In unserem glorreichen und von Unterversorgung gebeutelten Arbeiter- und Bauernstaat bekommen wir das ja schon mit der Milchsuppe als Kinder eingeflößt, dass man weder dem Nachbarn noch dem BBKF trauen darf, also warum sollten *Sie* ausgerechnet *mir* trauen?“

„BBKF?“, warf Kollegin Ellen Zerwas mit einem deutlich hörbaren Fragezeichen ein.

„BBKF steht für den ‚bitterbösen Klassenfeind‘, also für Sie.“

Ricardos Aufmerksamkeit wurde auf Ahlefeld gelenkt, der laut prustete und dann einen Lachanfall bekam, der sich gewaschen hatte. Selbst der Leiter der Mordkommission hatte ein leichtes Grinsen im Gesicht, und auch ein paar andere Kollegen schmunzelten.

Ahlefeld beruhigte sich ein wenig und richtete das Wort nun an Kölsch, der den Wortwechsel ausgelöst hatte.

„Das hast du jetzt davon, Spritty, man sollte eben nicht alles sagen, was man denkt, aber auf jeden Fall mit der Antwort leben können, ha ha ha!“

„Okay, okay“, schaltete Gattung sich wieder ein. „Wir beruhigen uns jetzt alle, und dann fangen wir mal an zu überlegen, welche Ermittlungsansätze uns zur Verfügung stehen.“

„Videoaufzeichnungen des Hotels!“, rief Tanja Bacher in den Raum, und Gattung wandte sich um und schrieb mit einem Filzstift das Wort an die Tafel.

„Befragung der Zimmernachbarn und des Hotelpersonals.“

„Nachfragen bei der Ständigen Vertretung wegen Kontaktpersonen von Rubischke.“

„Überprüfung geführter Telefonate."

„Abklärung vergleichbarer Mordfälle beziehungsweise mit vergleichbarem Modus Operandi."

„Nachfrage bei den Nachrichtendiensten, was dort über Rubischke vielleicht bekannt ist."

Die Zurufe kamen Schlag auf Schlag, und innerhalb kürzester Zeit hatte Gattung eine beachtliche Liste von Punkten auf der Tafel stehen.

„Gut so weit, jetzt sollten wir eine Einteilung vornehmen, wer sich um was kümmert."

Ricardo fasste sich ein Herz: „Wenn Sie einverstanden wären, würde ich mich um die Nachfrage bei der Ständigen Vertretung der DDR kümmern, dann könnte ich bei der Gelegenheit auch noch mal Kontakt mit der Staatssicherheit aufnehmen, die sehr wahrscheinlich wesentlich mehr weiß, als man mir vor der Ausreise mitgeteilt hat."

Erneut sah er die misstrauischen Blicke und setzte nach: „Dabei könnte mich auch gerne ein Kollege oder eine Kollegin begleiten."

Gattung überlegte nicht lange, nickte und teilte Ellen Zerwas als seine Begleitung ein.

„Ich kümmere mich um die Videoaufzeichnungen aus dem Hotel", drängte sich Freddy Ahlefeld nach vorne, der sichtlich erleichtert war, dass nicht er mit Ricardo in die inoffizielle Botschaft der DDR musste.

Schnell war die Aufteilung abgeschlossen, und Gattung kam mit einem weiteren Punkt noch zu klärender Fragen.

„Wir sollten auf jeden Fall noch eine Auflistung möglicher Motive machen, bevor wir auseinandergehen, damit jeder bei seinen Ermittlungen vor Augen hat, was alles infrage kommen könnte.“

Wieder setzte ein allgemeines Zurufen ein, und nur wenige Minuten später hatte Gattung eine ordentliche Liste möglicher Motive an die Tafel geschrieben. Es wunderte Ricardo nicht, dass die politischen Motive als Erste genannt wurden.

- Spionage, Gegenspionage, eine aus dem Ruder gelaufene Übergabe von Geheimdokumenten,
- Liquidierung eines möglichen Überläufers durch einen Geheimdienst,
- Eifersucht eines Freundes oder Ehemannes einer möglichen westdeutschen Geliebten des Opfers,
- Raubmord wegen Wertsachen, die natürlich nicht mehr zu finden waren,
- Streit mit einem Callgirl oder eventuell einem Callboy,
- ein Racheakt wegen irgendwelcher Taten in der Vergangenheit,
- ein aus dem Ruder gelaufener Einbruch.

Die Liste war fertiggestellt, als niemandem mehr ein noch fehlendes Motiv einfiel. Gattung ließ allen noch eine Minute Zeit, in sich zu gehen und nachzudenken. Als aber keine Einwürfe mehr kamen, schloss er die Veranstaltung.

„Ich erwarte von allen, dass sie mir sofort nach Rückkehr Bericht über die Ergebnisse erstatten; wenn es etwas Wichtiges ist, natürlich sofort per Telefon. Ansonsten setze ich für heute Mittag dreizehn Uhr die nächste Einsatzbesprechung an, auf der wir die Informationen austauschen können und das weitere Vorgehen besprechen werden. Bis dann."

KAPITEL 7

Der Botschafter war nicht erbaut, dass Ricardo Müller mit einer westdeutschen Kollegin auftauchte.

„Sind Sie noch bei Trost, eine westdeutsche Polizistin in die Vertretung mitzubringen? Haben Sie überhaupt eine Ahnung, was das für eine Herausforderung darstellt, sie ständig unter Kontrolle zu halten und sicherzustellen, dass sie hier nichts sieht, was sie nicht sehen soll?“, hatte er ihn angefahren, nachdem er ihn beiseite- und außer Hörweite von Ellen Zerwas gezogen hatte.

„Herr Botschafter, Sie erwarten sicherlich, dass ich ehrlich mit Ihnen bin. Also muss ich Ihnen sagen, dass es absolut kontraproduktiv wäre, wenn wir in allen Punkten mauern. Wenn dieser Fall aufgeklärt werden soll, dann werden wir wohl oder übel bei einigen Punkten Offenheit walten lassen müssen. Die westdeutschen Kollegen sind erfahrene Ermittler und lassen sich nicht für dumm verkaufen. Da wir ja beide sicherlich davon ausgehen, dass Rubischke nicht von den Herren der Staatssicherheit ermordet wurde, scheint mir das Motiv woanders zu liegen. Je eher wir das belegen können, umso besser für die hohen Herren in der Politik. Ihnen wäre es doch sicherlich am liebsten, wenn es ein kapitalistisches Komplott wäre und wir eine harsche Protestnote an die Regierung dieses Landes senden könnten, da sie zugelassen haben, dass einer unserer Landsleute in ihrem Land ermordet wurde."

Der Botschafter sah ihn mit deutlichen Zweifeln im Gesicht lange an. Aber Ricardo erkannte schnell, dass er die richtigen Worte gefunden hatte. Selbstverständlich hatte auch der Botschafter die Befürchtung, dass es sich um eine Strafaktion der Staatssicherheit gehandelt haben könnte, was wieder zu neuen Verwicklungen im deutsch-deutschen Verhältnis geführt hätte.

„Nun gut, ich will sehen, was ich machen kann. Ich denke mal, unser verehrter Kulturattaché kann uns mehr über die Familienverhältnisse von Rubischke sagen."

Ricardo konnte zwischen den Zeilen heraushören, dass es auch dem Botschafter nicht angenehm war, in der Person des Kulturattachés einen Aufpasser des MfS in seiner Nähe zu haben. Das konnte eine gute Voraussetzung dafür sein, dass er vielleicht mithilfe des Botschafters auch Informationen am Schnüffler der Staatssicherheit vorbei austauschen konnte.

„Es wäre sicherlich auch nützlich, wenn wir wüssten, mit welchen Personen aus dem Westen Rubischke Termine hatte. Immerhin könnte auch einer von denen hinter dem Mord stecken."

Botschafter Neubauer nickte bedächtig.

„Gehen Sie am besten mit der Kollegin in ein Büro, das Ihnen mein Sekretär zuweisen wird, und warten Sie dort. Ich will sehen, was ich an Informationen bekommen kann, und lasse sie Ihnen dann dort zukommen."

Folgsam dackelten Ricardo und Ellen hinter dem eilends herbeigerufenen Sekretär des Botschafters her, der sie in ein Büro im dritten Stock der Botschaft brachte. Schon beim Betreten war Ricardo klar, dass es kein normales Büro war, denn außer einem Schreibtisch und zwei Stühlen gab es keine anderen Einrichtungsgegenstände, wie zum Beispiel Schränke oder die sonst üblichen Aktenböcke. Auf dem Schreibtisch stand verloren ein uraltes Wählscheibentelefon, aber es gab weder Papier noch Stifte.

„Was soll das denn für eine Art von Büro sein?", entrüstete sich Ellen mit in die Hüften gestemmten Händen, sobald der Sekretär sie alleine gelassen hatte.

„Unsere Büros sind alle eher spartanisch, Frau Kollegin", gab Ricardo ihr zur Antwort. Dazu legte er einen Finger auf die Lippen, zeigte anschließend gegen die Decke und in die Ecken des Raumes und machte dann mit beiden Händen eine Geste, die riesige Ohren andeutete.

Die Kollegin begriff sofort, und ihr Mund formte ein überraschtes „O".

„Aber ich denke", fuhr Ricardo fort, „dass es sich um ein freies Büro handelt, das für überraschend zugeordnete oder auf Dienstreise befindliche Kollegen gedacht ist und eben nur ausgestattet wird, wenn es erforderlich ist."

Ellen schien zu überlegen, was sie noch sagen konnte oder durfte. Aber sie war auch nicht der Typ, der nun eine unbestimmte Zeit schweigend dasitzen und die nackten Wände anstarren würde.

„Du kannst mich übrigens Ellen nennen, wir sind ja eigentlich sonst alle bei der MK per Du. Willst du mir erzählen, wieso du mit Vornamen Ricardo heißt? Das ist doch ein eher ungewöhnlicher Vorname, oder?“

Das war eine sehr gelungene Überleitung zu einem Thema, bei dem er keine Rücksicht auf eventuelle Zuhörer nehmen musste, und Ricardo begann ihr ausführlich über seine Herkunft zu berichten.

„Aber du siehst so gar nicht aus wie ein Halbkubaner. Müsstest du nicht eine dunklere Hautfarbe haben?“

Ricardo grinste in sich hinein. Diesen Einwand hörte er nicht zum ersten Mal.

„Nicht unbedingt, denn meine Mutter war auch keine reinrassige Kubanerin, ihr Vater war ein hellhäutiger und blonder Spanier. Bei mir haben sich wohl die Gene meines Berliner Vaters und meines spanischen Großvaters durchgesetzt.“

Er wollte gerade noch mehr aus seiner Kindheit erzählen, als ohne Vorwarnung die Tür aufflog. Ein kleiner, drahtiger Mann in den Dreißigern in einem Anzug, der mit Sicherheit nicht in den staatlichen Nähereien der DDR geschneidert worden war, betrat den Raum. Sein wieselähnliches Gesicht strahlte etwas Verschlagenes aus, und die ungepflegten, strähnigen Haare passten so gar nicht zu seinem Anzug. Als sich sein Mund zu einem Lächeln verzog, das wohl freundlich aussehen sollte, entblößte er schlechte und teilweise übereinanderstehende Zähne.

„Guten Tag, Frau Kommissarin Zerwas, Hauptmann Müller, mein Name ist Kubitschek, und ich bin der Kulturattaché der Botschaft. Ich freue mich, Sie hier in der Botschaft der DDR begrüßen zu dürfen. Herr Botschafter Neubauer hat mir Ihren Wunsch übermittelt, und ich darf Ihnen gerne hier die uns bekannten Daten zu dem armen Mordopfer übergeben."

Mit einem Grinsen übergab er Ellen Zerwas ein einziges DIN-A4-Blatt, das lediglich zur Hälfte beschrieben war. Noch bevor Ricardo die Möglichkeit hatte, einen Blick auf das mit Schreibmaschine beschriebene Blatt zu werfen, nahm Kubitschek ihn am Arm.

„Darf ich Sie auf ein kurzes Gespräch nach draußen bitten, Herr Hauptmann?"

Sein Blick ließ keinen Zweifel aufkommen, dass es sich nicht um eine Bitte handelte. Ricardo nickte Ellen kurz zu und ließ sich von Kubitschek nach draußen führen. Die Tür hatte sich kaum hinter ihnen geschlossen, als der Attaché ihn halblaut anfauchte: „Sind Sie wahnsinnig, Mann? Man könnte meinen, Sie wären nicht instruiert worden. Da ich aber mit Major Zimmermann in ständigem Kontakt stehe, weiß ich, dass er Ihnen Ihre Aufgaben und vor allem Ihre Grenzen aufgezeigt hat. Wenn Sie noch einmal eine West-Beamtin in der Botschaft anschleppen, sind Sie schneller wieder zu Hause, als Sie ‚Klassenfeind' sagen können. Sie wissen, welche Verantwortung Sie für Ihre Familie tragen, diese Krise zu einem guten Ende zu führen."

Ricardo war schlau genug, sich nicht mit diesem MfS-Mann anzulegen, und nickte, bevor er mit ruhiger Stimme seine Bedenken äußerte: „Wenn ich das Vertrauen der hiesigen Beamten erlangen will, muss ich vorgeben, auf ihrer Seite zu stehen. Die Kollegen sind sehr vorsichtig und trauen mir nicht. Also lassen Sie mir ein wenig Freiraum, sonst erfahre ich bei den laufenden Ermittlungen nichts oder nur sehr wenig."

Kubitschek beäugte ihn misstrauisch, gab sich aber schließlich einen Ruck. „Ich will mal glauben, dass Sie hier nicht versuchen, mir einen Bären aufzubinden. Ich kann Sie nur noch einmal eindringlich warnen."

Ricardo versuchte auszuloten, wie weit er gehen konnte, und stellte eine entscheidende Frage: „Ist es in Ordnung, wenn ich mit meiner Dienststelle in Berlin telefoniere und dort Ermittlungen zur Familie in Auftrag gebe? Ich muss den West-Kollegen etwas anbieten können, vielleicht erfahre ich dann auch im Gegenzug etwas."

„Natürlich, das verstehe ich. Benutzen Sie das Telefon in diesem Büro, die Nummer werden Sie ja wohl kennen", gestand Kubitschek ihm überraschend schnell das Telefonat zu. Ricardo war selbstverständlich klar, dass dieses Telefonat sehr aufmerksam mitgehört werden würde.

Kubitschek wedelte ungeduldig mit einer Hand. „Gehen Sie, gehen Sie und lassen Sie die Kollegin nicht zu lange alleine warten." Dann wandte er sich um und ging davon.

Fünf Minuten später wählte Ricardo auf dem altertümlichen Wählscheibentelefon im Beisein von Ellen Zerwas die ihm nur zu gut bekannte Telefonnummer seines Kollegen Oberleutnant Friedrich Kümmel.

Der Zettel, den Kubitschek ihnen übergeben hatte, gab nur das Nötigste her, aber es war zumindest ein Ansatz. Außer den Familienverhältnissen des Opfers hatte er lediglich drei Namen mit den jeweiligen Dienststellenbezeichnungen enthalten, aber darum wollten sie sich später in den Räumen der MK kümmern. Jetzt galt es zunächst, seinen Kollegen mit den erforderlichen Ermittlungen zu beauftragen.

„Kümmel, Morduntersuchungskommission“, meldete sich sein Kollege.

„Ich bin’s, Ricardo. Ich hätte da einen Ermittlungsauftrag für dich.“

„Wow, Ricardo, schön von dir zu hören. Und, wie ist es im Westen? Hast du schon Freunde gefunden? Hat man dir einen Job angeboten?“ Kümmel lachte sich beinahe schlapp, nachdem er seine provokanten Fragen gestellt hatte.

„Hör auf mit dem Scheiß, Friedrich. Du weißt, dass ich ein treuer Anhänger unserer Partei bin. Also lass uns darauf konzentrieren, was wir unternehmen können, um diesen feigen Mord aufzuklären.“

Kümmel, der seinen Freund besser kannte als irgendjemand sonst, hatte sofort verstanden, dass Ricardo ihm mit der Erwähnung seiner Linientreue einen Hinweis darauf gegeben hatte, dass ihr Gespräch mit hoher Wahrscheinlichkeit belauscht wurde.

„Alles klar, hab nur Spaß gemacht. Wie kann ich behilflich sein?"

Ricardo kam ohne Umschweife zur Sache. „Die Kollegen hier in der Botschaft waren so nett und kooperativ, mir die Daten zu Rubischke zur Verfügung zu stellen. Rubischke war alleinstehend, seine Eltern sind verstorben, und die einzige Verwandte ist seine Schwägerin, die Witwe seines jüngeren Bruders. Sie heißt Erika Rubischke und wohnt in Berlin-Friedrichshain in der Rigaer Straße 63. Sie ist derzeit die einzige Person, die wir zu Rubischke vernehmen können und die uns vielleicht etwas über ihn, seinen Lebenswandel und etwaige Feinde sagen kann."

„Mach ich, kein Problem. Kann ich mich bei dir melden oder rufst du wieder an?"

Ricardo überlegte, ob er es wagen konnte, aber er entschied sich nach kurzem Nachdenken dafür. „Du kannst mich bei der Mordkommission im Polizeipräsidium Bonn erreichen, frag dich einfach durch. Vielleicht kann ich dann mal bei den West-Kollegen punkten. Die trauen mir nämlich noch nicht wirklich."

„Klar, kann ich verstehen. Ich melde mich sofort, wenn ich Erkenntnisse habe."

Ricardo konnte hören, dass Friedrich sein breitestes Grinsen aufgesetzt hatte. Sie verstanden sich auch ohne viele Worte, und ihre gemeinsame Abneigung gegenüber der Staatssicherheit hatte sie schon früh zu so etwas wie „Komplizen“ gemacht.

Er wusste die Ermittlungen bei Friedrich Kümmel in guten Händen.

Kapitel 8

Ostberlin, 27. November 1988

Es handelte sich bei dem Wohnhaus in Friedrichshain in der Rigaer Str. 63 um ein heruntergekommenes Mietshaus in der alten Berliner Bauweise, viergeschossig plus Dachgeschoss, quadratisch und mit einem großen Innenhof. Laut den Unterlagen der Meldebehörde sollte Erika Rubischke im zweiten Obergeschoss Hinterhaus rechts wohnen.

Friedrich Kümmel hatte den Dienstwagen, einen alten, klapprigen Lada, vor dem Haus geparkt und sich auf den Weg zur Wohnung der einzigen ihnen bekannten Privatperson gemacht, die vielleicht Informationen über das private Leben des Erich Rubischke geben konnte.

Er war froh, dass die Frau nicht unter dem Dach wohnte, denn trotz seiner erst achtundzwanzig Jahre war Kümmel nicht der Sportlichste und quälte sich mühsam die Treppen bis ins zweite Obergeschoss hoch. Vor der Wohnungstür angekommen, drückte er die Klingel neben dem handgeschriebenen Namensschild, auf dem *E. Rubischke* stand. Ein nerviges Ratschen war von drinnen zu vernehmen, aber es folgte zunächst keine Reaktion. Kümmel drückte erneut auf die Klingel, diesmal aber ausdauernder.

„Ja, is ja schon jut, ick komm ja schon", erscholl es genervt von drinnen, und nur wenige Sekunden später öffnete sich die Wohnungstür einen Spalt weit. Kümmel sah zunächst nur ein Auge und ein paar strähnige, graue Haare.

Er hielt seinen Polizeidienstausweis hoch.

„Frau Rubischke? Ich hätte ein paar Fragen an Sie. Keine Angst, nichts Schlimmes, nur ein paar Fragen zu Ihrem Schwager."

Sein Freund Ricardo hatte ihm immer wieder versichert, dass er der ideale Befragungsbeamte war, weil er mit seinem pausbäckigen Gesicht, den jungen, freundlichen Augen und seinem so wenig bedrohlichen Äußeren bei den meisten Menschen den Eindruck eines sympathischen jungen Mannes hervorrief, mit dem man sich bedenkenlos unterhalten konnte.

Auch diesmal schien seine Wirkung auf Menschen zu funktionieren. Die Tür ging weiter auf, und die Frau, die er nun erstmals zur Gänze sehen konnte, sah ihn mit gerunzelter Stirn an.

„Zu mein Schwager? Was wollen Se denn über den wissen?"

Aus den Unterlagen der Meldebehörde wusste Kümmel, dass Erika Rubischke fünfzig Jahre alt war und in einem KONSUM als Lageristin arbeitete. Die ziemlich ungepflegte Frau in der bunt gemusterten Kittelschürze wirkte auf ihn eher wie sechzig, wozu ihr verhärmtes Gesicht wesentlich beitrug.

„Darf ich hineinkommen?", fragte er freundlich. „Es spricht sich so schlecht im Treppenhaus."

„Jaja, klar, kommen Se rein. Ick mach och en Käffchen."

Sie drehte sich um, ging in die Wohnung, ohne darauf zu achten, ob Kümmel ihr nachkam, und bog sofort nach rechts in die kleine Küche ab.

„Setzen Se sich in de Stube, setzen Se sich, ick komme gleich", rief Erika Rubischke aus der Küche.

Kümmel trat langsam in die Zweiraumwohnung und ging durch den winzigen Flur in das kaum größere Wohnzimmer, in dem lediglich ein kleiner Nierentisch vor einem zerschlissenen Stoffsofa, daneben ein nicht dazu passender Sessel, eine kleine Schrankwand und ein Fernseher standen. Er blieb stehen und wartete darauf, dass Erika Rubischke wieder zurückkommen würde.

Sie ließ nicht lange auf sich warten, balancierte ein Tablett mit einer alten Kaffeekanne und zwei Tassen vor sich her und stellte es schließlich auf dem Couchtisch ab.

„Na, setzen Se sich doch, is ejal wo, ick schenk schon mal ein, wa?"

Kümmel setzte sich in den Sessel und wartete geduldig, bis sie Kaffee eingegossen hatte.

„Zucker hab ick keenen, ick trink immer schwarz", meinte sie mit einem leichten Schulterzucken.

„Nicht schlimm, schwarz ist in Ordnung." Er nippte an dem dünnen Kaffee und stellte die Tasse wieder auf den Couchtisch.

Nun schien Erika Rubischke doch ein wenig neugierig geworden zu sein, denn sie entzündete eine selbst gedrehte Zigarette und sah Kümmel fragend an. „Wat is'n nu mit mein Schwager, wat wollen Se denn über den wissen?"

„Es tut mir sehr leid, dass ich Ihnen diese Mitteilung machen muss, aber Ihr Schwager ist leider zu Tode gekommen."

Kümmel wappnete sich, denn die möglichen Reaktionen auf eine so unvermittelt überbrachte Todesnachricht waren so unterschiedlich, dass er auf alles gefasst war. Die Reaktion war anders, als er sie erwartet hatte.

„Wow, det hätt ick nich jedacht."

„Was?"

„Na ja, dat et den Drecksack irjendwann ooch mal erwischen tät."

Kümmel überlegte kurz, bevor er die naheliegende Frage stellte: „Darf ich daraus schließen, dass Sie kein gutes Verhältnis zu Ihrem Schwager hatten?"

Sie lachte kurz und trocken auf, gefolgt von einem Hustenanfall. Es dauerte einen Moment, bis sie wieder in der Lage war, etwas zu sagen.

„Nee, det hatt ick nich, weeß Jott nich."

„Darf ich fragen, warum?"

Sie sah ihn verwundert an. „Det fragen jerade Sie? Se müssten det doch wissen, dat der Erich ooch en Stasi-Scherge war, oder?"

Kümmel schluckte eine scharfe Bemerkung hinunter, die dem Umstand geschuldet gewesen wäre, dass die Kriminalpolizei mal wieder mit der Staatssicherheit in einen Topf geworfen wurde.

„Nein, das wusste ich nicht. Erzählen Sie mir doch mal, was Sie wissen."

Damit hatte er eine Büchse geöffnet, deren Inhalt er nicht unbedingt hatte sehen – oder besser gesagt hören – wollen. In den folgenden fünfzehn Minuten erzählte sie ihm ihre nicht gerade sehr erfreuliche Lebensgeschichte. Dennoch war es nichts, was Kümmel nicht schon öfter gehört hätte.

1963 war ihr Mann Karl, der jüngere Bruder von Erich Rubischke, bei einem Fluchtversuch ums Leben gekommen. Genaue Details hatte man ihr nie gesagt, aber ihr Schwager hatte ihr nicht nur Vorhaltungen gemacht, sondern auch seinem Bruder nachgesagt, dass er eben ein Querulant gewesen sei und es nicht anders verdient hätte. Sie wäre schon damals felsenfest davon überzeugt gewesen, dass er nicht nur dem System treu ergeben, sondern eben auch ein Mitarbeiter der Stasi gewesen war.

Sie sei auf sich selbst angewiesen gewesen, und ihr Schwager hatte ihr keinerlei Unterstützung angedeihen lassen. Sie hätten sich so überworfen, dass sie ihn seit 1965 nicht mehr gesehen hatte. Seinen Werdegang habe sie nicht weiter verfolgt, aber sie sei sich immer sicher gewesen, dass er seinen Weg entweder in der SED, bei der Stasi oder einem anderen Verein dieses verrotteten Staates Karriere machen würde. Er sei schon immer ein Opportunist gewesen, der sein Fähnchen nach dem Wind aufgehangen hätte.

Kümmel musste bei einigen ihrer Aussagen schwer schlucken und dachte, dass sie wohl nichts zu verlieren hatte, wenn sie in der Gegenwart eines Vertreters der Staatsmacht solche Äußerungen machte. Er stand auf und ging, ein wenig unsicher, was er sie noch fragen sollte, in dem kleinen Raum auf und ab.

Dabei fiel sein Blick auf die Schrankwand, wo er unter anderem ein Hochzeitsbild zweier junger Menschen entdeckte, bei denen es sich wohl um Erika Rubischke und ihren verstorbenen Mann handelte. Die Frau auf dem Bild hatte keine Ähnlichkeit mehr mit der verhärmten Frau, die immer noch auf der Couch saß und ihn aufmerksam beobachtete. Dann fiel Kümmels Blick auf ein kleines Schwarz-Weiß-Foto, auf dem die junge Frau von dem Hochzeitsbild mit einem Baby auf dem Arm zu sehen war.

„Sie haben ein Kind?“, fragte er sich und drehte sich zu Erika Rubischke um. „Das wäre dann ja ein Neffe oder eine Nichte von Erich Rubischke.“

Ihr Blick verdunkelte sich blitzartig, und ein harter Zug erschien um ihren Mund. Ihre Kiefer begannen zu mahlen, und Kümmel ahnte bereits, was sie ihm gleich sagen würde.

„Mene klene Sarah ist mit enem Jahr am plötzlichen Kindstod jestorben.“

„Das tut mir sehr leid.“

„Muss et nich. Is schon lange her.“

Das Schweigen dehnte sich aus, und Kümmel fielen keine Fragen mehr ein. Er wechselte noch einige belanglose Worte mit Erika Rubischke, bedankte sich und verließ die Wohnung.

Kapitel 9

Bonn-Innenstadt, 27. November 1988

Das Hotel Savoy war zwar schon etwas in die Jahre gekommen, aber zumindest hatte man in den letzten Jahren in neue Technik investiert.

Der Sicherheitschef hatte Freddy und Kriminalkommissarin Tanja Bacher voller Stolz die Sicherheitszentrale gezeigt, wo die Überwachungsbilder der diversen Kameras ständig Bilder von verschiedenen Fluren und der Lobby zeigten. Auf die Frage nach Überwachungsbändern hatte er ein lässiges: „Gar kein Problem, welchen Zeitraum hätten Sie denn gerne?“, von sich gegeben.

Freddy hatte ihm den Zeitraum von der Ankunft des Gastes auf Zimmer 403 bis zur Entdeckung der Leiche genannt, was immerhin mehr als achtundvierzig Stunden waren, da das *„Bitte nicht stören“*-Schild das Auffinden des Toten sehr lang hinausgezögert hatte. Irgendwann war der Concierge argwöhnisch geworden, zumal man in einer selten benutzten Besenkammer eine schlafende Mitarbeiterin des Zimmerservices entdeckt hatte, die nicht aufzuwecken gewesen war.

Nach mehreren erfolglosen Anrufen und lautem Klopfen an der Tür hatte er schließlich mit dem Generalschlüssel das Zimmer geöffnet und die Leiche gefunden.

„Können Sie uns Kopien der entsprechenden Bänder herstellen?“, fragte Freddy, und Tanja Bacher ergänzte: „Am besten auch noch die Lobby und die Rezeption für denselben Zeitraum.“

„Das wird aber einen Moment dauern“, schränkte der Sicherheitschef ein.

„Kein Thema, wir schauen uns inzwischen die Unterlagen der Rezeption an und stellen mal fest, wer zur fraglichen Zeit in den Nachbarzimmern gewohnt hat und wer davon sich noch im Hotel aufhält. Wir holen die Bänder dann nachher bei Ihnen ab.“

Mit diesen Worten hatten sie den Sicherheitschef stehen gelassen und sich auf den Weg zur Rezeption gemacht.

Was sie allerdings dort erleben mussten, war mehr als frustrierend, und Freddy hätte am liebsten laut aufgeschrien.

„Das kann doch alles nicht wahr sein, oder? Kein einziger Gast von diesem Flur ist noch da? Wieso das denn?“

Der junge Rezeptionist knetete verzweifelt seine Hände, und ihm stand die Verzweiflung ins Gesicht geschrieben.

„Es tut mir leid, Herr Kommissar, aber zu dieser Jahreszeit haben wir nur wenig Urlauber hier im Hotel. Die meisten Gäste bleiben nur für eine Nacht, Geschäftsleute, Durchreisende, aber eben kaum Paare, die länger bleiben, also ... ich meine ... sie sind halt alle gestern schon abgereist oder erst angekommen, nachdem es ... also ... diese Geschichte passiert ist, aber wir haben doch die Daten von den Leuten, also ... ich meine ... Sie können die doch erreichen, oder ... wenn ..."

„Ach, Scheiße, das ist doch wieder nur Hinterherlaufen, kann denn nichts mal glatt laufen?"

Seine junge Kollegin schien der Meinung zu sein, den völlig verzweifelten Rezeptionisten ein wenig beruhigen zu müssen. „Machen Sie sich keinen Kopf, Sie können ja nichts dafür. Wir werden die Leute schon auftreiben. Können Sie uns denn sagen, was mit der bewusstlos aufgefundenen Kollegin vom Zimmerservice ist?"

Die Erleichterung war dem jungen Mann deutlich anzusehen, also wusste er offensichtlich in diesem Punkt etwas zu berichten.

„Ja, ich habe vor einer halben Stunde vom Concierge gehört, dass Elizabetha, also ich meine, Frau Stanovic, ins Krankenhaus gebracht wurde, als man sie nicht aufwecken konnte."

„Und, wie geht es ihr? Kann man sie schon befragen?", wollte Freddy ungeduldig wissen.

Das Strahlen verließ das Gesicht des Rezeptionisten so schnell wie die Luft einen platzenden Luftballon.

„Oh, das tut mir leid. Davon weiß ich nichts, also ... ich meine ... davon ... äh ..."

„... hat Ihnen der Concierge nichts gesagt", ergänzte Tanja Bacher sein Gestammel, „schon gut, ist ja nicht schlimm. Wir werden ihn selbst fragen."

Sie ließen den jungen Mann einfach stehen und gingen in Richtung der Büroräume, wo das Management des Hotels und auch der Concierge zu finden waren.

Da die Kopien der Videobänder noch nicht fertiggestellt waren, hatten sie mit dem Sicherheitschef vereinbart, dass sie von einem Boten so schnell wie möglich zum Polizeipräsidium gebracht werden würden, und sich dann auf den Weg in die Universitätskliniken gemacht. Dort hatten sie sich durchgefragt, bis sie schließlich vor dem Dreibettzimmer standen, in dem Elizabetha Stanovic lag, eine einunddreißigjährige Kroatin, die vor zehn Jahren nach Deutschland gekommen war. Als sie das Zimmer betraten, war gerade eine Schwester anwesend, die bei einer schwarzhaarigen Frau in etwa diesem Alter den Blutdruck maß. Die anderen beiden Patienten waren ältere Damen, sodass Freddy davon ausging, dass es sich bei dieser Frau um Elizabetha handeln musste.

„Können wir einen Moment mit Frau Stanovic alleine sprechen?“, fragte er die Schwester, die ihn mit gerunzelter Stirn ansah.

„Da müssten Sie schon mit ihr woanders hingehen, ich kann die beiden Patientinnen nicht rauswerfen“, meinte sie mit einem vorwurfsvollen Ton.

„Geht das denn?“, fragte Tanja Bacher überrascht. „Wie ist denn ihr Gesundheitszustand?“

Die freundliche Frage nach dem Gesundheitszustand der Patientin schien die Schwester ein wenig zu besänftigen. „Ihr geht es schon wieder gut, wir haben ihr eine Infusion und ein Aufbaupräparat gegeben, und sie wird wohl heute noch entlassen werden können.“

„Was genau ist mit ihr passiert?“

„Da müssen Sie schon einen Arzt fragen. Ich weiß nur, dass sie eine Art Betäubungsmittel bekommen haben muss.“

Freddy und Tanja wandten sich der Frau im Krankenbett zu, die sie die ganze Zeit mit großen Augen angesehen hatte.

„Hallo Frau Stanovic“, übernahm Freddy die Vorstellung, „mein Name ist Ahlefeld, und das ist meine Kollegin Bacher. Wir sind von der Kripo Bonn und hätten ein paar Fragen dazu, was Ihnen passiert ist. Können wir zusammen in einen anderen Raum gehen und uns dort unterhalten?“

Sie nickte lediglich schweigend, stand auf und zog sich einen Bademantel über, der ihr wohl vom Krankenhaus zur Verfügung gestellt worden war.

„Können Sie sich erinnern, was Ihnen passiert ist?“, fragte Tanja Bacher, nachdem sie sich in einem von den Stationsschwestern zur Verfügung gestellten unbenutzten Krankenzimmer niedergelassen hatten.

Freddy hatte seiner Kollegin die Befragung überlassen, da die Zeugin einen verängstigten Eindruck machte. Er traute Tanja zu, dass sie die richtigen Fragen stellen würde, auch wenn sie erst seit einem Jahr bei der Mordkommission war.

„Ich war auf dem Weg zu einem Gast, um ihm eine Flasche Champagner zu bringen, die er beim Zimmerservice bestellt hatte. Als ich die Flasche aus der Küche geholt hatte und mich auf den Weg zu dem Zimmer machen wollte, wurde es auf einmal dunkel. Mehr weiß ich nicht. Dann bin ich hier im Krankenhaus aufgewacht. Was ist denn mit mir passiert? Keiner will mir sagen, was los war."

Mist, dachte Freddy, *wieder kein Hinweis auf den Täter.*

Kapitel 10

Polizeipräsidium Bonn, 27. November 1988

Als sie wieder im Präsidium ankamen und die Räume der Mordkommission betraten, wurden sie von der Nachricht überrascht, dass nur wenige Minuten zuvor die Videobänder aus dem Hotel angekommen seien.

„Na, dann nichts wie los und sie anschauen", rief Freddy nun direkt besser gelaunt. „Und wehe, da ist der Täter nicht drauf." Er überlegte einen kurzen Moment, bevor er laut fortfuhr: „Wobei ich inzwischen glaube, dass es sich wohl eher um eine Täterin gehandelt haben könnte."

„Wie kommst du darauf?", fragte sein Chef, Rudi Gattung, der näher herangetreten war. „Habt ihr Erkenntnisse in diese Richtung?"

„Weil ich nicht glauben kann", antwortete Freddy mit einem süffisanten Lächeln, „dass ein Profikiller in die Uniform einer Mitarbeiterin des Zimmerservice schlüpft und dann auch noch vom Opfer ins Zimmer eingelassen wird."

Er musste über den fragenden Blick seines Vorgesetzten lachen, aber er schilderte die Ergebnisse der Befragung von Elizabetha Stanovic.

„Und da wir nun wissen, dass Frau Stanovic sich gegen einundzwanzig Uhr zwanzig auf den Weg zu Zimmer 403 gemacht hat", schloss er seine Berichterstattung ab, „können wir erstmals die vermutliche Tatzeit eingrenzen und müssen auch nicht stundenlang stinklangweilige Videos absuchen."

Der neue Technikraum des Bonner Polizeipräsidiums war mit der modernsten Technik ausgestattet, und die Techniker waren noch dabei, sich in die Bedienung der einzelnen Geräte einzuarbeiten oder sogar abwesend, weil sie gerade Lehrgänge dazu besuchten.

Zur Ausstattung gehörten auch mehrere Videoabspielgeräte mit jeweils dazugehörigen Fernsehern, auf denen man sich Überwachungsvideos ansehen konnte. Außer Freddy hatten sich auch Tanja Bacher und Oberkommissar Kölsch zum Betrachten der Aufzeichnungen eingefunden.

Kein Mensch im Polizeipräsidium nannte Kölsch bei seinem Nachnamen oder gar seinem Vornamen, sondern lediglich „Spritty". Inzwischen wusste keiner mehr genau, ob der Spitzname entstanden war, weil Spritty sehr gerne mal ein Bier trank oder lediglich aufgrund seines Nachnamens. Ihm selbst war es egal, und er hatte sich inzwischen so an den Spitznamen gewöhnt, dass er ihn neuen Kolleginnen oder Kollegen sofort als seinen Namen nannte.

Auf einem Tisch lagerten insgesamt fünfundzwanzig Videokassetten, die alle mit dem jeweiligen Ort, Datum und der Uhrzeit - von/bis – beschriftet waren. Ein Techniker wollte gerade eine Kassette mit der Aufschrift *Lobby* und dem Datum des Anreisetages des Mordopfers einlegen, als Freddy einschritt: „Moment, Kollege, such bitte mal zuerst eine Kassette von gestern, vom vierten Obergeschoss und mit einer Uhrzeit so von etwa einundzwanzig bis dreiundzwanzig Uhr raus. Wenn die Zeugin zutreffende Angaben gemacht hat, könnten wir darauf wahrscheinlich die Mörderin sehen."

„Okay, ihr müsst es ja wissen. Mir ist das völlig egal", grummelte der junge Mann, dessen Name Freddy ums Verrecken nicht einfallen wollte. Aber er kommentierte das offensichtliche Desinteresse nicht, sondern suchte sich einen Stuhl und setzte sich in die Nähe des Technikers und somit auch des Fernsehers, auf dem er hoffte, gleich die Lösung des Falles wie auf dem Präsentierteller gereicht zu bekommen.

Der Techniker schob eine Kassette ein, spulte an den Anfang zurück und startete die Wiedergabe.

Freddy wusste nicht, was genau er sich vorgestellt hatte, aber was er da auf dem Bildschirm sah, war ernüchternd. Das Bild war in Schwarz-Weiß, relativ grobkörnig und zeigte nichts anderes als die Fahrstuhltür, von der er noch nicht mal erkennen konnte, ob sie sich wirklich im vierten Obergeschoss befand. Da sich auf dem Bild absolut nichts bewegte, war lediglich an einem in der rechten oberen Ecke abgebildeten Timecode zu erkennen, dass auf dem Video Zeit verging und es sich nicht lediglich um ein Standbild handelte.

Der Techniker hatte sich bequem in seinem Stuhl zurückgelehnt, und gerade als Freddy fragen wollte, kam Spritty ihm zuvor: „Ich hab jetzt echt keinen Bock, mir eine halbe Stunde lang diese doofe Fahrstuhltür anzusehen. Wenn die Anzeige oben rechts stimmt, stammt die Aufnahme ja von zwanzig Uhr. Kann man das nicht vorspulen und dabei zusehen?"

„Ja, natürlich kann man das", antwortete der Techniker gelangweilt, „aber das habt ihr mir nicht gesagt."

Freddy konnte sich nicht zurückhalten. „Es ist immer wieder schön, wenn jemand mitdenkt und nicht nur seine Arbeitszeit absitzt." Dann wurde er etwas lauter: „Hallo, Herr Kollege, natürlich wollten wir das. Wir haben nicht endlos Zeit, wie das bei dir der Fall zu sein scheint."

Es war ihm egal, ob er den Mann nun beleidigt hatte, er wollte endlich wissen, woran sie waren.

„Is ja schon gut, ich mach ja schon", kam die beleidigte Antwort.

Er drückte auf einen Knopf, und der Timecode begann schneller zu laufen. In der linken oberen Ecke des Bildes war zunächst ein „2x", dann ein „4x" zu sehen, und anhand der Geschwindigkeit, mit der die Uhrzeit ablief, war zu erkennen, dass es sich um den Faktor der Beschleunigung handeln musste.

Beim Timecode einundzwanzig Uhr zehn tat sich etwas. Die Fahrstuhltür öffnete sich sehr schnell, und Freddy schrie: „Langsamer, verdammt noch mal."

Es wäre nicht nötig gewesen, denn der Techniker hatte schon reagiert und auf Normalgeschwindigkeit geschaltet. Man sah einen älteren Mann aus dem Fahrstuhl treten, der einen kleinen Koffer hinter sich herzog.

„Scheiße, weiter“, war alles, was als Kommentar von Spritty kam.

Für die nächsten fünfundzwanzig Minuten geschah nichts. Das war zumindest die Zeit laut Timecode, aber da der Techniker inzwischen auf Faktor „16x“ geschaltet hatte, vergingen für die inzwischen dennoch gelangweilten Beobachter lediglich anderthalb Minuten.

Diesmal war es Tanja Bacher, die am schnellsten reagierte und laut „Stopp“ rief. Dennoch musste der Techniker zurückspulen, denn der Vorgang, der mehrere Sekunden gedauert hatte, war im Bruchteil einer Sekunde vorbei gewesen, und man hatte lediglich erkennen können, dass sich die Fahrstuhltür geöffnet hatte, eine nicht zu erkennende Person den Fahrstuhl verlassen hatte und auch schon wieder aus dem Aufnahmebereich der Überwachungskamera verschwunden war.

Als das Video dann wieder mit Normalgeschwindigkeit lief, beobachteten sie, wie sich die Tür öffnete und eine junge Frau in der Uniform einer Hotelangestellten den Fahrstuhl verließ. Auf dem Arm trug sie einen Sektkühler mit einer Flasche darin und in der anderen Hand hielt sie einen Schlüssel mit einem großen, metallenen Anhänger. Sie hielt den Blick gesenkt, sodass man ihre Augen nicht sehen konnte, und ging schnellen Schrittes den Hotelflur entlang.

„Lass mal weiter vorlaufen, ich will sehen, wenn sie wieder zurückkommt. Das Bild können wir uns danach noch genauer ansehen ... aber nun etwas schneller", forderte Freddy den Techniker auf.

Das Bild begann wieder schneller zu laufen, und es waren laut Timecode nur vier Minuten vergangen, als die Frau wieder ins Bild kam. Sie ging auf die Fahrstuhltür zu, drückte den Knopf, und die Tür öffnete sich sofort. Als sie in der Kabine stand, drehte sie sich, während die Tür sich wieder schloss, gerade um.

„Stopp", rief diesmal Freddy, und das Bild fror ein. „Das ist sie, das ist unsere Killerin. Hundert Prozent."

Spritty, Tanja und der Techniker sahen ihn verwundert an.

„Wie kannst du dir da so sicher sein?", fragte Tanja verwundert.

Freddy zeigte auf das Standbild. „Schaut mal, sie hat die Champagnerflasche noch dabei. Wir wissen, dass Rubischke Champagner bestellt hat, der von der Stanovic gebracht werden sollte. Hier läuft eine andere Frau mit einer Champagnerflasche in Richtung Zimmer 403 und kommt mit der Flasche wieder zurück. Haben wir eine Flasche im Hotelzimmer gefunden? Nein, haben wir nicht. Hat einer von euch eine bessere Erklärung, als dass sie die Killerin ist?"

Alle schüttelten den Kopf.

„Gut, dann lasst uns mal die Dame genauer ansehen. Mal schauen, was man bei der schlechten Qualität von ihr erkennen kann."

Der Techniker spulte wieder zurück bis zu der Stelle, an der die Unbekannte den Fahrstuhl verließ. Ab diesem Moment ließ er das Video verlangsamt laufen und drückte an genau der richtigen Stelle die Stopp-Taste.

„Kannst du das Bild vergrößern?", fragte Spritty.

„Ist der Papst katholisch?", war die beleidigte Antwort des Technikers. Er drückte einige Tasten, und das Bild zoomte auf die Frau, bis sie formatfüllend auf dem Fernseher dargestellt wurde. Die Körnigkeit hatte zugenommen, aber man konnte dennoch mehr erkennen als zuvor.

„Ich schätze mal", begann Freddy vorsichtig, „circa eins siebzig groß, aber da müssen wir mal eine Vergleichsmessung an den Wänden und der Entfernung des Standortes zum Fahrstuhl machen, dann kann man das sicherlich relativ genau feststellen. Ansonsten fällt mir ihre schlanke, sportliche Figur auf, sehr kurz geschnittene helle Haare, vermutlich blond, aber die Augenfarbe könnte man eh kaum beurteilen, selbst wenn sie in die Kamera sehen würde, weil es halt nur ein Schwarz-Weiß-Video ist."

„Na, dann schauen wir mal", bemerkte Spritty ein wenig genervt, während er sich erhob, „ob wir mit diesen wenigen Daten eine Fahndung einleiten können oder ob jemand die Frau erkennt."

Während Spritty den Raum verließ, bat Freddy den Techniker um einen letzten Gefallen: „Kannst du dieses Standbild irgendwie noch ein wenig schärfen, geht das? Und wenn ja, mach uns bitte einen Ausdruck davon, okay?"

„Na ja, das geht schon, das wird aber ein wenig dauern.“ Er schien zu bemerken, dass Freddy kurz davorstand, zu explodieren.

„Is ja schon gut, ich beeil mich ... versprochen.“

Freddy drehte sich um und verließ grinsend den Technikraum.

Kapitel 11

Kurz außerhalb von Bonn, 27. November 1988

Alles wendet sich zum Guten, wenn man nur beharrlich ist, dachte Rubina auf Russisch.

In letzter Zeit dachte und träumte sie immer öfter auf Russisch, was ja ihre Muttersprache war. Nun ja, eigentlich eher die Sprache ihres Vaters, denn ihre Mutter war Deutsche.

Es war so einfach gewesen. Dieser notgeile Bock hatte sich zu seinem Jackett heruntergebeugt, vermutlich um ihr ein üppiges Trinkgeld zu geben und sie anschließen anzumachen. Sie musste ihm nur noch den Eispickel ins Hirn rammen. Keinen Laut hatte er von sich gegeben, und sie wusste aus ihrem Training, dass er so schnell gestorben war, dass er es noch nicht mal mitbekommen hatte.

Eigentlich schade, ich hätte ihm gegönnt, noch ein wenig zu leiden.

Aber es hatte schnell und lautlos gehen müssen. Sie konnte sich keine Komplikationen leisten. Ihre Auftraggeber durften diesen Mord nicht auf sie zurückführen können. Deshalb hatte sie auch eine in ihrem Metier eher unübliche Methode gewählt, die sie in ihrer Ausbildung zwar gelernt, aber noch nie zuvor angewandt hatte. Überhaupt war sie ja keine Auftragskillerin und hatte bisher lediglich zweimal in Notwehr getötet.

Ihr eigentlicher Auftrag lautete anders, weshalb sie sich auch relativ sicher war, dass man nicht sofort an sie denken würde.

Es war eine Fügung des Schicksals gewesen, dass sie ausgerechnet zu dieser Zeit einen Auftrag in Bonn hatte, aber nun musste sie zusehen, dass sie diesen Auftrag auch zeitnah erfüllte, sonst würden ihre Führungsoffiziere nicht begeistert sein.

Rubina Kasmarowa dachte an ihre Mutter in Berlin, mit der sie schon lange keinen Kontakt mehr aufgenommen hatte. Sie nahm sich vor, das in den nächsten Tagen zu ändern. Eine öffentliche Telefonzelle in Bonn war die sicherste Art und Weise, mal wieder mit ihrer Mutter zu sprechen.

Zuallererst galt es aber nun, den Eispickel für alle Zeiten verschwinden zu lassen, denn sie wusste, dass die Kriminaltechnik inzwischen so gut geworden war, dass sie trotz aller Reinigungsversuche noch Blutspuren oder DNA an der Mordwaffe finden konnte. Das Gleiche galt für die Klamotten der Frau vom Zimmerservice, die sie nicht am Tatort hatte zurücklassen können, denn auch daran wären Spuren von ihr gefunden worden.

Sie ließ sich rücklings auf das Bett ihres Hotelzimmers fallen, starrte einige Sekunden lang an die Decke und schloss dann die Augen. Die Befriedigung, die sie sich erhofft hatte, wollte sich partout nicht einstellen. Wie oft hatte sie es sich ausgemalt, diesen Mann zu töten, hatte sich vorgestellt, wie zufrieden sie danach sein würde ... aber diese Zufriedenheit spürte sie nun nicht.

Was stimmt nicht mit mir? Es ist doch absolut richtig gewesen, oder?

Sie spürte, wie ihr die Tränen kamen. Sie hatte schon seit Jahren nicht mehr geweint, und sie wusste, dass es weder Tränen der Trauer noch des Schmerzes waren. Es war die unstillbare Wut, die schon so lange an ihrer Seele gefressen hatte und von der sie gedacht hatte, sie würde verschwinden, wenn das Schwein endlich tot wäre.

Nun ist er tot, aber die Wut und der Schmerz sind noch immer da.

Kapitel 12

Polizeipräsidium Bonn, 27. November 1988

Die für dreizehn Uhr angesetzte Besprechung hatte bereits angefangen, als Ricardo und Ellen, gerade zurückgekehrt von der Ständigen Vertretung der DDR, den Raum betraten.

Das Erste, was Ricardo auffiel, waren die beiden ihm unbekannten Personen, die an einem der in U-Form aufgebauten Tische Platz genommen hatten. Netterweise waren vor den beiden Herren gefaltete Pappschildchen aufgestellt worden, die mit den Namen und der Herkunft der beiden beschriftet waren.

FULBRECHT – Bundesnachrichtendienst und
SCHUCK – Bundesamt für Verfassungsschutz

Freddy Ahlefeld schilderte gerade die Ergebnisse der Auswertung der Videoüberwachung, und während Ricardo und Ellen auf zwei freien Stühlen Platz nahmen, gab Ahlefeld einen Stapel Fotoausdrucke herum, von dem jeder sich ein Blatt nehmen und den Stapel dann weiterreichen sollte.

„Das“, verkündete er mit Stolz in der Stimme, „ist nach unserer Meinung die Killerin des armen Erich Rubischke. Wie Sie sehen können, eine junge Frau, vermutlich Mitte zwanzig, sportlich, schlank und etwa eins siebzig groß. Wir haben leider bisher noch keine Ahnung, wer sie sein könnte, aber vielleicht haben ja die beiden Herren der Nachrichtendienste eine.“

Er sah erwartungsvoll in die Richtung der beiden, die sich kurz gegenseitig ansahen, bevor der Mitarbeiter des BND das Wort ergriff.

„Bisher leider nicht, aber selbstverständlich werden wir das Bild durch unsere Dienststellen prüfen lassen. Sobald wir die Frau identifiziert haben, lassen wir es Sie wissen.“

Sein Kollege vom BfV nickte eifrig, sagte aber kein Wort.

„Was können Sie uns denn über Rubischke sagen, was wir noch nicht wissen?“, schaltete sich der Leiter der Mordkommission ein.

Der BfV-Mann blickte vor sich auf den Tisch, der BND-Mann hingegen sah Gattung direkt in die Augen.

Diese Haltung kannte Ricardo ... provozierender Blick, Augenkontakt halten, um Ehrlichkeit zu signalisieren, und erst eine Weile schweigen, bevor man etwas mit fester Stimme sagte.

Ricardo war sich absolut sicher, dass die nächsten Worte des Mannes, dessen Name mit hoher Wahrscheinlichkeit *nicht* Fulbrecht war, gelogen sein würden.

„Leider noch absolut nichts. Wir haben Kontakt mit unseren Quellen auf der anderen Seite aufgenommen, aber es wird vermutlich eine Weile dauern, bis sie uns mehr über diesen Mann mitteilen können. Bisher ist uns nur bekannt, dass er im Auftrag von Schalck-Golodkowski im Westen war, um Verhandlungen zu führen über die Modalitäten der Rückzahlung des der DDR von der Bundesrepublik gezahlten Milliardenkredites."

Es hätte nicht viel gefehlt und Ricardo hätte laut aufgelacht. Das waren die Informationen, die er selbst der MK gegeben hatte. Der Mann, der hier gerade so unverfroren log, wusste mit Sicherheit wesentlich mehr. Er war nur nicht gewillt, diese Informationen mit der Polizei zu teilen.

Wenn er es nicht besser gewusst hätte, hätte er steif und fest behauptet, einem Mitarbeiter der Staatssicherheit zuzuhören.

Ein Blick in die Runde zeigte ihm, dass mehr als die Hälfte der Anwesenden eine ähnliche Meinung dazu hatte, was von dem Wahrheitsgehalt der Aussagen zu halten war.

„Ich kann Ihnen derzeit nur verraten", fuhr Fulbrecht fort, „dass er mit hoher Wahrscheinlichkeit nicht nur für das Außenhandelsministerium, sondern auch für die Staatssicherheit gearbeitet hat. Aber in welcher Funktion, können wir noch nicht sagen. Über seine privaten Verhältnisse ist nur bekannt, dass er eine Schwägerin in Berlin hat. Das war's dann aber leider schon."

„Hört, hört", konnte Ricardo sich nicht verkneifen, in den Raum zu rufen. „So viel wussten wir allerdings auch schon."

„Und Sie sind ...?", fragte Fulbrecht mit zusammengezogenen Augenbrauen nach.

„Oh, ich dachte, wenigstens das wüssten Sie. Sie wissen doch sonst immer so viel. Mein Name ist Hauptmann Müller, Mitglied der Morduntersuchungskommission Berlin ... Sie würden wohl Ostberlin sagen, nicht wahr?"

Mit Genugtuung erkannte Ricardo, dass niemand die beiden Männer vorgewarnt hatte. Mit offenen Mündern und aufgerissenen Augen sahen sie ihn an, bevor Fulbrecht unvermittelt aufsprang und den Leiter der Mordkommission anklagend ansprach.

„Das hätten Sie uns aber im Vorfeld sagen müssen, Herr Gattung, dass hier auch ein Vertreter der DDR zugegen ist. Dann hätten wir nicht so freizügig ..."

„Was?", unterbrach Gattung ihn, „... uns das gesagt, was alle hier im Raum, inklusive des Kollegen Müller, bereits wussten? Machen Sie sich nicht lächerlich. Ihre Spielchen sind mir hinlänglich bekannt: Informationen zurückhalten, nur das sagen, was unbedingt nötig oder sowieso schon bekannt ist. Mir brauchen Sie erst wieder gegenüberzutreten, wenn Sie etwas Maßgebliches beitragen können, meine Herren."

Das empfand Ricardo als glatten Hinauswurf, aber mit der ihnen eigenen Arroganz reagierten die beiden

Herren, von denen einer noch kein einziges Wort gesagt hatte, wie erwartet.

„Dann ist diese Besprechung für uns ...", Fulbrecht sah seinen Kollegen Schuck kurz an und machte mit dem Kopf eine fast herrische Bewegung in Richtung Tür, „... an dieser Stelle beendet. Meine Damen und Herren, melden Sie sich, wenn Sie nicht mehr weiterkommen, was nach meiner Einschätzung nicht lange dauern kann."

Hocherhobenen Hauptes verließen die beiden den Raum, aber nicht schnell genug, um sich nicht noch das kaum zu überhörende Gelächter anhören zu müssen, das ihrem peinlichen Abgang folgte.

Die Tür hatte sich kaum hinter ihnen geschlossen, als Gattung Ricardo ansprach: „Herr Müller, Sie haben gesagt, wir wüssten schon, dass Rubischke eine Schwägerin in Berlin hat?" Er sah ihn fragend an.

„Vielleicht wäre es nicht verkehrt, wenn Ellen von unserem Besuch in der Botschaft und den Ergebnissen berichtet." Er nickte Ellen Zerwas aufmunternd zu, die ihn anstrahlte und zu berichten begann. Sie erzählte von der nicht gerade freundlichen Aufnahme, von dem Büro, das vermutlich abgehört wurde, wie Ricardo sie davor gewarnt hatte und schließlich von dem fragwürdigen „Kulturattaché", der wohl ein Stasi-Mitarbeiter gewesen war und der schon vor der namentlichen Vorstellung gewusst hatte, wie sie hieß.

Ricardo bemerkte, dass sich einige Augenbrauen überrascht hoben, als sie das Telefonat mit seinem Kollegen Kümmel schilderte.

Ricardo hatte sich vorgenommen, in dieser Besprechung ein Wagnis einzugehen, das nicht ganz ungefährlich war. Als er die beiden Vertreter der Nachrichtendienste dort angetroffen hatte, war sein Plan sofort ad acta gelegt worden, aber nun konnte er es doch wagen.

„Verehrte Kolleginnen und Kollegen, ich will mit offenen Karten spielen. Ich weiß, dass viele von Ihnen mir nicht vertrauen, und kann das auch absolut nachvollziehen. Was ich Ihnen jetzt sage, stellt für mich ein nicht gerade geringes Risiko dar, da ich nicht wissen kann, ob es unter Ihnen nicht einen IM, also einen ‚informellen Mitarbeiter' der Staatssicherheit, gibt, der alles, was ich Ihnen erzähle, auf dem schnellsten Weg nach Berlin meldet. Mir ist bekannt, dass es in den Reihen der westdeutschen Polizei den einen oder anderen Informanten der Staatssicherheit gibt. Die meisten von ihnen vermutlich in Westberlin, aber in Bonn vielleicht doch auch – wenn auch nicht unbedingt bei der Mordkommission."

„Und woher sollen ausgerechnet Sie, als angeblicher Polizist, das wissen?", erscholl es von Richard Kölsch lautstark.

Ricardo grinste ihn freundlich an. „Weil, mein werter misstrauischer Kollege, viele der Stasi-Mitarbeiter vorher bei der Polizei waren. Man hat Freunde, Kumpels und Verbindungen selbst in solche Organisationen. Und bei einem Feierabendbier unter alten Kameraden fällt schon mal die eine oder andere Andeutung, aus der man sich viel zusammenreimen kann, wenn man die Verhältnisse in meinem ach so schönen Land so gut kennt, wie ich es nun mal tue."

Vereinzeltes Nicken bei einigen der Anwesenden bestärkte Ricardo in seinem Vorhaben, nicht auf halber Strecke aufzuhören.

„Bei dieser Gelegenheit möchte ich eine deutliche Warnung aussprechen, was die Bereiche Funk und Telefon angeht. Gehen Sie bitte davon aus, dass alle Ihre Telefonate von der HA III mitgehört werden. Das Gleiche gilt für Ihren Funk. Es wäre also äußerst nett von Ihnen, wenn Sie nichts von dem, was ich Ihnen hier in diesem Raum anvertraue, irgendjemandem am Telefon weitererzählen. Das könnte für meine Familie in Berlin tragische Auswirkungen haben."

Betroffenheit, Mitleid, Verblüffung, aber auch Unglaube waren die Gefühle, die er in den Gesichtern der Kolleginnen und Kollegen erkennen konnte. Es wunderte ihn nicht, dass es wiederum Richard „Spritty" Kölsch war, der meinte, eine Meinung äußern zu müssen.

„Wenn ich so einen Quatsch höre, das ist doch gar nicht möglich. Die DDR hat doch keine NSA wie die Amis. Denen fehlen doch die technischen Mittel, um die Tausenden von Telefonaten mitzuschneiden und auszuwerten. Der will uns hier einen Bären aufbinden."

Ricardo lächelte weiterhin und zuckte mit den Schultern. „Sie müssen es ja wissen. Aber selbst wenn Sie mir nicht glauben, wäre es sehr nett, wenn Sie solche Informationen nicht am Telefon verbreiten. Das sollte für Sie doch keine große Einschränkung sein, oder?"

Spritty Kölsch wollte gerade etwas entgegnen, als der Leiter der Mordkommission das Wort ergriff: „Ich denke, es sollte kein Problem darstellen, wenn wir uns die Worte des Kollegen Müller zu Herzen nehmen und uns vielleicht am Telefon ein wenig zurückhalten. Auch ...", setzte er schnell und etwas lauter nach, als er zu erkennen schien, dass Spritty noch einen draufsetzen wollte, „... wenn einige von uns das nicht glauben wollen. Ist ... das ... klar?"

Es erfolgte kein Widerspruch, und Ricardo war gespannt, ob sich seine Strategie auszahlen oder als verhängnisvoller Fehler herausstellen würde.

Kapitel 13

Polizeipräsidium Bonn, 27. November 1988

Freddy Ahlefeld hatte nach Abschluss der Besprechung, nachdem erneut Ermittlungsaufgaben verteilt worden waren, die beiden jungen Kolleginnen und Ricardo Müller zu sich in sein Büro eingeladen, um das weitere Vorgehen abzusprechen. Wie so oft hatte sich am Anfang einer Ermittlung eine Teambildung ergeben, die vermutlich länger andauern würde.

Gattung hatte ihn zwar gebeten, weiterhin ein Auge auf Müller zu haben, aber es schadete nichts, wenn Müller auch weiterhin mit Ellen Zerwas und er mit Tanja Bacher zusammenarbeiten würden.

Dennoch wollte er noch ein wenig genauer wissen, was genau sich in der Ständigen Vertretung der DDR abgespielt hatte und wie die beiden zusammenarbeiteten. Es hatte ihn ein wenig überrascht, dass Müller bereits mit Ellen per Du war, obwohl das bei der MK ansonsten eigentlich immer üblich war.

„So, Leute, jetzt möchte ich aber doch mal im Detail und nicht die geschönte und verkürzte Fassung hören, was da so alles in der Ständigen Vertretung passiert ist."

Ricardo und Ellen sahen sich kurz an, und nachdem Ellen Ricardo zugenickt hatte, begann dieser zu erzählen.

„Botschafter Neubauer war selbstverständlich nicht sehr erbaut darüber, dass ich eine westdeutsche Polizeibeamtin mitgebracht habe, aber ..."

„Entschuldigung, dass ich unterbreche", fiel Freddy ihm ins Wort, „aber nur fürs Protokoll: Bei uns ist Herr Neubauer lediglich der Leiter der Ständigen Vertretung und kein Botschafter, da die Bundesrepublik Deutschland die Ständige Vertretung nicht als Botschaft anerkennt. Der Status mag ähnlich sein, und ich weiß auch, dass die Mitarbeiter der Ständigen Vertretung diplomatischen Schutz genießen, aber eine Botschaft ist es eben nicht."

Ellen und Tanja sahen Freddy überrascht an, und Ricardo Müller ließ zu Freddys Verärgerung lediglich ein süffisantes Lächeln sehen, bevor er antwortete.

„Das ist mir wohl bewusst, und wir könnten jetzt in eine treffliche Diskussion über die Souveränität von Staaten und die Anerkennung der DDR durch die BRD treten, aber vielleicht könnten wir uns darauf einigen, dass ich akzeptiere, dass Sie ständig von der Ständigen Vertretung reden und ich der Einfachheit halber den Sprachgebrauch der DDR benutze. Es wird Sie vielleicht überraschen, aber mir ist sogar bekannt, dass es Ihnen hier verboten ist, in Schriftstücken für die Bundesrepublik Deutschland die Abkürzung BRD zu verwenden, weil sie von der DDR kreiert und benutzt wird. Ich finde das zwar ein wenig lächerlich, aber so ist das halt in unserem leider so angespannten innerdeutschen Verhältnis."

Er sah Freddy mit leicht schief gelegtem Kopf an und wartete.

Verdammt, woher wissen die das alles?, schoss es Freddy durch den Kopf, und er begann sich ernsthaft Gedanken darüber zu machen, ob die Warnung von Müller bezüglich des Abhörens der Telefone nicht vielleicht doch ein wenig ernster zu nehmen war, als er zu Beginn gemeint hatte. Er riss sich zusammen und lenkte ein.

„Okay, vielleicht war ich da ein wenig kleinlich. Bitte erzählen Sie weiter."

Ellen und Tanja hatten der Unterhaltung mit aufgerissenen Augen und sichtlich überrascht zugehört, hielten sich aber vornehm zurück und kommentierten nicht.

Ricardo wollte gerade fortfahren mit seiner Schilderung der Ereignisse, als es an der Tür des Büros klopfte.

„Ja, bitte?", rief Freddy genervt über die Störung.

Die Tür öffnete sich, und er erkannt sofort die große, schlaksige Figur des erst kurz zuvor so unrühmlich aus der Besprechung hinauskomplimentierten Mitarbeiters des BfV, Schuck. Noch immer etwas zögerlich trat er in das Büro ein und schloss vorsichtig die Tür hinter sich.

„Bitte entschuldigen Sie die Störung, aber man hat mir gesagt, dass ich Sie hier finden kann. Ich ... äh ... wollte gerne noch mit Ihnen sprechen."

Freddy war sich nicht sicher, wen der Mann meinte, ihn oder Müller, aber er beließ es dabei.

„Gerne, wenn Sie etwas beizutragen haben." Er wies auf den letzten freien Stuhl und lehnte sich bequem in seinem Stuhl zurück, neugierig darauf, weshalb Schuck noch einmal zur Dienststelle zurückgekommen war. Dem Mann war anzusehen, dass ihm sein Auftritt unangenehm war und er sich nicht wohlfühlte.

„Ich kann verstehen", begann Schuck vorsichtig, nachdem er sich gesetzt hatte, „dass Sie nicht begeistert von dem Verhalten des Kollegen vom BND waren, und glauben Sie mir, ich war es auch nicht. Aber wir können es uns nicht leisten, offen in eine Konfrontation mit diesen Leuten einzutreten. Deshalb bin ich noch einmal zurückgekommen, da ich eine Information habe, die sich vielleicht für Ihre Ermittlungen als wichtig oder wenigstens nützlich erweisen könnte."

Freddy war nicht der Einzige, der sich interessiert nach vorne gelehnt hatte und nun gebannt an den Lippen des BfV-Mitarbeiters hing.

„Ich weiß nicht, wie ich es Ihnen schildern soll, also erzähle ich die Sache einfach so, wie sie sich zugetragen hat. Vor drei Jahren, also 1985, gab es anlässlich der Hannover Messe einen Vorfall, in den Ihr Opfer, Erich Rubischke, verstrickt war. Aus politischen Gründen, um gerade laufende Verhandlungen mit der DDR nicht zu gefährden, wurde der Vorfall unter den Teppich gekehrt, sehr zum Leidwesen der Hannoveraner Kriminalbeamten, was ich auch sehr gut verstehen kann."

„Und was war das genau für ein ‚Vorfall'?", konnte Freddy sich nicht zurückhalten, seine Ungeduld zur Schau zu stellen.

„Äh ... ja ... Entschuldigung. Also ...", Freddy merkte Schuck an, wie schwer es ihm fiel, seine Karten auf den Tisch zu legen, „... eine Messehostess hat eine Anzeige wegen versuchter Vergewaltigung gegen einen Messegast gemacht. Es wurde sehr schnell klar, dass der mutmaßliche Vergewaltiger ein DDR-Bürger war, der sich in offizieller Mission in der Bundesrepublik aufhielt. Das hat natürlich sofort die Politik auf den Schirm gerufen, und es hat keine zwei Tage gedauert, bis die Ermittlungen niedergeschlagen und Rubischke nahegelegt wurde, die Bundesrepublik so schnell wie möglich zu verlassen."

Freddys Gedanken überschlugen sich, und er überlegte, was das für ihre Ermittlungen bedeutete. Noch bevor er seine Überlegungen preisgeben konnte, schaltete sich Ricardo Müller ein.

„Und jetzt haben Sie gehört, dass es sich um eine Täterin handelt, und gedacht, das könnte ja die Frau sein, die sich nun dafür gerächt hat, was ihr damals angetan wurde. So nach dem Motto: Wenn die Tat schon nicht von der Polizei verfolgt wird, dann sorge ich halt persönlich dafür, dass sie angemessen gesühnt wird, nicht wahr?"

Er denkt ganz ähnlich wie ich. Hätt ich nicht gedacht, musste Freddy, der genau das Gleiche zum Ausdruck hatte bringen wollen, innerlich zugeben.

Aber an eines hast du noch nicht gedacht, ich aber.

„Und da Sie", setzte er sofort nach, bevor Müller ihm nochmals zuvorkommen konnte, „eben die Aufnahme aus der Videoüberwachung gesehen und uns nicht mit der Nachricht überrascht haben, dass Sie die Täterin bereits kennen, denke ich mir, dass Sie nie ein Bild des damaligen Opfers gesehen haben, habe ich recht?"

Das beifällige Nicken von Müller, das er aus den Augenwinkeln wahrnahm, gab Freddy ein beruhigendes Gefühl.

Und wieder wand sich der BfV-Beamte ein wenig, bevor er widerstrebend zugab: „Ja, Sie haben leider recht. Der Fall wurde so erfolgreich unter den Teppich gekehrt, dass ich Ihnen noch nicht mal den Namen der jungen Frau sagen kann. Da müssten Sie tatsächlich bei den Kollegen in Hannover recherchieren. Da gibt es sicherlich noch jemanden, der sich an den Fall erinnert und Ihnen weiterhelfen kann."

Er zuckte mit den Schultern. „Mehr kann ich Ihnen leider noch nicht bieten. Aber glauben Sie mir bitte, dass ich gerne bereit bin, Ihnen zu helfen, wenn es mir möglich ist."

„Ich glaube Ihnen", sagte Ricardo unvermittelt und zu Freddys grenzenloser Überraschung.

Was geht da vor? Unterhalten sich da zwei Geheimdienstler oder warum sagt Müller das?

Er musste auch etwas sagen, aber ihm war nicht klar, was er noch zu dieser Unterhaltung beitragen konnte, ohne etwas Dummes zu sagen.

„Na prima, dann sind wir jetzt alle wieder Freunde und ziehen am gleichen Strang“, sagte er das Erste, was ihm einfiel. „Aber zunächst sollten wir uns vielleicht mal darauf konzentrieren, die Identität der jungen Frau aus Hannover herauszufinden. Vielleicht haben wir dann ja schon unsere Killerin. Ich sehe das als eine Rechercheaufgabe, die vielleicht am besten ihr, Ellen und Tanja, übernehmen könntet. Hängt euch ans Telefon und versucht, bei den Hannoveraner Kollegen herauszufinden, wer sie war. Bei Ihnen, Herr Schuck, möchte ich mich für Ihre Ehrlichkeit bedanken und würde mich freuen, wenn Sie uns zu gegebener Zeit noch einmal unterstützen. Und wir beide ...“, er blickte Ricardo Müller durchdringend an, „... sollten uns jetzt noch mal unter vier Augen unterhalten.“

Sowohl die beiden jungen Kolleginnen als auch Schuck verstanden seinen Hinweis, erhoben sich und verließen das Büro.

„So ...“, meinte Freddy zu Ricardo, nachdem sich die Tür hinter den dreien geschlossen hatte, „... dann reden wir jetzt mal Tacheles.“

Kapitel 14

Polizeipräsidium Bonn, 27. November 1988

Ricardo konnte sich vorstellen, warum Freddy Ahlefeld sich so erregte. Er war der Typ für offene Worte und nicht für versteckte Andeutungen.

„Was sollte das eben mit dem BfV-Heini, hä? Was heißt, ‚Sie glauben ihm'? Was glauben Sie ihm? Hab ich irgendwas nicht mitbekommen?"

Ricardo hielt dem fordernden Blick stand und schaffte es, nicht betreten zu Boden zu sehen. Aber er hatte sich inzwischen ein ausreichend gutes Bild von Ahlefeld gemacht, um zu wissen, wie weit er gehen konnte.

„Das wird Ihnen sicherlich schwerfallen zu verstehen, aber ich bin es gewohnt, mit diesen Nachrichtendiensttypen umzugehen. Was ich in der Besprechung gesagt habe, entspricht den Tatsachen. Ich habe wirklich ehemalige Kameraden aus der Volkspolizei, die zur Stasi gewechselt sind, als ich zur Kriminalpolizei ging. Und bei der Staatssicherheit ist es wie bei Ihren Nachrichtendiensten: Nicht alle sind gleich. Da gibt es die Hardliner, die für Staat und Vaterland bis zum Äußersten gehen würden, aber es gibt auch die

Gemäßigten, die die Probleme unseres Landes sehen und nicht alles gutheißen, was die Partei anweist. Bei uns lernt man schnell, die einen von den anderen zu unterscheiden."

Ricardo musste feststellen, dass Ahlefeld ihm aufmerksam lauschte, wenn er auch noch immer ein deutliches Zweifeln im Gesicht trug.

„Ich habe mir im Laufe der Jahre bei der MUK eine recht gute Menschenkenntnis zugelegt und vielleicht auch ein feineres Gespür für Untertöne als ihr hier im Westen. Ihr braucht das nicht so. Schuck ist einer von den Guten. Natürlich unterscheiden sich die Nachrichtendienste im Westen nicht wirklich sehr von der Staatssicherheit, und vielleicht gibt es bei Ihnen mehr Gute als Schlechte, das kann ich noch nicht wirklich beurteilen. Dieser Fulbrecht vom BND, der könnte genauso gut bei der Staatssicherheit sein, das habe ich sofort gemerkt. Aber Schuck ist ganz anders. Ich weiß auch, warum er uns gerne helfen möchte."

„Und das wäre?", fragte Ahlefeld nun ehrlich neugierig.

„Er leidet noch unter dem Tiedge-Trauma."

„Dem was?"

„Na, Sie haben doch sicherlich auch von Hansjoachim Tiedge gehört, dem Gruppenleiter der Spionageabwehr beim BfV in Köln, oder?"

Ricardo konnte sehen, wie die Erinnerung bei Ahlefeld an diesen spektakulären Vorfall zurückkehrte.

„Sehen Sie, Kollege Ahlefeld, der Fall Tiedge hat eine tiefe Wunde in das Selbstverständnis des Bundesamtes für Verfassungsschutz gerissen. Als Tiedge sich 1985 in die DDR abgesetzt hat, hat er die Reputation des BfV so nachhaltig zerstört, dass sie sich noch immer davon erholen müssen. Ein so hochrangiger Beamter, der überläuft und angeblich alle Geheimnisse des BfV und damit der BRD an den Feind übergibt ... das macht einem Nachrichtendienst schwer zu schaffen."

Er sah, wie Ahlefeld nachdenklich die Augen zusammengekniffen hatte. Schon bei seiner Bemerkung hatte Ricardo gemerkt, welchen Fehler er gerade begangen hatte, und nun war er gespannt, ob es dem westdeutschen Kripobeamten aufgefallen war. Bei den nächsten Worten von Ahlefeld wurde seine inzwischen getroffene Einschätzung dieses Kollegen bestätigt. Der Typ war ein Fuchs. Ein erfahrener Ermittler, der auf jedes Wort achtete und dem so leicht nichts entging.

„Sie haben gesagt, ‚angeblich alle Geheimnisse verraten hat'. Das impliziert, dass er das nicht getan hat. Wie kann man das verstehen?"

Ricardo grinste ihn frech an. „Bravo, Sie haben aufgepasst. Aber das werde ich Ihnen jetzt noch nicht verraten, da müssen Sie sich schon noch eine Weile gedulden. Warten wir mal, bis wir uns besser kennen, dann können wir darüber reden, wie Sie eventuell unserem neuen Freund vom BfV einen unbezahlbaren Gefallen tun können und für immer einen Stein im Brett bei ihm haben. Das kann für die Zukunft sicherlich nützlich sein. Wir in der der DDR haben Erfahrung darin, Gefallen gegen Gefallen einzusetzen."

Wiederum musste er es Ahlefeld hoch anrechnen, dass der sich mit dieser Auskunft zufriedengab und nicht nachhakte. Offensichtlich hatte er auch erkannt, dass er damit bei Ricardo nicht weit kommen würde.

„Nun gut, belassen wir es für den Moment dabei", gab Ahlefeld als einzigen Kommentar von sich. „Was haben Sie für einen Vorschlag, wie wir weiter vorgehen können?"

Darüber hatte Ricardo sich selbst schon Gedanken gemacht, und die wollte er auch mit Ahlefeld teilen.

„Ich habe strikte Anweisung, alle meine Informationen mit dem MfS zu teilen, allerdings ist es mir verboten, von einem Ihrer Telefone Kontakt aufzunehmen. Ich hoffe, Sie vertrauen mir inzwischen so weit, dass Sie verstehen, dass ich nochmals in die Ständige Vertretung muss, um von dort aus auf einer abhörsicheren Leitung mit dem MfS Kontakt aufzunehmen."

Er sah den aufkeimenden Widerspruch in Ahlefelds Haltung und fuhr schnell fort: „Es ist fast unmöglich, dass die Staatssicherheit nichts von dem Vorfall in Hannover gewusst hat, aber man hat mir bei meiner ausführlichen Einweisung in Berlin nichts davon gesagt. Ich möchte wissen, warum. Also werde ich diese ‚neue' Information mitteilen und Akten oder Erkenntnisse darüber anfordern. Ich bin sehr gespannt, wie die Herren dort darauf reagieren und was man gewillt ist, mir, beziehungsweise uns, darüber mitzuteilen."

Ricardo erkannte, dass Ahlefeld mit sich rang, ihn etwas zu fragen. Er ließ ihm die Zeit, die er brauchte, um sich zu entscheiden.

„Warum sind Sie so scheinbar ehrlich zu mir?"

Ricardo war nicht entgangen, dass Ahlefeld seiner Ehrlichkeit noch nicht so wirklich trauen konnte. Er konnte sich ein Grinsen nicht verkneifen.

„Das ist einfach. Sie versuchen krampfhaft, Ihre Abneigung gegen Kommunismus, Sozialismus oder die DDR ganz allgemein zu verbergen, was allerdings nicht wirklich erfolgreich ist. Wenn das nicht echt wäre, wären Sie ein begnadeter Schauspieler und nicht ein in seiner Karriere gebremster Hauptkommissar."

Mit Befriedigung sah er das Erstaunen in Ahlefelds Gesicht und fuhr fort: „Ihr Kollege Kölsch ist da ganz anders, er betont seine feindselige Haltung gegenüber der DDR im Allgemeinen und mir im Besonderen so stark, dass es mir wie eine Übertreibung erscheint, die ich sonst nur von Schwulen kenne."

„Wie bitte? Was soll das denn heißen?"

„Ich bitte Sie, Herr Kollege, haben Sie das denn nicht auch schon erlebt, dass die lautesten und scheinbar größten Schwulenhasser sich irgendwann selbst als schwul herausstellen? Sie wollen durch ihre nach außen gezeigte Haltung eigentlich nur von ihrer eigentlichen Neigung ablenken. Bei Ihrem Kollegen vermute ich ganz stark, dass er in Wirklichkeit eher ein Linker ist oder zumindest mit den Linken sympathisiert. Kein inoffizieller Mitarbeiter der Stasi würde sich so blöd verhalten. Er übertreibt maßlos und ist einfach nur ein zu schlechter Schauspieler, um wirklich überzeugen zu können."

Das laute Auflachen von Ahlefeld überraschte Ricardo. Immer wieder von kurzen Lachern und Kopfschütteln unterbrochen, brach es aus dem westdeutschen Kollegen heraus: „Das ist köstlich, ich habe selten eine so zutreffende Beschreibung von Spritty gehört. Wie machen Sie das? Ist das angeboren oder haben Sie das gelernt?"

Das war Ricardo nun fast ein wenig peinlich.

„Na ja, wahrscheinlich teilsteils. Ein wenig ist sicherlich die Polizeiausbildung dafür verantwortlich, ein wenig meine Mutter, aber sicherlich auch die Paranoia und das ständige Misstrauen anderen Menschen gegenüber, die bei uns in der DDR eigentlich fast jeden im Griff haben."

Ahlefeld sagte nichts, sondern schüttelte nur langsam und nachdenklich den Kopf. Diesmal war Ricardo nicht in der Lage, etwas über den Gemütszustand oder die Gedankengänge des Kripobeamten zu sagen ... was ihm ein wenig Sorge bereitete.

Kapitel 15

Ständige Vertretung der DDR, Bonn, 27. November 1988

Keine zwei Stunden später saß Ricardo im Büro des Kulturattachés Kubitschek und bestand darauf, mit Major Zimmermann persönlich zu telefonieren und nicht zuerst Kubitschek Bericht zu erstatten.

Zähneknirschend gestand der Attaché ihm den Anruf zu, wohl wissend, dass Ricardo irgendwann sowieso mit Zimmermann reden und ihm dann berichten würde, dass er zuerst Kubitschek hatte berichten müssen. Aber noch bevor er die ihm vorgelegte Nummer wählen konnte, klingelte das Telefon.

Eilig nahm Kubitschek den Hörer ab.

„Was soll das? Ich hatte doch gesagt, dass wir nicht gestört werden wollen."

Er lauschte einen kurzen Moment, bevor er sagte: „Na gut, stellen Sie durch."

Er hielt Ricardo den Hörer hin und drückte einen Knopf auf dem altertümlichen Apparat, woraufhin ein danebenstehender Lautsprecher knackend ansprang.

„Ein Kollege von Ihnen meint, dass er wichtige und dringliche Informationen hat, dass aber keine

Verbindung mit dem Polizeipräsidium Bonn herzustellen war."

Dabei grinste er anzüglich und ließ wieder seine grauenhaft schlechten Zähne sehen.

Na klar, wenn ihr nicht wollt, dass eine Verbindung zustande kommt, dann klappt das auch nicht, dachte Ricardo und nahm, ohne sich etwas anmerken zu lassen, den Hörer entgegen.

„Müller?"

„Ich bin's, Friedrich. Pass auf, es hat bei der Vernehmung der Schwägerin einen Punkt gegeben, der vielleicht interessant sein könnte. Sie hat mir erzählt, dass ihr Ehemann 1962 bei einem Fluchtversuch ums Leben gekommen ist. Da der Bruder ihres verstorbenen Mannes, also euer Opfer, wohl ein anständiger Sozialist und treuer Diener des Staates war ...", Ricardo hörte den Unterton und musste sich ein Grinsen verkneifen, „... hat sie keinerlei Kontakt mehr zu ihm, was ja bei der Witwe eines Republikflüchtlings nicht anders zu erwarten war."

Ricardo hörte sich noch die restlichen, sehr vorsichtig geäußerten Bemerkungen seines Kollegen an und verabschiedete sich schließlich mit einem: „Alles klar, wir hören voneinander."

Nachdem er aufgelegt hatte, sah er Kubitschek auffordernd an. Es dauerte einen Moment, bis der reagierte.

„Was?"

„Na, was wohl? Mein Telefonat mit Major Zimmermann, was denn sonst!"

Ricardo war etwas lauter geworden und hoffte, damit Kubitschek von dem gerade mitgehörten Telefonat abzulenken. Er setzte noch einen drauf.

„Nun machen Sie schon, ich bin sicher, Major Zimmermann wartet auf meinen Anruf."

Sein Plan schien aufzugehen, denn der Kulturattaché beeilte sich, eine Nummer zu wählen. Es dauerte keine zehn Sekunden, bis sich seine Haltung versteifte und er in den Hörer sprach.

„Hallo, Genosse Major, hier Kubitschek von der Botschaft, ich habe hier Hauptmann Müller, der Ihnen Bericht erstatten möchte."

Es erfolgte eine Antwort, die Ricardo nicht hören konnte, da Kubitschek den Lautsprecher ausgeschaltet hatte.

„Selbstverständlich, Genosse Major, sofort."

Kubitschek hielt Ricardo den Hörer hin und drückte gleichzeitig auf die Lautsprechertaste.

„Hallo, Major Zimmermann, Sie wünschten regelmäßig meinen Bericht. Hier bin ich."

„Und, was haben Sie zu berichten?", hörte er die Stimme Zimmermanns aus dem Lautsprecher, „ich hoffe, Sie haben sich nicht einwickeln lassen."

„Nein, Genosse Major", begann Ricardo fröhlich zu berichten, „im Gegenteil, ich denke mal, ich habe die westlichen Beamten eingewickelt. Sie vertrauen mir und lassen mich an allen Ermittlungsergebnissen teilhaben. Deshalb kann ich auch voller Stolz berichten, dass es Fortschritte gibt und wir bereits ein Foto der Verdächtigen haben. Eine junge Frau, die ..."

Er berichtete Zimmermann in allen Einzelheiten, wie der Stand der Ermittlungen war.

„Soso, aha, na, das ist ja schon mal was. Wann bekommen wir das Foto?"

Darüber hatte Ricardo sich schon Gedanken gemacht, und er sah lediglich zwei Möglichkeiten: Entweder entwendete er eines der Fotos oder er bat die Kollegen, es ihm für genau diesen Zweck zur Verfügung zu stellen. Diesbezüglich hatte er sich noch nicht entschieden.

„Ich bin mir sicher, dass ich es Ihnen spätestens morgen zufaxen kann", behauptete Ricardo frech.

Mal sehen, ob ich den Mund nicht zu voll genommen habe.

„Ach ja, und wir haben noch ein Ermittlungsergebnis, zu dem aber eigentlich nur Sie mehr Hintergrund beisteuern könnten."

„Was soll das sein?", fragte Zimmermann mit einem vorsichtigen Unterton.

„Es hat sich bei der Vernehmung der einzig lebenden Verwandten, seiner Schwägerin, ergeben, dass Rubischkes Bruder Karl Republikflüchtling war und bei einem Versuch der Republikflucht ums Leben gekommen sein soll. Es wäre von Vorteil, wenn wir wüssten, was damals genau geschehen ist."

„Diese Akte ist versiegelt und als ‚streng geheim' eingestuft. Keine Chance, dass wir da drankommen. Das müssen Sie schon anders herausbekommen oder als Ermittlungsansatz vergessen", beeilte Zimmermann sich zu sagen.

Dacht ich's mir doch. Er hat es die ganze Zeit gewusst.

„Oh", sagte er laut, „na, da kann man wohl nichts machen."

„Und sonst haben Sie nichts zu bieten?", fragte Zimmermann nun wieder deutlich aggressiver. „Was machen Sie da die ganze Zeit? Legen Sie sich mal ein wenig ins Zeug, verstanden? Melden Sie sich wieder, wenn Sie das Foto der Verdächtigen liefern können, verstanden?"

„Jawoll, Genosse Major."

Ricardo legte auf, bevor Zimmermann noch etwas sagen konnte. Er musste sich Mühe geben, seine Befriedigung darüber, dass *er* das Gespräch beendet hatte und nicht der Stasi-Mann, nicht durch ein Grinsen zu deutlich zu zeigen.

Kubitschek hatte ihn während des gesamten Gesprächs aufmerksam und misstrauisch beobachtet.

„Na, dann sehen Sie mal zu, dass Sie dem Major beim nächsten Mal etwas zu bieten haben, sonst sind Sie ganz schnell wieder zu Hause."

Ricardo überlegte, wie weit er würde gehen können, aber er wusste auch, dass die Herren der Staatssicherheit zu einem gewissen Teil auch auf ihn angewiesen waren.

„Ich werde mein Bestes tun, aber ich befürchte, dass ein Misserfolg in dieser Angelegenheit auch auf Sie und die Ständige Vertretung zurückfallen könnte. Deshalb wäre es vielleicht ganz klug, wenn auch Sie versuchen, etwas an Informationen beizusteuern. Haben Sie denn keinen IM in der Bonner Polizei?"

Er hielt die Luft an, denn diesmal hatte er sich sehr weit aus dem Fenster gelehnt.

Kubitschek sah ihn überrascht an, überlegte einen Moment, bevor er kalt zurückgab: „Das geht Sie nichts an. Und wenn wir Informationen erlangen können, werden Sie die schon bekommen, wenn es von Vorteil für die Ermittlungen ist."

Ricardo versuchte, einen enttäuschten Gesichtsausdruck zu zeigen, obwohl er in Wirklichkeit ein echtes Triumphgefühl verspürte. Er hatte den unsicheren Blick und das deutliche Unwohlsein von Kubitschek erkennen können.

Na also, prima. Sie haben keinen IM im Kreis der Mordkommission und auch keinen im Polizeipräsidium Bonn an einer Stelle, die ihnen Informationen verschaffen könnte.

Kapitel 16

Polizeipräsidium Bonn, 28. November 1988, 09:00 Uhr

Die morgendliche Runde im Besprechungsraum des PP Bonn war erneut um die beiden Mitarbeiter der Nachrichtendienste und den BKA-Mann Sass ergänzt, und Freddy Ahlefeld fragte sich, ob es wieder zu einem ähnlichen Eklat kommen würde wie am Vortag.

Nachdem sich jeder mit einem Kaffee oder einem Wasser versorgt hatte, ergriff Gattung als Leiter der MK das Wort, ohne aufzustehen.

„Guten Morgen zusammen. Ich möchte heute früh alle bisher angefallenen Informationen austauschen und mit Ihnen darüber beratschlagen, welche Optionen wir haben und wie wir weiter vorgehen wollen." Er sah die beiden Nachrichtendienstler durchdringend an. „Ihnen beiden, Herr Schuck und Herr Fulbrecht, darf ich dringend raten, entweder Informationen beizusteuern oder am besten den Mund zu halten." Er registrierte Fulbrechts Versuch, aufzubegehren, und ergänzte in einem süffisanten Ton: „Ich darf Ihnen die Anweisung von Herrn Bundesinnenminister Zimmermann, der heute Morgen ein Telefonat mit unserem Polizeipräsidenten hatte, weitergeben, dass er ein großes Interesse daran hat, dass nicht nur die westdeutschen Behörden, ich zitiere ‚interdisziplinär mit absoluter und rückhaltloser Offenheit' zusammenarbeiten, sondern dass auch ‚mit den DDR-Behörden und ihren Vertretern im Sinne einer kooperativen Zusammenarbeit' alle notwendigen Informationen ausgetauscht werden."

Er machte eine kaum merkliche Pause, bevor er fortfuhr: „Ich denke mal, der Herr Innenminister hat sich klar ausgedrückt, und er spricht mir diesmal aus der Seele."

Gattung sah nun wieder in die Runde, während die beiden Angesprochenen betreten vor sich auf den Tisch glotzten.

„Wenn mich nicht alles täuscht, haben wir Ergebnisse aus Hannover, nicht wahr? Wer berichtet?"

Ahlefeld war, wie schon so oft, beeindruckt von der knallharten, aber geschauspielerten Haltung, mit der Gattung die beiden Nachrichtendienstmitarbeiter angegangen war, obwohl ihm bekannt war, dass Schuck sich zu einer Zusammenarbeit entschlossen hatte und ihnen bereits wertvolle Informationen geliefert hatte ... was er den BND-Mann natürlich nicht wissen lassen wollte. Sie hatten sich intern geeinigt, die Quelle dieser Informationen nicht preiszugeben.

Ellen Zerwas hob kurz den Arm, sichtete noch ein letztes Mal die vor ihr liegenden Unterlagen und begann sofort zu berichten.

„Tanja und ich hatten gestern im Laufe des Tages mehrere lange Gespräche mit den Kollegen des PP

Hannover und konnten schließlich mit einem Ermittler sprechen, der damals den Fall bearbeitet hat. Ich will es nicht lange spannend machen, aber bei der Frau auf dem Überwachungsvideo handelt es sich auf keinen Fall um die Messehostess Nadja Schwarz, die Rubischke damals hat vergewaltigen wollen. Er hat uns die junge Frau als lediglich ein Meter sechzig groß und mit sehr kurviger Figur beschrieben. Da sich ihr Aussehen in den vergangenen drei Jahren zwar etwas verändert haben könnte – außer der Größe natürlich –, haben wir ihm zur Sicherheit auch noch das Bild übermittelt, und er schließt mit absoluter Sicherheit aus, dass es sich um ein und dieselbe Person handeln könnte."

Sie machte eine kurze Pause und schien zu überlegen, ob sie die nächste Anmerkung noch machen sollte, und entschied sich dafür: „Der Kollege war ziemlich angepisst und echt sauer über die damalige Entscheidung, den Fall unter den Teppich zu kehren. Deshalb kann ich seine sehr offen geäußerte Zufriedenheit darüber, dass es Rubischke nun erwischt hat, ziemlich gut verstehen. Aber insgesamt muss man leider feststellen, dass wir auf der Suche nach der Identität der mutmaßlichen Täterin nicht wirklich weitergekommen sind. Sorry, das war von unserer Seite leider schon alles."

Gattung nickte, aber bevor er etwas sagen konnte, hatte Ricardo Müller bereits eine Hand erhoben. Ahlefeld war gespannt, was der DDR-Ermittler wollte, und ob er vielleicht bereits mehr wusste. Auf ein kurzes Nicken von Gattung hin ergriff Müller das Wort.

„Ich hätte da einen Vorschlag. Wäre es möglich, dass Sie mir erlauben, das Foto aus der Überwachung an unsere Behörden weiterzuleiten? Vielleicht erhalten wir von dieser Seite ja einen Treffer."

Zu aller Überraschung war Fulbrecht aufgesprungen und rief mit hochrotem Kopf: „Auf keinen Fall. Wir können dem MfS doch nicht solche sensiblen Informationen zur Verfügung stellen. Glauben Sie denn, die geben zu, dass es eine von ihren eigenen Leuten war, die Rubischke getötet hat?"

Freddy konnte sich nicht mehr zurückhalten.

„Manchmal zweifle ich an der Kompetenz und dem Logikverständnis unserer Nachrichtendienste", rief er in den Raum und vermied es, den BfV-Mitarbeiter Schuck anzusehen. „Wenn die Täterin tatsächlich eine Mitarbeiterin des MfS gewesen ist, wissen sie es doch eh schon. Was schadet es also, denen das Bild zu geben? Und wenn nicht, sie aber über sachdienliche Informationen verfügen, dann können wir ja eventuell über die Kontakte des Kollegen Müller erfahren, ob wir dort einen Schritt weiterkommen."

Freddy bemerkte sowohl, wie Fulbrecht verzweifelt, aber erfolglos nach Argumenten gegen diese Sichtweise suchte, als auch, dass Ricardo Müller anerkennend und mit einem leichten Lächeln auf den Lippen nickte.

„Keine Diskussion", schaltete sich Gattung sofort ein, „selbstverständlich erhalten Sie das Foto, Kollege Müller, und ich bin sehr gespannt, ob wir auf diesem Weg weiterkommen. Aber mir ist da ein weiterer Ermittlungsansatz eingefallen: Wenn Rubischke das in Hannover versucht hat, dann ist doch sicherlich nicht auszuschließen, dass es auch noch andere Fälle gegeben hat, in denen er in der Bundesrepublik Frauen in dieser Weise belästigt hat ... oder sogar über eine Belästigung hinausgegangen ist. Wir sollten auf jeden Fall ein Bewegungsprofil von ihm erstellen und in den Orten und zu den Zeiten, zu denen er sich in Westdeutschland aufgehalten hat, ermitteln. Es könnte ja auch noch andere Frauen geben, die einen Grund gehabt hätten, sich an ihm zu rächen, oder?"

Allseitiges Nicken bestätigte die Meinung, dass es sich um einen Ansatz handelte, der es wert war, verfolgt zu werden. Allerdings schienen sich alle darüber im Klaren zu sein, dass es sich um eine Sisyphus-Arbeit handelte.

„Haben wir noch weitere Erkenntnisse?", stellte Gattung die Frage in die Runde.

Diesmal war es der BKA-Beamte Sass, der sich erhob und sein Jackett zuknöpfte, bevor er die vor ihm liegenden Unterlagen vom Tisch nahm und zu reden begann.

„Ja, allerdings. Wir haben im Hotelzimmer eine Reihe von Unterlagen gefunden, zwischenzeitlich gesichtet und ausgewertet. Es handelt sich sowohl um Notizbücher als auch Papiere mit Daten und Zahlen."

Freddy war gespannt, was dieser vollmundigen Ankündigung noch folgen würde.

„Derzeit arbeiten unsere Analysten und Dechiffrierexperten daran, die Unterlagen zu verstehen, aber ich bin sicher, dass sie uns in Kürze – immerhin sind sie die Besten der Besten – mit ganz erstaunlichen Ergebnissen versorgen werden."

Er setzte sich wieder und schien auf Applaus zu warten. Was er allerdings erntete, waren Kopfschütteln, verdrehte Augen und einfach nur Verblüffung.

Warum nur habe ich nichts anderes erwartet. Bla, bla, bla ... und absolut nichts Substanzielles zum Fall beigetragen.

„Aha", bemerkte Gattung nach einem tiefen Seufzer. „Vielen Dank für diese überaus erhellenden Ergebnisse."

Er schien noch etwas hinzufügen zu wollen, schluckte es aber hinunter.

„Ich denke mal, wir haben genug zu ermitteln und nachzuforschen, also machen wir uns an die Arbeit", schloss Gattung die Versammlung, erhob sich und verließ kopfschüttelnd den Raum.

Kapitel 17

Kurz außerhalb von Bonn, 28. November 1988, 10:00 Uhr

Rubina Kasmarowas Gedanken wanderten erratisch hin und her. Sie lag auf dem Bett im Zimmer der kleinen Pension am Stadtrand, in der sie Unterschlupf gefunden hatte. Noch nie zuvor war sie so unschlüssig über das weitere Vorgehen gewesen. Pflichtgefühl, Angst und der Wunsch nach einer abweichenden Zukunft kämpften einen erbitterten Kampf in ihr.

Sollte sie sich bei ihren Vorgesetzten melden? Sollte sie versuchen, sich einfach abzusetzen? Wie würden die Nachrichtendienste reagieren, wenn sie irgendwann identifiziert werden würde? War eine Rückkehr in ihr altes Leben überhaupt möglich? Und wenn nicht, was würde sie dann in Zukunft machen?

Und als wären das nicht ausreichend ungelöste Probleme und drängende Fragen, wanderten ihre Gedanken immer wieder zu dem Zeitpunkt ihrer Jugend, an dem sich ihr weiterer Lebensweg in so dramatischer Weise verändert hatte ... ihre Abiturfeier im Jahr 1981.

***

Ostberlin, 15. Mai 1981

Es war Ruhe im großen Saal der Schule eingetreten, als der Rektor der „Erweiterten Oberschule" auf die Bühne trat, sich ein letztes Mal räusperte und dann begann, seine Rede über den glorreichen Sozialismus, seine Errungenschaften und die großen Leistungen der jungen im sozialistischen Sinne erzogenen Bürger dieses Staates zu halten.

Rubina konnte nicht erwarten, dass er endlich die Endnoten der Abiturzeugnisse verlesen würde. Sie wusste ihre Mutter in einer der hinteren Reihen und war sich sicher, dass sie sie stolz machen würde.

Ihr Vater, Vasijli, war ein strenger und unbarmherziger Mann gewesen, aber sie vermisste ihn dennoch. Sein Tod in Afghanistan im Jahr 1980 hatte sie für kurze Zeit in ihren Bemühungen, ein gutes Abitur zu erlangen und ihren Beitrag zum Erfolg des Sozialismus leisten zu können, sehr zurückgeworfen. Aber er war Soldat gewesen, und als die Sowjetunion in Afghanistan intervenierte, musste er als russischer Offizier dort seinen Dienst leisten. Ihre Mutter und sie hatten von Anfang an mit dem Schlimmsten gerechnet, und ihre größten Ängste hatten sich leider bestätigt.

Ihre Mutter Maria war das genaue Gegenteil von Vasijli ... liebevoll, fürsorglich und immer bemüht, ihr das Leben so angenehm wie möglich zu gestalten. Sie hatte es tatsächlich geschafft, Rubina innerhalb kürzester Zeit mit ihrer Liebe und Fürsorge aus dem tiefen Loch der Trauer zu holen. Fortan war Rubina fleißig bemüht, ihren toten Vater stolz zu machen, indem sie ein hervorragendes Abitur ablegte. Ihr Vater, der zu dieser Zeit noch gelebt hatte, war als hoher russischer Offizier auch der Grund gewesen, dass sie zu den zehn Prozent der Schüler gehört hatte, die nach Abschluss der „polytechnischen Oberschule" auf die „erweiterte Oberschule" hatten wechseln dürfen.

Und nun war der Moment gekommen, an dem sie ihn stolz machen wollte. Auch ihr Berufswunsch Dolmetscherin war ihm gewidmet, der schließlich dafür verantwortlich war, dass sie zweisprachig als Tochter eines Russen und einer Deutschen aufgewachsen war.

„Rubina Kasmarowa", riss die Stimme des Direktors sie aus ihren Gedanken, „ich freue mich, hier verkünden zu dürfen, dass sie als Jahrgangsbeste ihr Abitur mit der Note 1,1 abgeschlossen hat. Herzlichen Glückwunsch!"

Rubina erhob sich von ihrem Platz und ging unter dem Beifall ihrer Mitschülerinnen und Mitschüler nach vorne, wo ihr der Direktor die Hand schüttelte und ihr das langersehnte Abschlusszeugnis überreichte. Direkt danach musste sie noch mit ihm für ein Foto posieren, das in der Tageszeitung *Junge Welt*, dem Zentralorgan der FDJ, abgebildet werden würde. Ihr war klar, dass sie durch diese Veröffentlichung eine gewisse Berühmtheit erlangen würde.

Freudestrahlend ging sie zu ihrem Platz zurück und fieberte dem Ende der Veranstaltung entgegen, wenn sie endlich ihre Mutter in den Arm nehmen konnte.

Nachdem die letzten ihrer Mitschülerinnen und Mitschüler ihr Zeugnis erhalten hatten und der Direktor ihnen allen noch salbungsvolle Worte und die besten Wünsche für eine glorreiche Zukunft im Sinne des Sozialismus und des Kampfes für eine bessere Welt mit auf den Weg gegeben hatte, war die Veranstaltung endlich beendet, und sie machte sich auf den Weg, ihre Mutter in der Menschenmenge zu finden.

Sie war erst wenige Schritte in Richtung Ausgang gegangen, als ein kleiner, unscheinbarer Mann mittleren Alters in einem Anzug sich ihr in den Weg stellte und sie ansprach.

„Genossin Kasmarowa, darf ich Ihnen ganz herzlich gratulieren?"

Er hielt ihr seine Hand hin, und automatisch ergriff sie sie und ließ sich von dem Unbekannten gratulieren.

„Ich weiß, Sie kennen mich nicht", fuhr der Unbekannte fort und hielt noch immer ihre Hand, „aber ich war ein Freund Ihres Vaters. Ich arbeite für den Staat und möchte Ihnen angesichts Ihres großen Erfolges beim Schulabschluss ein Angebot machen, das Sie sicherlich interessieren wird."

„Sie kannten meinen Vater?", war alles, was sie überrascht hervorbrachte.

„Ein großer Mann, allerdings. Ein Held der Sowjetunion und ein bewundernswerter Kämpfer für die Sache. Und ja, ich kannte ihn gut. Ich weiß auch um Ihren Berufswunsch Dolmetscherin, allerdings sehe ich weitaus bessere Möglichkeiten, wie Sie dem Sozialismus einen Dienst erweisen könnten. Hätten Sie Interesse an einer interessanten und abwechslungsreichen Tätigkeit im Dienst des Staates, mit der Sie mehr als den normalen Beitrag für den Sieg des Sozialismus leisten könnten?“

Er hatte inzwischen ihre Hand losgelassen und sie langsam, aber sicher an den Rand des Saales dirigiert, wo sie inzwischen ganz alleine standen, da alle Besucher der Veranstaltung den Raum verlassen hatten.

Sie wusste nicht, was sie sagen sollte, und sah ihn lediglich verwirrt und unschlüssig an.

„Sie müssen sich natürlich nicht sofort entscheiden. Wenn Sie Interesse an einer verantwortungsvollen Tätigkeit haben, die auch gewisse Privilegien mit sich bringt, kommen Sie bitte morgen zu dieser Adresse und fragen Sie nach Oberstleutnant Gehrke. Alles Weitere werden Sie dann erfahren.“

Er überreichte ihr eine kleine Visitenkarte.

„Aber jetzt möchte ich Sie nicht länger aufhalten. Ihre Frau Mutter wartet sicherlich sehnsüchtig auf Sie, und Sie haben es sich verdient, diesen großen Tag zu feiern. Es würde mich sehr freuen, wenn Sie sich unser Angebot überlegen und morgen zu diesem Termin kommen.“

Er nickte ihr noch einmal mit einem freundlichen Lächeln zu, wandte sich dann um und eilte in Richtung Ausgang.

Verwirrt, überrascht, aber auch neugierig betrachtete sie die Visitenkarte genauer.

Oberstleutnant Detlef Gehrke
Abteilungsleiter im Ministerium
Normannenstraße 26–28
Berlin

Ihre Augen weiteten sich, denn diese Adresse kannte jeder Bürger der DDR, und sie fragte sich, was man dort wohl von ihr verlangen würde.

Kapitel 18

Polizeipräsidium Bonn, 28. November 1988, 10:30 Uhr

Während die restlichen Kolleginnen und Kollegen auf der Suche nach anderen Opfern von sexuellen Übergriffen durch Rubischke waren, saßen Freddy und Ricardo in Ahlefelds Büro und besprachen die weiteren Möglichkeiten.

Direkt nach der Besprechung hatten sie eine Ausfertigung des Bildes von der Hotelüberwachungskamera in einen Umschlag gepackt, Ricardo hatte ihn beschriftet, und ein Kurier hatte ihn zur Ständigen Vertretung in Bonn, zu Händen des Kulturattachés Kubitschek, gebracht. Freddy war extrem überrascht, als Ricardo ihm geschildert hatte, aus welchen Gründen er es lieber vermeiden würde, erneut persönlich in die Ständige Vertretung zu gehen und dort dem angeblichen Kulturattaché zu begegnen.

Ist der wirklich echt oder nur ein begnadeter Schauspieler? Diese Stasi-Leute sollen doch in der Kunst der Täuschung ganz besonders gut ausgebildet sein.

Vielleicht aufgrund dieser Gedanken konnte Freddy sich nicht bremsen, die Frage zu stellen, die ihm schon seit der Besprechung auf der Zunge lag.

„Ich frage mich schon seit einiger Zeit, was wir uns von der Übergabe des Fotos erwarten. Ist es denn nicht offensichtlich, dass die Antwort nur lauten kann: ‚Diese Frau ist uns völlig unbekannt!', ganz egal, ob sie sie kennen, oder erst recht sogar, wenn sie sie selbst mit einem Mordauftrag geschickt haben?"

Das feine Lächeln, das Müllers Lippen umspielte, sagte Freddy, dass der aus einem unbekannten Grund anderer Meinung war. Freddy war gespannt.

„Lieber Kollege Ahlefeld, man merkt, dass Sie die DDR, die Menschen, die dort leben, und erst recht die Funktionsweise von Behörden nicht kennen und verstehen."

Er hielt einen Moment inne, als müsse er überlegen, wie er einem Kind einen komplizierten Sachverhalt erklären sollte.

„Bei Ihnen gibt es doch auch Klatsch und Tratsch, oder? In einer Gesellschaft, wo jeder einer offiziellen Verlautbarung grundsätzlich erst mal misstraut, entwickelt sich die sogenannte Gerüchteküche noch viel extremer. Glauben Sie mir: Sollte das Ministerium für Staatssicherheit diese Person kennen, dann wird das Gerücht sehr schnell die Runde machen und irgendwann an jemanden gelangen, der einen guten Draht zur Kriminalpolizei hat, einen Gefallen für eine Information tauschen will oder einfach einem Freund eine interessante Geschichte erzählt. Sie haben allerdings mit einem Punkt absolut recht, die erste Antwort wird negativ ausfallen. Da bin ich mir ebenfalls sicher."

Freddy wollte gerade etwas dazu äußern, als es an seiner Bürotür klopfte und unmittelbar darauf sein Chef, Rudi Gattung, hereintrat. Ihm folgte ein Freddy unbekannter Mann in einer Uniform der Bundeswehr.

„Meine Herren", begann Gattung, nachdem er die Tür hinter sich und dem Uniformierten wieder geschlossen hatte, „darf ich vorstellen, das ist Oberstleutnant Petersen vom Militärischen Abschirmdienst, dem MAD in Köln. Herr Petersen, die Herren Ahlefeld und Müller, die die Federführung in den Ermittlungen zum Tod von Erich Rubischke haben."

Freddy musste sich ein Grinsen verbeißen, als ihm auffiel, dass Gattung nicht erwähnt hatte, dass Ricardo Müller ein Mitarbeiter der Kripo der DDR war.

Wahrscheinlich hat er Informationen, die er mit einem DDR-Bürger nicht so ohne Weiteres teilen würde, kam ihm der Gedanke.

Wie zur Bestätigung fuhr Gattung fort: „Herr Petersen hat Informationen, die für den Fortgang der Ermittlungen von großer Wichtigkeit sein könnten."

Freddy fiel auch auf, dass der Oberstleutnant bei jeder Nennung seines Namens ohne seinen militärischen Dienstrang ein wenig zusammenzuckte und ein Gesicht machte, als habe er in eine Zitrone gebissen. Er wusste sofort, dass es ihm eine diebische Freude bereiten würde, diesen Mann – selbst wenn er nett sein sollte – ständig mit „Herr Petersen" anzusprechen.

Gattung und Petersen sahen sich nach Stühlen um, und Freddy räumte ein paar Akten von einem Besucherstuhl und stellte zwei Stühle so hin, dass die beiden sich setzen konnten.

„Darf man erfahren“, begann Freddy, noch bevor die beiden es sich richtig bequem gemacht hatten, „um welche Art Informationen es sich handelt?“

Gattung warf Petersen einen auffordernden Blick zu, worauf dieser zu berichten begann.

„Auch an unserer Behörde ist nicht vorbeigegangen, dass ein DDR-Bürger namens Erich Rubischke hier in Bonn zu Tode gekommen ist. Daraufhin haben wir mal in unseren Datenbanken nachgeschaut, was wir über diesen Mann möglicherweise wissen.“

„Und was soll das sein, was BND und BfV nicht wissen, Herr Petersen?“, warf Freddy in die Runde.

Ha, Volltreffer, er hat gezuckt.

„Nun ja“, antwortete Petersen, „wir haben eine etwas andere Ausrichtung, also eher in den militärischen Bereich. Dazu gehört eben auch, dass wir die NVA seit vielen Jahren unter der bestmöglichen Beobachtung halten. Das umfasst die Ausrüstung, die strategische Ausrichtung, Einsatzpläne und vieles mehr. Aber eben auch die Personen, über die wir Informationen bekommen können. Da gibt es viele Quellen, aber dazu kann ich keine näheren Angaben machen.“

„Das ist ja alles sehr interessant“, wandte Müller zu Freddys Überraschung ein, „aber was kann uns das in diesem Fall nützen?“

„Ach so, ja, natürlich, entschuldigen Sie. Unsere Informationen besagen, dass der besagte Erich Rubischke vor seiner Karriere beim Ministerium für Außenhandel auch viele Jahre Offizier bei der NVA war."

Sowohl bei Freddy als auch bei Ricardo wanderte eine Augenbraue nach oben.

„Aber das ist nicht die wirklich wichtige Information, sondern der Umstand, dass Rubischke in den Anfängen seiner Laufbahn als Offizier der NVA auch Dienst an der ostdeutschen Grenze zur Bundesrepublik geleistet hat."

Die zweite Augenbraue wanderte nach oben, und Petersen hatte nun die ungeteilte Aufmerksamkeit der Ermittler, was Gattung, der den Sachverhalt natürlich bereits kannte, ein feistes Grinsen aufs Gesicht zauberte.

„Und ...?", entfuhr es Freddy und Ricardo unisono, die sich daraufhin überrascht ansahen.

„Tja, Sie können es sich vielleicht schon denken, aber die wirklich interessante Information ist, dass er einer der sogenannten ‚Mauerschützen' war und 1963 einen flüchtenden Bürger der DDR erschossen hat."

„Oh, Scheiße", entfuhr es Freddy unwillkürlich. „Das erweitert den Kreis der Verdächtigen aber nun wieder enorm. Weiß man den Namen des erschossenen Flüchtlings? Immerhin könnte einer seiner Verwandten hinter dem Mord stecken. Rache nehmen an demjenigen, der den Bruder, Mann oder Sohn erschossen hat. Immerhin kann es sich ja auch um einen Auftragsmord gehandelt haben."

Gattung und Petersen nickten, allerdings machte Petersen sofort die Einschränkung: „Leider kennen wir die Identität dieses Opfers an der Mauer nicht. Ich sehe auch kaum eine Chance, dass wir sie herausfinden könnten, sonst würden wir sie längst kennen. Selbstverständlich werden wir Ihnen alle Daten und Unterlagen, die wir derzeit haben, zur Verfügung stellen, das habe ich bereits Ihrem Vorgesetzten versichert."

„Darf ich aus Ihren Ausführungen schließen, Herr Oberstleutnant, dass Sie auch weiterhin versuchen werden, die Identität des Opfers herauszufinden?", warf Ricardo die Frage ein.

Die Freude über die korrekte Anrede verschwand so schnell aus Petersens Gesicht wie die Sonne hinter einer aufziehenden Gewitterwolke, als der Rest der Frage sein Gehirn erreichte.

„Tja ... äh ... wir werden alles versuchen, aber ich befürchte, ohne die Hilfe der DDR-Organe wird das wohl kaum gelingen. Leider."

Niemand hielt es für notwendig, Petersen auf die Nase zu binden, dass ein Mitglied der DDR-Staatsmacht bei ihrem Gespräch zugegen war.

„Nun, meine Herren, ich denke, wir haben alles besprochen, und vielleicht finden wir ja einen Weg", bemerkte Gattung mit einem unmerklichen Augenzwinkern in Müllers Richtung, „die DDR dazu zu bewegen, uns den Namen dieses speziellen Opfers zu nennen. Das würde uns sicherlich einen großen Schritt weiterbringen."

Er erhob sich, und Petersen beeilte sich, ebenfalls aufzustehen.

„Wir lassen Sie jetzt mal in Ruhe überlegen, was wir da auf welchem Weg vielleicht erreichen können."

Gattung öffnete die Bürotür und ließ Petersen vor sich hinausgehen.

Freddy verfügte über ein ausgezeichnetes Gehör, und noch bevor sich die Tür hinter den beiden wieder schloss, hörte er, wie Petersen leise, aber gerade noch hörbar seinen Chef ansprach: „Ihr Mitarbeiter Müller scheint ein sehr engagierter, effizienter und angenehmer Kollege zu sein."

Er konnte sich gerade noch zurückhalten, bis die Tür geschlossen war, bevor er laut losprustete und kaum aufhören konnte zu lachen. Es dauerte einen Moment, bis er sich wieder beruhigt hatte.

„Was würde der hilfsbereite und mitteilsame Herr Petersen wohl dazu sagen, dass der engagierte Kollege Müller ein Bürger der DDR ist?"

Er klopfte sich auf die Schenkel. „Sie haben eine Art, die Leute für sich einzunehmen, die man nur bewundern kann. Was es doch ausmacht, so einen alten Kommisskopp mit seinem Dienstgrad anzusprechen. Nicht schlecht, nicht schlecht."

Er hatte sich wieder weitestgehend beruhigt und sah Ricardo nun nachdenklich an.

„Aber mal Spaß beiseite, wie sieht es denn tatsächlich aus? Sehen Sie eine Chance, dass Sie die Identität dieses Opfers auf offiziellem Wege erfahren?"

„Nein, null Chance", war die ernüchternde Antwort, die Freddy sofort wieder ernst sein ließ.

„Aber“, ergänzte Ricardo mit einem feinen Lächeln, „vielleicht gibt es einen anderen Weg. Ich war so frei, mit einem vertrauenswürdigen Kollegen noch vor meiner Abreise einen Weg zu vereinbaren, wie ich mit ihm kommunizieren kann, ohne dass die allgegenwärtige Staatsmacht zuhört. Vielleicht lässt sich auf diesem Weg etwas erreichen.“

Freddy war zu verblüfft über diese Antwort, als dass er etwas hätte sagen können, und sah Müller sprachlos hinterher, als dieser mit den Worten: „Ich hol mir mal einen Kaffee“, aufstand und das Büro verließ.

Kapitel 19

Kneipe „Brauhaus Bönnsch“ in Bonn, 28. November 1988, 12:15 Uhr.

„Noch zwei, bitte“, bestellte Ahlefeld bei dem Kellner zwei weitere Bönnsch, die Bonner Abart des Kölsch, eines Bieres, das Ricardo eigentlich etwas fad und recht schwach empfand.

Er war sich nicht sicher, ob es eine gute Idee war, zur Mittagszeit in einer sogenannten Bönnsch-Kneipe in der Bonner Innenstadt zu sitzen, aber Ahlefeld hatte darauf bestanden. Es war bereits das dritte Glas Bier für jeden, und Ricardo war gespannt, wie Ahlefeld zurück zum Präsidium fahren wollte. Der Dienstwagen stand nur eine Straßenecke weiter, aber Ricardo hätte es nicht gewagt, nach drei Bier mit einem Dienstwagen herumzufahren.

Was für ein Quatsch, rief er sich gedanklich zur Ordnung, *als gäbe es bei uns nicht genügend Kollegen, die total besoffen mit Dienstfahrzeugen unterwegs wären.*

„Na dann Prost“, rief Ahlefeld aus und hielt sein Glas hoch – das er sofort danach in einem langen Zug leerte.

Ricardo nippte an dem Bier, während Ahlefeld bereits die nächste Runde bestellte.

Was hat er vor? Will er mich betrunken machen?

Allerdings hatte er den Eindruck, dass Ahlefelds Zunge schon wesentlich lockerer war, als es bei ihm selbst der Fall war.

Nach dem sechsten Bönnsch passierte das, womit Ricardo eigentlich nicht gerechnet hatte.

„Okay, Kollege, ich glaube, es ist Zeit, dass wir unsere Bekanntschaft auf eine andere Ebene heben“, sagte Ahlefeld, und Ricardo hatte den Eindruck, dass seine Aussprache schon ein wenig verwaschen war.

„Ich habe das untrügliche Gefühl, dass ich dir wahrscheinlich doch trauen kann, was ich nicht für möglich gehalten hätte, aber irgendwie hab ich halt das Gefühl, und so was täuscht mich eigentlich selten. Also ...“, er hielt sein Glas vor sich hoch, „ich bin Freddy und du heißt Ricardo, stimmt's?“

Verblüfft hielt auch Ricardo sein Glas hoch und stieß mit Ahlefeld, oder nun besser gesagt, Freddy, an.

„Na, dann auf gute Zusammenarbeit ... Freddy!“

Die nächste Bemerkung des westdeutschen Kripobeamten zeigte Ricardo allerdings, dass es dennoch zu Spannungen kommen konnte und ihr Verhältnis noch lange keine Freundschaft war.

„Du kannst dir allerdings abschminken, mein Lieber, dass ich nun alles gut finde, was ihr da im Osten so treibt. Du wirst damit leben müssen, dass ich dir sage, was ich denke ... und das wird dir vielleicht nicht immer gefallen.“

Damit konnte Ricardo leben. Ihm war Ehrlichkeit sowieso lieber als diese verkrampfte Zurückhaltung, mit der viele Westler den DDR-Bürgern entgegentraten.

„Kein Problem, du wirst allerdings damit leben müssen, dass ich dir genauso ehrlich die Meinung sage, wenn ich anderer Meinung bin."

Mit einem Lächeln stieß er erneut mit Freddy an und trank einen großen Schluck. Da es in der erstaunlicherweise zur Mittagszeit gut besuchten Kneipe sehr laut zuging, wagte er eine Anmerkung, die er in der Öffentlichkeit sonst eher nicht gemacht hätte.

„Ich darf dir an dieser Stelle sagen, dass ich die Praktiken unserer glorreichen Volksarmee an der Grenze nicht gutheiße ... im Gegenteil, ich verurteile es, dass man auf Menschen schießt, die nichts anderes wollen, als das Land zu verlassen. Das ist eine wirklich schlimme Sache."

Freddys Augenbrauen waren nach oben gewandert. „Und warum bleibst du dann nicht gleich hier? Jetzt wäre doch die beste Gelegenheit, oder?"

„Na ja, ganz so einfach ist das nicht."

„Warum nicht?"

„Weil ich zu Hause in Berlin eine Frau habe, die ich sehr liebe, und drei kleine Kinder, die ihren Vater sehr vermissen würden ... zumindest hoffe ich das."

Wäre es möglich gewesen, wären Freddys Augenbrauen wahrscheinlich noch weiter nach oben gewandert.

„Oh ... das verstehe ich. Ich habe auch zwei Kinder, und selbst wenn sie es manchmal nicht für möglich hält, liebe ich meine Frau auch."

Er machte eine nachdenkliche Pause.

„Hat man deshalb ausgerechnet dich ausgesucht, hier im Westen unsere Ermittlungen zu überwachen?"

Er hat es verstanden. Ich habe ihn wohl richtig eingeschätzt.

„Genau. Und man hat mir mehr als klar gemacht, was mit meiner Familie passieren würde, wenn ich nicht wiederkomme."

Freddy setzte das halbvolle Glas so fest auf den kleinen Tisch, dass das Bier überschwappte.

„Diese Schweine. So funktioniert das also. Unvorstellbar. Ich weiß nicht, wie ich reagieren würde, wenn es so ein Vorgehen bei uns auch gäbe."

Er schüttelte ungläubig den Kopf. „Hab ich's mir doch gedacht. Du bist nicht der angepasste Kommunist, der dem Staat alles glaubt, was der den Leuten so erzählt. Wow, was für eine beschissene Situation."

Ricardo erlaubte sich erneut ein Lächeln. Es war an dieser Stelle weder notwendig noch der richtige Ort und die richtige Zeit, seinen neuen Freund über die Unterschiede zwischen Kommunismus und Sozialismus aufklären zu wollen.

„Man gewöhnt sich daran. Und ob du es glaubst oder nicht, wir schauen auch Westfernsehen, obwohl das verboten ist. Der Staat möchte seine Bürger ja gerne vor dem verdorbenen Westen beschützen. Und wir hören auch Westradio, vorzugsweise RIAS-Berlin oder AFN, den Musiksender der Amerikaner, deshalb sind wir, was die Musik angeht, immer auf dem neuesten Stand. Das ist doch schon mal was, oder?“

Ahlefeld schüttelte schon wieder den Kopf.

„Ich verstehe euch nicht. Wenn ihr doch alle so unzufrieden mit der Situation seid, wie ich das jetzt bei dir heraushöre, dann muss es doch irgendwann mal zu einem Aufstand oder so was kommen. Wenn sogar ein Staatsdiener solche Töne anschlägt, dann muss doch die breite Masse der Bevölkerung das noch viel ernster sehen, oder? Warum tut ihr nichts gegen diese Situation?“

Ricardo wollte an dieser Stelle nicht zugeben, dass er sich schon ganz ähnliche Fragen gestellt hatte, sich aber immer wieder die grundsätzlich erschütternde Wahrheit hatte eingestehen müssen.

„Du verstehst die Lage in unserem Land nicht. Vor allem machst du dir keine Vorstellung über die wirkliche Macht des Staates und besonders seiner Sicherheitsorgane. Ihr hier im Westen schätzt das völlig falsch ein. Zudem geht es den Bürgern ja eigentlich nicht wirklich schlecht. Wir haben keine Arbeitslosigkeit, bei uns muss niemand hungern, und es gibt keine Obdachlosigkeit ... zumindest nicht offiziell“, schränkte er seine letzte Aussage etwas ein.

„Pah, keine Arbeitslosigkeit. Wenn ich das richtig mitbekommen habe, dann kehren bei euch drei Arbeiter einen Hof, den sauber zu halten noch nicht mal für eine Person eine Vollzeitarbeit wäre. So kann man's auch machen."

Ricardo konnte sich ein Grinsen nicht verkneifen.

„Tja, so ganz unrecht hast du ja nicht, aber immer noch besser als zu Hause rumzusitzen, oder?"

Freddy schienen die Argumente auszugehen, und er nippte inzwischen etwas langsamer an seinem sechsten Bier. Er schien zu überlegen, ob er eine bestimmte Frage stellen konnte, und gab sich schließlich einen Ruck.

„Okay, es bringt nix, das jetzt zu vertiefen, aber eines würde mich dann doch interessieren. Ich habe den Eindruck, dass du ganz ähnlich wie ich ein eher unbequemer Mitarbeiter für deine Vorgesetzten bist. Wie ist das mit deiner Staatsmacht zu vereinbaren, dass du trotzdem Hauptmann geworden bist und noch immer bei der Mordkommission Dienst tun darfst? Wie kommt das?"

Nun war es an Ricardo, laut zu lachen.

„Das, mein Lieber, ist ganz einfach zu erklären: Mir geht es vermutlich ganz ähnlich wie dir, ich bin einfach zu gut, als dass man es sich leisten könnte, mich aus dem Dienst zu entfernen oder aufs Abstellgleis zu schieben."

Diese Äußerung zauberte ein breites Grinsen auf Freddys Gesicht, und er erhob sein Glas.

„Darauf kannst du einen lassen, und darauf sollten wir trinken. Prost!"

Kapitel 20

Ostberlin, Normannenstraße, 17. Mai 1981

Oberstleutnant Gehrke hatte sie mit einem begeisterten Strahlen in Empfang genommen, nachdem sie von einem Uniformierten durch endlos lang erscheinende Flure geführt worden war. Er war hinter seinem Schreibtisch aufgesprungen und kam freudig auf sie zu, um ihr die Hand zu schütteln.

Am meisten beeindruckte Rubina allerdings sein teuer und wertig erscheinender Anzug.

Er bot ihr einen Platz in einem hochlehnigen Ledersessel an, und erst, als sie sich niedergelassen hatte, ging er zurück an seinen Schreibtisch, setzte sich in seinen Bürosessel und sah sie lange und schweigend an.

Rubina hatte ein gesundes Selbstvertrauen, und das nicht erst seit ihrem hervorragenden Schulabschluss, aber nun, hier in der Zentrale des MfS, beschlich sie die bange Frage, ob es nicht gesünder wäre, wenn sie wenigstens ein bisschen Angst verspüren würde. Aber das Erscheinungsbild dieses netten Mannes im mittleren Alter war so wenig angsteinflößend, dass sie fast vergaß, wo sie sich befand. Es kam ihr vor wie ein ganz normales Vorstellungsgespräch bei einem möglichen Arbeitgeber, der sich mit ihr über ihre Berufsaussichten unterhalten wollte.

„Nun", begann Gehrke schließlich, „lassen Sie uns darüber reden, Genossin Kasmarowa, was wir uns vorstellen. Ich möchte ohne Umschweife zum Thema kommen. Meine Position hier ist die eines Unterabteilungsleiters der besten Einheit des Ministeriums, nämlich der Hauptverwaltung Aufklärung, von der Sie sicherlich schon gehört und gelesen haben."

Das war keine Frage, sondern lediglich eine Feststellung, und selbstverständlich hatte Rubina schon von „der Speerspitze des sozialistischen Klassenkampfes gegen den imperialistischen Feind" gelesen.

Die HVA war die sogenannte Auslandsaufklärung des MfS, die Spione und Agenten, im Sprachgebrauch der DDR „Aufklärer" genannt, im gesamten kapitalistischen Ausland einsetzte und deren Tätigkeit im Feindesland koordinierte und steuerte.

„Wir möchten Ihnen ein Angebot machen. Sie sind eine wunderschöne junge Frau, intelligent und mit besten Noten in allen Fächern und ...", er machte eine bedeutungsschwere Pause, „... die Tochter eines Helden der Sowjetunion."

Die Neugier hatte Rubina voll im Griff, und sie konnte sich nicht zurückhalten, die Frage zu stellen, die ihr seit dem Vortag immer wieder durch den Kopf ging.

„Was genau stellen Sie sich als meine Aufgabe vor?"

Gehrke lachte laut auf. „Herrlich. So erfrischend direkt und ohne Scheu. Ich sehe, wir haben uns für die Richtige entschieden."

Das wiederum klang nicht danach, als hätte sie eine große Wahl, sondern eher, als sei die Entscheidung schon längst gefallen.

„Über Ihre genauen Aufgaben kann ich noch nichts sagen, aber Ihre Sprachkenntnisse werden sicherlich eine große Rolle spielen, schließlich ist Russisch ja quasi Ihre Muttersprache. Aber hätten Sie nicht vielleicht mal Freude daran, die Heimat Ihres Vaters, das Land unseres glorreichen ‚großen sozialistischen Bruders', kennenzulernen?"

Rubina musste sich zusammennehmen, um sich ihre Freude nicht anmerken zu lassen. So lehnte sie sich nur leicht nach vorne und fragte: „Sie würden mich nach Russland schicken?"

Gehrke lächelte wie jemand, der feststellte, dass der Angelhaken im Maul des Fisches gelandet und dieser nun fest am Haken war.

„Ich denke, der große Bruder hätte ein ähnlich großes Interesse an Ihrer Person wie wir, und dort könnten Sie eine Menge lernen. Nun, was denken Sie?"

Leise Zweifel machten sich in Rubina breit, obwohl das Angebot so verlockend klang, dass wohl die meisten in ihrer Situation freudestrahlend aufgesprungen wären und zugesagt hätten. Aber die Formulierungen waren vage, nichtssagend, und sie hatte absolut keine Vorstellung von dem, was da auf sie zukommen könnte. Gehrke schien ihre Zweifel zu spüren und nickte lächelnd.

„Ich weiß, das ist eine große Entscheidung, deshalb möchte ich Ihnen helfen." Er sprang hinter seinem Schreibtisch auf. „Kommen Sie, kommen Sie, ich möchte Sie mit jemandem bekannt machen, den nur wenige unserer Mitbürger bisher persönlich kennenlernen durften."

Er war zur Tür geeilt und wedelte mit der Hand, dass sie ihm folgen sollte. Rubina beeilte sich, aufzustehen und dem aus dem Raum stürmenden Oberstleutnant auf den Korridor zu folgen.

Nur wenige Türen weiter blieb Gehrke vor einer massiven hölzernen Kassettentür stehen und meinte: „Machen Sie sich auf eine sehr inspirierende Erfahrung gefasst."

Mit dieser kryptischen Bemerkung klopfte er an die Tür, und als ein lautes „Herein!" erscholl, öffnete er sie und wies Rubina mit der Hand den Weg in das Büro.

Neugierig betrat sie das riesige Büro, in dem ihr sofort eine kleine Sitzgruppe und der größte Schreibtisch, den sie je gesehen hatte, ins Auge fielen. Sie erschrak ein wenig, als sich die Tür hinter ihr schloss, ohne dass Gehrke mit in das Büro gekommen wäre. Hinter dem Schreibtisch saß ein eleganter Mann, der sie mit vor der Brust verschränkten Armen interessiert ansah ... nein ... inspizierte.

„Soso, Sie sind also die junge Dame, auf die Gehrke so große Hoffnungen setzt. Dann schauen wir doch mal, ob Sie dem gerecht werden. Setzen Sie sich, bitte."

Rubina fühlte sich, als würde Eiswasser durch ihre Adern fließen. Der Mann, der sich nicht aus seinem Stuhl erhoben hatte, trug einen grauen, leicht silbrig glänzenden Anzug, eine rote Krawatte zu einem weißen Hemd, die dunklen Haare über der hohen Stirn, bereits silbern an den Schläfen, waren sorgfältig frisiert, und die wachen Augen in dem markanten Gesicht verließen keine Sekunde ihre eigenen Augen.

Er musste sich nicht vorstellen, und wenn sie es nicht gewusst hätte, wäre ihre Schätzung seines Alters einige Jahre niedriger ausgefallen als die achtundfünfzig Jahre, die er ihres Wissens war.

Vor ihr saß Markus „Mischa" Wolf, der legendäre Leiter der HVA im Rang eines Generaloberst und eine Legende in der DDR bereits zu Lebzeiten.

Sie war froh, Platz nehmen zu können, denn sie traute ihren Beinen nicht. Sie hoffte, dass er ihr leichtes Zittern nicht bemerkt hatte, als sie sich in den vor dem Schreibtisch stehenden Stuhl fallen ließ.

„Wie weit", begann Wolf ohne eine weitere Einleitung, „würden Sie gehen, um Ihrem Land einen Dienst im Kampf gegen den Imperialismus zu erweisen?"

Die Fragezeichen schienen auf ihrer Stirn zu stehen, denn Wolf fuhr ohne Pause fort: „Wären Sie bereit, auch einen Nachbarn den Behörden zu melden, der ... nun sagen wir mal ... ein so lässlich erscheinendes Vergehen wie den Konsum von Westfernsehen begeht?"

Er führte seine Frage nicht weiter aus und gab auch keine Erläuterung dazu ab. Die Aufgabe war klar, aber Rubinas Gedanken überschlugen sich. Sie wusste, dass fast jeder in Berlin hin und wieder Westfernsehen sah, aber das war nicht das, was Wolf von ihr hören wollte. War sie bereit, jemanden durch eine Denunziation in ernste Schwierigkeiten zu bringen? Und das, obwohl sie selbst und ihre Mutter gelegentlich die *Hitparade* schauten?

Trotz der angespannten Situation liefen ihre Gedankenprozesse mit der gewohnten Geschwindigkeit ab. *Natürlich ... warum hab ich nicht gleich daran gedacht?*

„Es ... es gibt da jemanden", entgegnete sie vorsichtig, „den Hausbewohner in der Wohnung unter uns, also meiner Mutter und mir. Ein gewisser Kowalski, Hans Kowalski, der schaut regelmäßig Westfernsehen, wir hören immer wieder die *Tagesschau*, wenn wir das Fenster offen haben."

Es bereitete ihr fast Vergnügen, sich mit dieser Bemerkung an dem alten Mann zu rächen, der sich ihr und ihrer Mutter gegenüber immer so feindselig verhielt. Einmal hatte er ihr im Hausflur hinterhergerufen: „Hau doch ab nach Osten, du dreckige Russen-Fotze. Und nimm deine Mutter, diese Russki-Hure, gleich mit."

Sie wusste nicht, warum der Mann so einen Hass auf alles Russische hatte, aber sie war zutiefst verletzt gewesen, und sein Hass hatte ihr schwer zugesetzt.

Das hat er nun davon.

Sie wurde durch ein lautes Lachen von Markus Wolf aus ihren Gedanken gerissen.

„Alle Achtung, das gefällt mir. Ich denke, Gehrke hat Sie richtig eingeschätzt. Sie wissen, was Sie wollen, und fackeln nicht lange. Was hat er Ihnen oder Ihrer Mutter getan? Ach was, ist auch egal. Sie gefallen mir."

Rubina war entsetzt.

Bin ich so leicht zu durchschauen? Oder kann er etwa Gedanken lesen?

Sie kam nicht dazu, sich weitere Gedanken zu machen, denn Generaloberst Wolf sprach ohne Pause weiter.

„Lassen Sie mich erklären, was ich mit Ihnen vorhabe und wie Sie Ihrem Land einen großen Dienst erweisen könnten. Gleichzeitig könnten Sie bei dieser Gelegenheit auch noch die große weite Welt kennenlernen."

Als Rubina eine halbe Stunde später das Büro verließ und erneut von einem Uniformierten durch die ewig langen Flure aus dem Gebäude begleitet wurde, hatte sie ein Strahlen auf dem Gesicht. Sie befürchtete, jeder Passant oder Mensch in der Straßenbahn würde ihr ansehen, dass sie gerade die glücklichste junge Frau in ganz Berlin war.

Markus Wolf hatte ihr die Augen geöffnet und ihr Dinge erzählt, die sie so noch nie gehört hatte. Mit seinem Charisma hatte er sie in seinen Bann gezogen, und sie zweifelte keine Sekunde daran, dass die Geschichten über die Machenschaften des Westens allesamt wahr sein mussten.

Oh ja, sie würde ihren Beitrag zum Überleben der Deutschen Demokratischen Republik leisten, und niemand sollte wagen, sich ihr bei der Erfüllung ihrer Aufgabe in den Weg zu stellen.

Ihr war lediglich noch nicht klar, wie viel sie ihrer Mutter erzählen konnte oder wollte. Mama war in solchen Dingen ein wenig vorsichtig, und sie wollte diese gute Frau nicht unnötig ängstigen.

Kapitel 21

Zentrale der Volkspolizei, Ostberlin, 28. November 1988, 13:00 Uhr

Kümmel hatte sich lange darüber den Kopf zerbrochen, auf welchem Weg er herausfinden könnte, wie genau Karl Rubischke, der jüngere Bruder von Erich Rubischke, 1963 bei seinem Fluchtversuch ums Leben gekommen war.

Er brauchte Zugang zu Akten, die mit Sicherheit beim MfS unter Verschluss lagerten. Aber wie?

Erst nach längeren Überlegungen war ihm die Erleuchtung gekommen, wie er an diese Informationen kommen könnte.

***

„Aktenhaltung, Jäger?"

„Hallo, Detlev, altes Haus, wie geht's dir denn so?"

Pause.

„Mensch, Kümmel, bist du das wirklich? Von dir hab ich ja schon lange nichts mehr gehört, wie geht's dir?"

Friedrich Kümmel war froh, dass ihn sein alter Kumpel aus Volkspolizei-Zeiten sofort wiedererkannt hatte. Es wäre ihm unangenehm gewesen, hätte er ihn daran erinnern müssen, wer er war. Aber sie hatten tatsächlich schon einige Zeit keinen Kontakt mehr gehabt, obwohl er nie ganz abgerissen war. Man hatte sich immer wieder mal getroffen, in Erinnerungen an die alten Zeiten geschwelgt und sich gegenseitig auf den neuesten Stand gebracht.

„Was machst du denn noch so?", fragte sein alter Freund Detlev Jäger neugierig.

„Ach, es geht mir eigentlich ganz gut. Ich bin immer noch bei der MUK, und das Leben geht halt so weiter, nicht wahr? Wie sieht es denn bei dir aus?"

„Na ja, ich kann nicht besser klagen. Mensch, wollen wir uns nicht mal wieder auf ein Bier treffen?"

Kümmel war froh, dass Jäger das Thema angesprochen hatte und nicht er.

„Na klar, gerne. Wie sieht's denn bei dir heute Abend aus?" Er wusste, dass Jäger noch immer ledig war ... der ewige Junggeselle auf der Jagd nach Weibern. Er konnte es einfach nicht lassen und war nicht der Typ für eine feste Beziehung.

„Na klar, du weißt doch, für einen alten Freund habe ich immer Zeit. Wann und wo?"

***

Ostberlin-Hellersdorf, 28. November 1988, 17:55 Uhr

Die kleine Kneipe „Zum alten Fritz" in Hellersdorf, eine urige Lokalität, die leider schon etwas heruntergekommen war und dringend neueres Mobiliar vertragen könnte, war kurz vor achtzehn Uhr noch kaum besucht, und sein alter Freund Jäger saß bereits an einem kleinen Tisch in einer Ecke, ein Bier vor ihm auf dem Tisch.

Sie können einfach nicht anders, diese Stasi-Leute, nur nicht an den Tresen setzen, immer etwas abseits, wo man Gespräche nicht so gut mithören kann.

Freudestrahlend ging Kümmel auf den Tisch zu und breitete die Arme aus. Er freute sich wirklich, seinen Freund mal wieder zu treffen, aber gleichzeitig nagte das schlechte Gewissen an ihm, dass er ihn ausnutzen wollte. Aber er hatte keine andere Möglichkeit gesehen, da seine Nachforschungen über offizielle Kanäle zu keinem Ergebnis geführt hatten.

Er bestellte sich ebenfalls ein Bier und startete die unverfängliche Unterhaltung, indem er das Gespräch auf die alten Zeiten bei der Volkspolizei lenkte und in Erinnerungen schwelgte. Sie lachten viel, und irgendwann kam das Gespräch in genau die Richtung, die Kümmel angestrebt hatte.

Es begann mit: „Weißt du noch ...?" Und schließlich kam endlich der Vorfall zur Sprache, auf den Kümmel die ganze Zeit hingearbeitet hatte.

Noch während ihrer Ausbildung bei der Volkspolizei hatte Jäger, der schon immer ein Frauenheld gewesen war, ein Verhältnis mit der Frau eines Ausbilders begonnen, was ein großes Wagnis dargestellt hatte. Wenn er von dem Ausbilder erwischt worden wäre, hätte das das Ende seiner Karriere bei der VoPo bedeutet.

Schließlich fand der Ausbilder tatsächlich heraus, dass seine Frau ein Verhältnis mit einem seiner Schüler hatte, rastete vollständig aus, schlug seine Frau und schwor, den Schuldigen ausfindig zu machen und ihn so zu bestrafen, dass er seines Lebens nicht mehr froh werden würde.

Jäger hatte es mit der Angst zu tun bekommen und sich Kümmel, mit dem er damals schon befreundet gewesen war, anvertraut. Und genau da schlug Kümmels Stunde. Er wusste etwas über den Ausbilder, das diesen vor allen seinen Schülern lächerlich gemacht und seine Ausbilderkarriere ebenfalls beendet hätte, und gedachte nun, dieses Wissen einzusetzen.

In einem persönlichen Gespräch konfrontierte er ihn mit seinem Wissen und erzählte ihm im nächsten Atemzug, dass er derjenige sei, der mit seiner Frau eine kurze Affäre gehabt hätte. Obwohl der Ausbilder ihm an die Gurgel wollte, endete die Geschichte damit, dass sie sich einigen konnten, beide Vorfälle ruhen zu lassen und nie wieder darüber zu reden. Kümmels Freund Jäger war gerettet und beteuerte ihm, nicht enden wollend, seine ewige Dankbarkeit und wie tief er nun in seiner Schuld stehe.

Genau bei dieser Geschichte waren sie nun, nach inzwischen jeder vier Bieren, gelandet, und erneut versicherte Jäger ihm seine unendliche Dankbarkeit.

„Wer weiß, was aus mir geworden wäre, wenn du mich damals nicht so selbstlos gerettet hättest?"

Na ja, so viel ist letztendlich nicht aus dir geworden, mein Freund, dachte Kümmel. Jäger hatte nie die Finger von Frauen anderer Männer lassen können und war nach einigen Disziplinarverfahren in der Aktenhaltung des MfS in der Normannenstraße gelandet. Aber gerade deshalb war er genau der Mann, den Kümmel nun brauchte, und das gedachte er auszunutzen.

„Wo wir gerade bei Dankbarkeit sind ... es gibt da tatsächlich etwas, das du für mich tun könntest."

Sein Freund schien schlagartig nüchtern zu werden, und er sah Kümmel nun mit einer leichten Besorgnis an. Aber er wartete zunächst ab, was da wohl auf ihn zukommen würde.

„Wir arbeiten gerade an einem Mordfall und kommen nicht weiter, weil deine Behörde offensichtlich meint, sie müsste die Kriminalpolizei nicht unterstützen, sondern auf ihrer kleinlichen Geheimhaltung beharren. Vielleicht kannst du mir da weiterhelfen."

Die Besorgnis in Jägers Gesicht hatte sich noch gesteigert, aber noch immer lehnte er nicht grundsätzlich ab, seinem Freund zu helfen.

„Der Fall hat mit einem erschossenen Republikflüchtling zu tun, und sie wollen uns die Umstände seines Todes nicht preisgeben, obwohl sie vielleicht mit dem Motiv zu tun haben und uns einen erheblichen Schritt weiterhelfen könnten. Du arbeitest doch in der Aktenhaltung, da sollte es doch für dich kein Problem sein, mir die Fakten zu dem damaligen Vorgang zu besorgen."

Jägers Augenbrauen waren nach oben gewandert.

„Keine Sorge, du musst mir keine Akten verschaffen oder irgendwelche Unterlagen, ich brauche lediglich ein paar Daten und Fakten, mehr nicht."

Jäger wiegte den Kopf nachdenklich hin und her, und ihm war anzusehen, dass er mit sich kämpfte. Kümmel wollte ihn nicht zu sehr bedrängen, aber ein weiterer kleiner Anstoß erschien ihm nötig.

„Komm schon, alter Kumpel, das ist doch nicht zu viel verlangt. Ich denke, diesen kleinen Gefallen bist du mir schuldig."

Dabei beließ er es und wartete nun geduldig darauf, wie Jäger sich entscheiden würde. Ein trauriger und gleichzeitig enttäuschter Gesichtsausdruck und ein leichtes In-sich-Zusammensacken verrieten ihm, dass Jäger sich entschieden hatte.

„Ich hätte mir eigentlich denken können, dass du mich nicht nur aus alter Freundschaft wiedersehen wolltest. Eigentlich schade, aber was soll man heutzutage erwarten? Freundschaft scheint wirklich keine große Bedeutung mehr zu haben in diesen schwierigen Zeiten. Also gut. Wie kann ich den Namen des Flüchtlings finden? Ich brauche irgendwelche Daten oder einen anderen Anhaltspunkt. Ansonsten ist das Ganze eine aussichtlose Sache."

Kümmel hörte in dieser Feststellung Jägers Hoffnung heraus, dass er ihm mangels weiterer Daten vielleicht gar nicht würde helfen können.

„Der Republikflüchtling war ein gewisser Karl Rubischke, und die Angelegenheit hat sich 1963 abgespielt. Mehr kann ich nicht sagen, aber das sollte doch eigentlich ausreichen, oder?"

Jägers Gesicht sprach Bände. Volltreffer. Nun war Kümmel guter Dinge, dass er in Kürze den Namen des Täters erfahren würde und sie in den Ermittlungen einen großen Schritt nach vorne machen könnten.

„Triff mich morgen in der Mittagspause an dem Broilerstand in der Normannenstraße."

Jäger trank sein restliches Bier in einem Zug aus, erhob sich und verließ das Lokal ohne ein weiteres Wort.

***

Ostberlin, Normannenstraße, 29. November 1988, 11:30 Uhr

Kümmel wartete nun bereits seit einer halben Stunde an dem Stand, an dem sich immer wieder Mitarbeiterinnen und Mitarbeiter der MfS-Zentrale einen frisch gegrillten Broiler holten, ihn manchmal vor Ort verzehrten oder wieder mit in das Gebäude nahmen.

Er begann bereits zu befürchten, dass sein Freund ihn entweder versetzen würde oder vielleicht nichts hatte herausfinden können. Er wollte gerade wieder auf die Uhr sehen, als er in einiger Entfernung Detlev

Jäger mit schnellen Schritten auf den Stand zukommen sah.

Als er ihn begrüßen wollte, blickte Jäger auffällig in eine andere Richtung, und Kümmel unterließ es, ihn anzusprechen. Jäger ging zu dem Stand, bestellte sich einen halben Broiler und kam dann mit dem gegrillten Geflügel an den Tisch, an dem Kümmel einen Kaffee trank.

Er sah ihn nicht an, sagte nichts und begann dann, seinen Broiler auseinanderzunehmen und langsam zu essen.

Mit vollem Mund raunte er ihm zwischen zwei Bissen zu: „Du hast sie ja wohl nicht alle, mich in so eine Sache hineinzuziehen. Ruf mich nie wieder an und lass mich in Zukunft in Ruhe. Wir sind quitt, verstanden?"

Bevor Kümmel etwas sagen konnte, packte Jäger die Reste des Hähnchens zusammen, drängelte sich an Kümmel vorbei und flüsterte ihm dabei zu: „Linke Außentasche."

Nur Sekunden später stand Kümmel wieder alleine an seinem Stehtisch und fragte sich, was da gerade passiert war.

Unauffällig fühlte er in die linke Außentasche seiner Jacke und ertastete dort einen zusammengeknüllten Zettel, der sich seiner Erinnerung nach vorher dort nicht befunden hatte.

Es erforderte seine ganze Beherrschung, den Zettel nicht sofort aus der Tasche zu holen, sondern zuerst seinen Kaffee auszutrinken und sich dann in aller Ruhe von diesem Ort zu entfernen. Er hatte sich tatsächlich so weit im Griff, dass er erst in seinem Büro, als er alleine an seinem Schreibtisch saß, in seine Jackentasche griff und den Zettel herausholte.

Er glättete das Papier vor sich auf der Schreibunterlage und stellte fest, dass nichts darauf stand.

Idiot, schalt er sich in Gedanken und drehte den Zettel um. Dort stand tatsächlich ein Name, und im ersten Augenblick dachte er, sein Freund habe ihn verarschen wollen, bis er begriff, was er da las.

Verblüfft, erschrocken und völlig konsterniert ließ er sich in seinem Stuhl zurückfallen und versuchte zu begreifen, was das bedeuten könnte.

Wie sollen wir denn damit umgehen und vor allem ... wie lasse ich Ricardo diese Erkenntnis zukommen, ohne dass das MfS etwas davon mitbekommt?

Auf dem Zettel standen lediglich wenige Worte:

„Karl 63 angeschossen und im Teltow-Kanal ertrunken. Schütze war NVA-Offizier ...“

... und dahinter ein Name, bei dem Kümmel zunächst gedacht hatte, es müsse sich um eine Verwechslung handeln.

Kapitel 22

Moskau, 18. März 1982

Die ersten Sonnenstrahlen kündeten den nahenden Frühling an, und die Moskowiter fanden sich in Scharen in ihren Mittagspausen am Ufer der Moskwa in einem der vielen Parks ein und öffneten die Wintermäntel, um die Sonne an ihre blassen Körper zu lassen.

Auch Rubina saß auf einer Parkbank, nur etwa einen Kilometer von der Lomonossow-Universität entfernt, direkt am Ufer der Moskwa, die hier in einer der vielen engen Schleifen mitten in Moskau verlief. Auf der anderen Seite des Flusses, inmitten der Schleife, konnte sie auch aus dieser Entfernung das Luzhniki-Olympiastadion, einen Austragungsort der Olympischen Sommerspiele, die vor zwei Jahren hier in Moskau stattgefunden hatten, deutlich erkennen.

Sie genoss die Wärme auf ihrem jungen Körper und erschauderte kurz, als ihre Erinnerung zu den drei Monaten in der Kälte Sibiriens im Ausbildungslager des KGB zurückwanderte.

Das KGB, das „Komitet Gossudarstwennoi Besopasnosti" *(Komitee für Staatssicherheit)*, war eine unglaublich komplexe Behörde, die zwar vom Aufbau her mit dem

MfS vergleichbar war, aber eine für Rubina bis vor wenigen Monaten unvorstellbare Größe hatte. Und es hatte einige Bereiche, von deren Existenz sie keine Ahnung gehabt hatte. Sie hatte sich gefragt, ob es vergleichbare Einheiten auch im MfS gab.

Ihre Ausbildung in Sibirien war eine fast reine Kampfausbildung gewesen, gekennzeichnet von unglaublichen Härten, Entbehrungen und einer Belastung, die sie oft bis an ihre Grenzen – und teilweise auch darüber hinaus – geführt hatte.

Sie schüttelte sich kurz, warf diese Erinnerungen ab und kehrte zurück in die Gegenwart. Innerhalb von drei Monaten sollte sie an der Lomonossow-Universität in einem Sprachkurs in Englisch auf ein Level gehoben werden, dass sie sich halbwegs fließend mit englischsprachigen Personen würde unterhalten können ... bevorzugt mit einem deutschen Akzent.

Parallel dazu wurde sie in einer Wohnung in einem südlichen Stadtteil Moskaus von einem Mann, der sich ihr nie namentlich vorgestellt hatte, in den Techniken unterrichtet, die man für einen „verdeckten Einsatz mit Aufklärungscharakter" benötigte. Dazu zählte bereits, dass sie auf dem Weg zu dieser Wohnung eventuelle Verfolger entdecken, sie danach so gut wie möglich abschütteln konnte und sich erst in diese Wohnung im zehnten Stock einer Mietskaserne begeben durfte, wenn sie sicher war, dass niemand sie mehr beobachtete.

Auf eine entsprechende Frage hatte ihr Ausbilder ihr erklärt, dass man gleichzeitig andere, ihr unbekannte

Schüler für die Verfolgung einsetzte, die Rubinas Ziel nicht kannten. So schlug man zwei Fliegen mit einer Klappe. Sehr effektiv, wie sie fand.

Außerdem wurde sie in verschiedenen konspirativen Techniken unterrichtet, von der Bestückung eines „toten Briefkastens" für den Austausch von Nachrichten oder den Erhalt von Anweisungen, zudem noch Fotografie mit sehr kleinen Kameras, Kryptografie zum Verschlüsseln von Nachrichten, Methoden, um Verfolger abzuschütteln, das unauffällige Verfolgen von Personen und vieles mehr. Ihr war inzwischen klar, dass diese Ausbildung im Zusammenhang mit all dem, was man ihr in Sibirien beigebracht hatte, keinen anderen Schluss zuließ, als dass man sie im feindlichen Ausland einsetzen wollte. Sie war sehr gespannt, wohin es sie verschlagen würde und was genau sie dort würde tun müssen, aber sie erhielt auf Fragen keine Antwort.

Vremya pokazhet kuda idet (die Zeit wird zeigen, wohin der Weg geht).

Sie hatte lernen müssen, mit falschen Papieren und vor allem mit falschen Identitäten umzugehen: Namen und Lebensgeschichten lernen, ihr eigentlich fremde Orte so gut kennenzulernen, dass sie davon erzählen konnte, und auf gar keinen Fall mehr auf den eigenen Namen zu reagieren. Das hatte man ihr bereits zu Anfang ihrer Ausbildung eingebläut, aber dennoch war es ihr zweimal passiert, dass sie sich in einem Lokal oder einem Geschäft überrascht umgedreht hatte, als jemand hinter ihr laut: „Hallo Rubina, was machst du denn hier?“, zugerufen hatte.

Sie hatten ihr erzählt, dass schon mehr als ein Agent oder eine Agentin dadurch aufgefallen war, dass jemand den wahren Namen gerufen hatte und der- oder diejenige sich zu ihm umgedreht hatte. Aber es verlangte eine unglaubliche Beherrschung, nicht auf einen Namen zu reagieren, mit dem man schon so lange lebte.

Sie verscheuchte diese Gedanken und genoss die wärmenden Sonnenstrahlen, die sie in Sibirien so vermisst hatte. In wenigen Tagen würde ihr Abschlussgespräch mit dem Leiter der Ausbildungsabteilung des KGB, Oberst Tschernienko, stattfinden, und sie war sehr gespannt, wie sie ihre Ausbildung abgeschlossen hatte und ob sie nun endlich erfahren würde, wo ihr Einsatzgebiet liegen würde.

***

Zentrale des KGB, Moskau, 20. März 1982

Oberst Tschernienko war ein mürrischer, alter Mann, den sie schon dreimal getroffen hatte, aber noch nie hatte lächeln sehen.

Sie saß gegenüber seinem Schreibtisch und hielt die Anspannung fast nicht mehr aus. Er blätterte in einer Akte und sah sie zwischendurch immer wieder prüfend an, weshalb Rubina davon ausging, dass es sich um ihre Akte handelte. Gleich würde er ihr eröffnen, wie es mit ihr weitergehen würde.

„Nun, Genossin Kasmarowa, Sie haben beste Ergebnisse, und ich denke, dass Sie nun den Anforderungen gewachsen sein werden, die an Sie gestellt werden. Als Erstes werden Sie nach Berlin zurückkehren, Ihren dortigen Vorgesetzten das erzählen, was Sie in einer speziellen Unterweisung noch genau erfahren werden – natürlich kein Wort mehr –, und dann werden Sie erfahren, wo das MfS Sie einsetzen will. Selbstverständlich werden wir ein wenig Einfluss auf diese Entscheidung nehmen, aber das muss Sie nicht interessieren."

Enttäuschung machte sich in Rubina breit, aber sie hatte gelernt, ihre Gefühle nicht zu zeigen.

„Ich werde kurz vor Ihrer Rückkehr Kontakt mit Ihren Führungsoffizieren in Berlin aufnehmen und ihnen Ratschläge geben, wie man Sie am besten ..."

Tschernienko wurde rüde unterbrochen, als die Tür zu seinem Büro aufflog und ein völlig aufgelöster Leutnant in den Raum stürmte. Es gehörte zu Rubinas Ausbildung, ihr fremde Personen sofort und so sorgfältig wie möglich abzuchecken, einzuschätzen und Besonderheiten zu beobachten. Das Erste, was ihr auffiel, war das Blut an seinen Händen.

Tschernienko war hinter seinem Schreibtisch aufgesprungen.

„Was fällt Ihnen ...", begann er zu poltern, bis auch er das Blut an den Händen des Leutnants bemerkte.

„Genosse Oberst, kommen Sie schnell, Vladimir hat sich in seinem Büro ... ich weiß nicht, warum ... es ist schrecklich ... ich ...“

„Reißen Sie sich gefälligst zusammen, Sie Memme“, schrie der Oberst ihn an, als er um seinen Schreibtisch eilte. Während er an ihr vorbeirannte, raunte er Rubina noch zu: „Sie bewege sich keinen Millimeter von Ihrem Platz und warten hier auf mich, ist das klar?“

Rubina war weniger schockiert als vielmehr überrascht. Die Optionen rasten in Windeseile durch ihr Gehirn, und sie beschäftigten sich weniger mit dem armen Vladimir, wer immer das auch sein mochte, der sich da in seinem Büro vermutlich erschossen hatte, als vielmehr mit den Möglichkeiten, die sich ihr nun – ganz alleine im Büro des Obersts – boten.

Sollte sie ...?

Aber es war eigentlich keine Frage. Sie war darin ausgebildet, zu spionieren. Das war ihr Beruf. Es war eine der Lektionen gewesen, zu verinnerlichen, dass man Chancen, die sich einem boten, nutzen musste. Was sollte sie also jetzt hindern, einen kurzen Blick in ihre Akte zu werfen und vielleicht zu erfahren, wo sie eingesetzt werden würde?

Sie sprang auf, beugte sich über den Schreibtisch, prägte sich kurz die Lage der Akte ein und drehte sie dann herum, sodass sie darin blättern und lesen konnte.

Sie schlug die Akte auf und begann zu lesen. Es waren nicht viele Blätter, und aus Neugier begann sie auf den ersten Seiten zu lesen, da sie dort eine Einschätzung ihrer Person, ihrer Fähigkeiten und vielleicht Bewertungen zu finden hoffte.

Aber was sie dort las, ließ sie erstarren.

Sie hatte mit vielem gerechnet, aber nicht mit dem, was dort stand. Ihr Ziel, den kommenden Einsatzort zu erfahren, war vergessen, und sie musste sich zusammenreißen, die Akte wieder zuzuschlagen und an ihren ursprünglichen Platz zu legen.

Dann ließ sie sich wieder in den Stuhl fallen und begann zu überlegen, was diese Information, die sie in den Grundfesten erschütterte, für sie bedeuten mochte.

Warum habe ich das nicht gewusst?

Kapitel 23

Polizeipräsidium Bonn, 29. November 1988, 12:30 Uhr

Der vergangene Tag und der Morgen waren bestimmt gewesen von Besprechungen, Studium von Akten, Überprüfung von Namen und Hinweisen sowie zahlreichen Telefonaten mit Dienststellen von Orten, an denen Rubischke sich im Laufe der letzten Jahre in der Bundesrepublik aufgehalten hatte.

Ricardo hatte feststellen können, dass sich die Arbeit der MK nicht wesentlich von der Tätigkeit der MUK unterschied. Vielleicht etwas weniger Druck auf andere Dienststellen, ein freundlicherer Ton und etwas häufiger gestellte Bitten anstatt von Befehlen ... aber prinzipiell glichen sich die eigentlichen Tätigkeiten so sehr, dass er bisweilen vergaß, dass er sich im Westen aufhielt.

Auch der Frust war der Gleiche, wenn sich wieder einmal eine Spur als nicht zielführend oder als Sackgasse erwies. Sie kamen einfach nicht voran. Noch immer waren die Identitäten sowohl des Opfers an der Mauer als auch die der jungen Frau, die sie als Mörderin im Visier hatten, unbekannt.

Es war bereits vierzehn Uhr, als das Telefon auf dem Schreibtisch, den man ihm zugewiesen hatte, läutete.

Ricardo nahm den Hörer ab und meldete sich mit Namen.

„Hier ist die Vermittlung. Herr Müller, ich habe ein Gespräch von der Ständigen Vertretung der DDR für Sie in der Leitung. Einen Moment, ich stelle durch."

Im nächsten Moment meldete sich die bekannte Stimme des Kulturattachés Kubitschek.

„Hauptmann Müller, sind Sie am Apparat?", begann Kubitschek, ohne sich selbst vorzustellen.

„Aber selbstverständlich, Genosse Kulturattaché", gab Ricardo so freundlich wie möglich zur Antwort.

„Gut, ich habe nämlich keine große Lust, als Ihr Telefonvermittlungsdienst zu fungieren, nur weil Sie sich so gut wie nie hier blicken lassen. Ich habe einen Anruf Ihres Kollegen Kümmel erhalten und soll Ihnen etwas ausrichten."

Es wunderte Ricardo nicht, dass Kubitschek das Gespräch nicht weitervermittelt oder Kümmel nicht direkt bei ihm angerufen hatte. Es wurde ganz bewusst verhindert, dass sie beide direkt miteinander sprachen ... außer, es fand in den Räumen der Ständigen Vertretung und im Beisein von Kubitschek statt.

„Schön, das ist sehr nett von Ihnen. Was hat er denn gesagt?"

Ricardo war gespannt, was Friedrich ihm hatte mitteilen lassen.

„Ihr Kollege scheint ein wahrer Spaßvogel zu sein, wenn er die Ständige Vertretung dafür benutzt, belangloses Gewäsch weiterzugeben. Er wollte lediglich, dass Sie wissen, dass es bislang keinen ‚fulminanten' Durchbruch bei den Ermittlungen gegeben hat, der es wert gewesen wäre, einer Geheimhaltung zu unterliegen, und dass es weder über die Identität der Attentäterin noch des Republikflüchtlings ‚essenzielle' Neuigkeiten gäbe."

Kubitschek machte eine kleine Pause.

„Lernen Sie solche hohlen Phrasen eigentlich auf der Polizeischule oder was?"

„Ich denke mal, der Kollege wollte seinen Frust zum Ausdruck bringen, dass wir bisher weder in Berlin noch in Bonn auch nur einen kleinen Schritt weitergekommen sind", erwiderte Ricardo und hoffte, dass Kubitschek sein breites Grinsen nicht hören würde. Er war gespannt, ob noch eine weitere Nachricht kommen würde, auf die er nun eigentlich wartete.

„Und er hat gemeint", fuhr Kubitschek fort, „es wäre vielleicht ganz gut, wenn Sie heute Abend, so gegen zwanzig Uhr mal in der Botschaft wären, falls sich bis dahin neue Ergebnisse ergeben hätten, da er die Ihnen gerne persönlich übermitteln würde. Der Meinung bin ich allerdings auch, Hauptmann Müller", fügte er mit einem säuerlichen Unterton hinzu.

Ricardo musste sich zusammennehmen, um sich nicht lachend auf die Schenkel zu klopfen. Ihr Plan war aufgegangen, und er wusste genau, was Kümmel ihm hatte mitteilen wollen.

„Na, dann werde ich mal zusehen, dass ich heute Abend um zwanzig Uhr bei Ihnen bin, und dann sind wir mal gespannt, ob er etwas erreichen konnte. Sonst noch was?"

„Nein, und wenn Sie heute Abend mit ihm sprechen, dann weisen Sie ihn mal darauf hin, dass wir hier nicht sein Telefondienst sind, ist das klar?"

„Völlig klar, Genosse Kulturattaché!", sagte Ricardo in einem Befehlsempfängerton, dem eigentlich nur noch gefehlt hätte, dass er aufgesprungen wäre und salutiert hätte.

Er legte ohne ein weiteres Wort auf und hatte die Genugtuung, dass wiederum er das Gespräch beendet hatte und nicht Kubitschek.

Er lehnte sich in seinem Stuhl zurück und war mit sich und Friedrich Kümmel so zufrieden, dass er selig grinsend für eine Weile nur dort saß.

„Was war das denn?", fragte Freddy Ahlefeld von der anderen Seite des Schreibtisches.

Ricardo grinste ihn zufrieden an. „Ich habe gerade eine Nachricht von meinem Kollegen und Freund Friedrich Kümmel erhalten, dass ich heute Abend, um achtzehn Uhr dreißig eine Verabredung in Bonn habe, bei der wir etwas erfahren werden, das er nicht über die öffentlichen Kanäle mitteilen will. Ich bin schon sehr gespannt."

„Habe ich da nicht was von zwanzig Uhr gehört?"

„Das, mein lieber Freddy, ist ja der Trick an dem Ganzen. Ich werde es dir erklären, noch bevor wir uns auf den Weg machen."

***

Bonn-Ippendorf, 29. November 1988, 18:20 Uhr

Pünktlich um achtzehn Uhr zwanzig klingelten sie an der Haustür eines kleinen Einfamilienhauses in Bonn-Ippendorf.

Eine Frau von etwa fünfzig Jahren öffnete ihnen und sah sie neugierig an. Ricardo und Freddy hatten vereinbart, dass Ricardo die Gesprächsführung übernehmen würde, da er den Sachverhalt am besten kannte.

„Hallo Frau Theis, mein Name ist Müller, und das ist mein Kollege Ahlefeld von der Kripo Bonn. Sie werden heute einen Anruf Ihrer Schwester Gerlinde bekommen, in dem diese Ihnen etwas übermitteln wird, das ihr ein Kollege von der Kriminalpolizei Berlin als Text vorgibt. Können wir bitte hineinkommen?"

Hiltrud Theis machte zwar große Augen, sagte aber nichts und öffnete die Tür so weit, dass sie beide in das Haus eintreten konnten.

Ricardo hatte Freddy Ahlefeld bereits in der Dienststelle erzählt, was es mit diesem Anruf auf sich hatte: vor vielen Jahren hatte Friedrich Kümmel durch Zufall Kontakt mit Gerlinde Theis bekommen, einer alleinstehenden alten Dame, die erst Mitte der Siebzigerjahre erfahren hatte, dass ihre Zwillingsschwester noch lebte, allerdings in der BRD, in der Nähe von Bonn. Die Schwestern waren in den Wirren gegen Ende des Zweiten Weltkriegs getrennt worden, und es hatte die eine nach Berlin verschlagen, die andere ins Rheinland. Als sie schließlich voneinander erfuhren, wollte die eine nicht in die DDR einreisen und die andere durfte nicht ausreisen. Also hatten sie zunächst Briefkontakt miteinander aufgenommen und sich ihre Lebensgeschichten nach der Trennung erzählt. Erstaunlicherweise waren beide ledig geblieben, hatten aber beide in unterschiedlichen Bereichen beruflichen beziehungsweise politischen Erfolg.

Da Gerlinde Theis wusste, wie die Maschinerie des Staates arbeitete, vereinbarte sie einen einzigen Besuch ihrer Schwester in der DDR, in dessen Verlauf sie sich darüber absprachen, wie sie zukünftig Kontakt haben und an der staatlichen Überwachung vorbei zum Beispiel bei Telefonaten Nachrichten austauschen konnten, mit denen die DDR-Behörden nichts würden anfangen können.

Kümmel hatte Gerlinde Theis im Lauf von Ermittlungen kennengelernt, sie hatten sich angefreundet, und irgendwann hatte er dann ihre Lebensgeschichte erfahren. Schon bevor Ricardo in die BRD gereist war, hatten sie nach einem Weg gesucht, wie sie Nachrichten an der Stasi vorbei würden austauschen können. Zudem hatten sie vereinbart, welche Worte Kümmel oder Ricardo am Telefon benutzen wollten, wenn einer den Bedarf eine einer solchen Kommunikation verspürte. Es waren die Worte „essenziell“, „fulminant“ und „Geheimhaltung“, aber wenigstens zwei dieser drei Begriffe in einer Kommunikation, die signalisieren würden, dass der Weg der verdeckten Kommunikation beschritten werden sollte. Bei der Zeitangabe war vereinbart worden, dass sie mit „minus 1 Stunde 30 Minuten" zu verstehen war. So war gewährleistet, dass einer von ihnen beiden zu der genannten Zeit tatsächlich auch zum Beispiel einen Anruf würde tätigen können.

Und so saßen Ricardo und Freddy Ahlefeld nun im Wohnzimmer von Hiltrud Theis, einer hochrangigen Beamtin des Kultusministeriums, und erklärten ihr den Sachverhalt so ausführlich wie nötig, aber so knapp wie möglich. Sie war eine intelligente Frau, die sehr schnell verstand, worauf es ankam. Ricardo hatte ihr erklärt, dass er gerne mithören würde, was ihre Schwester in Ostberlin ihr erzählte und es sicherlich einen Teil in der Unterhaltung geben würde, der für sie keinen Sinn machte, wenn Gerlinde einen Text ablesen würde, den Friedrich Kümmel ihr vorgegeben hatte. Er sah es nicht als notwendig an, sie darauf hinzuweisen, dass sie sich nichts anmerken lassen sollte.

Als pünktlich um achtzehn Uhr dreißig Telefon läutete, zuckten sie alle zusammen, obwohl sie den Anruf erwartet hatten. Hiltrud Theis nahm den Hörer ab und meldete sich mit Namen.

„Oh, Gerlinde, wie schön, dass du wieder mal anrufst."

Ricardo war angenehm überrascht, wie natürlich und echt ihre Überraschung klang, und er wurde immer zuversichtlicher, dass ihre Planung aufgehen würde.

Hiltrud Theis hielt den Hörer etwas von ihrem Ohr weg, sodass Ricardo, der direkt neben ihr saß, seinen Kopf ebenfalls ganz in die Nähe der Hörmuschel halten konnte und jedes Wort von Gerlinde Theis, die zudem laut und deutlich sprach, gut verstehen konnte.

Das Gespräch drehte sich mindestens fünf Minuten um ganz allgemeine Dinge, wie das gegenseitige Wohlbefinden und unverfängliche private Erlebnisse. Nichts hatte mit der jeweiligen Arbeit zu tun, und selbst Ricardo konnte nicht heraushören, welche Art von Nachrichten die beiden unterschwellig austauschten.

Plötzlich wurde er hellhörig. Ohne dass eine Veränderung in der Stimme von Gerlinde Theis zu hören war, erzählte sie etwas, was ihn aufhorchen ließ.

„Ach ja, Hiltrud, das hätte ich fast vergessen, der arme Karl ist gestorben, ich habe dir doch mal von meinem Bekannten erzählt, den ich so gerne gemocht habe. Das Schlimme ist, dass er sich umgebracht hat und das in der Blüte seiner Jahre."

„Oh wie traurig, das tut mir leid", entgegnete Hiltrud Theis, sah Ricardo kurz von der Seite an und schüttelte leicht den Kopf.

„Ja, es ist wirklich traurig. Was mich dabei so wütend macht, ist, dass sein Bruder Erich ihn regelrecht in den Tod getrieben haben muss. Die beiden haben sich nicht wirklich gut verstanden und ständig über irgendwas gestritten."

Ricardos Gedanken überschlugen sich. Was hatte Kümmel ihm da mitteilen lassen?

Das Gespräch wandte sich sogleich wieder einem anderen Thema zu, in dem es um einen in der Zukunft geplanten Besuchstermin von Hiltrud in Berlin ging, und Ricardo war sicher, dass alles Wesentliche gesagt worden war. Sicherheitshalber hörte er noch weitere zehn Minuten der Unterhaltung zu, aber es war nichts mehr zu hören, was er als Nachricht von Kümmel hätte deuten können.

Als Hiltrud Theis schließlich das Gespräch beendete und auflegte, gab er das Gehörte an Freddy Ahlefeld so wortwörtlich wie möglich weiter und sah ihn dann nachdenklich an. Schon während er die Worte wiedergab, kam ihm schlagartig die Erleuchtung, und er ließ sich schwer in den Sessel zurückfallen, auf dem er während des Telefonates direkt neben Hiltrud Theis auf der Kante gesessen hatte.

„Haben Sie verstanden, worum es dabei ging?", fragte Hiltrud Theis mit völlig neutraler Stimme, und es klang tatsächlich nicht so, als erwarte sie eine Erklärung.

„Ja, ich glaube schon. Vielen Dank für Ihre Hilfe, aber ich darf Ihnen leider nicht sagen, was genau der Inhalt der Nachricht war, bitte haben Sie Verständnis dafür."

Hiltrud Theis nickte wissend und versuchte erst gar nicht, mehr Informationen zu bekommen.

Als Ricardo nur wenige Minuten später in den Dienstwagen von Freddy einstieg, sah dieser ihn erwartungsvoll an.

„Ist es das, was ich vermute? Das wäre ja der Hammer!"

Ricardo nickte. „Ich fass es nicht! Das hätte ich niemals vermutet. Aber es gibt meines Erachtens keine andere Deutung: Karl hat sich umgebracht, und der ältere Bruder Erich hat ihn in den Tod getrieben ... das kann nur eines bedeuten ..."

„... unser Toter, Erich Rubischke, hat 1963 an der Mauer seinen eigenen Bruder Karl erschossen", ergänzte Freddy fassungslos den Kopf schüttelnd.

Kapitel 24

Ostberlin, 29. November 1988, 20:15 Uhr

Diesmal dauerte es extrem lange, und erst nachdem er erneut und lang anhaltend geklingelt hatte, hörte er im Innern der Wohnung schlurfende Schritte, und kurz darauf öffnete Erika Rubischke die Wohnungstür.

„Sie schon wieder? Wat woll'n Se denn noch? Ick hab Ihnen allet erzählt. Et jibt nüscht mehr zu reden."

„Bitte entschuldigen Sie, dass ich Sie schon wieder unangemeldet überfalle, aber ich hätte da doch noch ein paar kurze Fragen."

Friedrich Kümmel hatte sich überlegt, nicht mit der Tür ins Haus zu fallen, sondern erst einmal die Witwe Rubischke langsam auf das vorzubereiten, was er sie fragen wollte. Nachdem sie ihn eingelassen und ihn mit einem kurz dahingeworfenen „Kaffee?" gefragt hatte und auf sein Nicken wortlos in der kleinen Küche verschwunden war, machte Kümmel es sich im Wohnraum bequem und wartete, bis sie mit zwei Tassen und einer Kanne Kaffee wiederkam und sich wortlos zu ihm setzte. Erst als sie beide einen Schluck getrunken hatten und sie ihn nach einem genervten: „Watt'n nu?", auffordernd ansah, begann er vorsichtig seine Fragen zu stellen.

„Es geht noch einmal um den Tod Ihres Mannes, Frau Rubischke. Wussten Sie, dass er beim Versuch, die Republik über den antifaschistischen Schutzwall …“, er wählte ganz bewusst den offiziellen Sprachgebrauch der DDR für die Mauer, „zu verlassen, erschossen wurde?“

Sie machte zunächst große Augen, um dann ein wenig trotzig zu antworten: „Nee, wusst ick nich!“

Kümmel hatte das befürchtet, und er wusste auch, dass seine nächste Eröffnung sie vermutlich sehr erschüttern würde. Dennoch gab es keinen anderen Weg, wenn er überhaupt noch etwas erfahren wollte.

„Ich dachte es mir. Ich weiß nicht, wie ich Ihnen das sagen soll, aber dafür gibt es leider keinen einfachen Weg. Ich gehe davon aus, dass Sie dann auch nicht wussten, dass es Ihr Schwager Erich war, der seinen Bruder Karl bei diesem Fluchtversuch erschossen hat.“

Was nun folgte, hätte er beim besten Willen nicht vorherzusagen vermocht, da er Erika Rubischke einfach zu wenig kannte, um sie entsprechend einzuschätzen. Sie blickte ihn mit leeren Augen und offen stehendem Mund an, und er konnte fast sehen, wie die Worte langsam in ihr Bewusstsein einsickerten. Ihre Miene veränderte sich eine endlos erscheinende Zeit nicht im Geringsten: leerer Blick, leicht geöffneter Mund und sich lautlos bewegende Lippen, als müsse sie sich diese Nachricht selbst noch einmal vorsagen, um sie zu verstehen. Ihre letztendliche Reaktion erfolgte so überraschend, dass Kümmel erschrocken aus seinem Stuhl aufsprang.

Sie stieß einen tierischen Schrei aus, sprang auf, nahm die Kaffeekanne und schleuderte sie mit vollem Schwung gegen die nächste Wand, wo sie zerbarst und einige dort angebrachte Fotografien mit Kaffee bedeckte, der wie in Zeitlupe die Wand hinunterlief.

„Dieset verdammte Schwein, verdammt, verdammt."

Sie brach auf dem Sofa zusammen, und die Tränen liefen ihr in Strömen über die Wangen. Sie schluchzte, und immer wieder hörte Kümmel Wortfetzen, konnte sie jedoch nicht verstehen. Er war sich absolut unsicher, wie er sich am besten verhalten sollte. Der Umgang mit trauernden Angehörigen war noch nie seine Stärke gewesen, und meist hatte er es Ricardo überlassen, mit diesen Leuten zu reden, sie zu trösten und auf weitere Fragen vorzubereiten.

Also wartete er einfach ab, ob sie sich wieder etwas beruhigen würde. Seine nächsten Fragen sollten darauf abzielen, zu ermitteln, ob sie es wirklich nie geahnt hatte, dass ihr Schwager am Tod ihres Mannes schuld war und ob sie sich vorstellen könnte, wer sonst noch ein Interesse an seinem Tod gehabt haben könnte.

Ihr Gebrabbel wurde zunehmend verständlicher, und Kümmel setzte sich die verständlichen Puzzleteile so zusammen, dass Erich Rubischke von Glück reden könne, dass sie das nicht schon früher gewusst hatte, weil sie ihn ansonsten schon viel früher umgebracht hätte. Er konnte es nachvollziehen und verstand ihre Wut und Frustration.

Dann aber hörte er Wortfetzen, in denen immer wieder „meene kleene Marie", „det arme Jör" oder „allet dem seine Schuld" vorkamen.

Nun aufmerksam geworden, setzte er sich erstmals wieder aufrecht auf den Rand des Stuhls und wartete eine Pause in ihren Ausbrüchen ab.

„Frau Rubischke, ich verstehe Sie, aber was ist das mit Ihrer Tochter, Marie, wenn ich Sie richtig verstanden habe?"

Sie erschrak, und ihr wurde offensichtlich erst jetzt richtig bewusst, dass Kümmel ihr die ganze Zeit zugehört hatte. Sie riss sich sichtlich zusammen und setzte sich nun ebenfalls aufrecht hin, wischte sich die Tränen aus dem Gesicht und meinte: „Nüscht, allet dummes Jebrabbel von 'ne alte Frau. Verjessen Se det."

Aber so leicht ließ Kümmel sich nun doch nicht abspeisen, und er war ein ausreichend erfahrener Vernehmungsbeamter, um zu erkennen, wann es galt nachzusetzen. Also fuhr er mit fester Stimme fort: „Nein, Frau Rubischke, so funktioniert das nicht. Wir sind die Polizei, und bei allem Leid, das Sie erfahren mussten ... Sie sind eine Zeugin und verpflichtet, uns weiterzuhelfen. Also, was ist das mit Ihrer Tochter? Ich dachte, sie sei mit einem Jahr gestorben?"

Erika Rubischke sah weiterhin vor sich auf den Tisch, auf dem nun zwei einsame Kaffeetassen standen, während der Kaffee an der Wand sich inzwischen auf dem

Boden angesammelt hatte. Schließlich gab sie sich einen Ruck und redete.

„Nee, isse nich."

Kümmel wartete einige Sekunden, bevor er sie ungeduldig aufforderte: „Nun reden Sie schon. Es hat doch keinen Zweck. Jetzt wo ich weiß, dass Ihre Tochter nicht gestorben ist, finde ich den Rest auch so raus."

Erneut kamen ihr die Tränen, aber diesmal waren es nicht Tränen der Wut, sondern der tiefen Trauer und der Verzweiflung. Unter Tränen und immer wieder unterbrochen von Schluchzern, schilderte sie ihm, was damals wirklich vorgefallen war.

Unmittelbar nachdem ihr Mann Karl bei seiner versuchten Republikflucht erschossen worden war, waren sie gekommen und hatten ihre kleine Marie abgeholt. Sie hatten ihr gesagt, dass die Frau eines Republikflüchtlings nicht geeignet sei, ein Kind im Sinne des Sozialismus großzuziehen, und man sie deshalb in bessere Hände geben müsste. Alles Schreien und Zetern hatte nichts genützt, und man hatte ihr das Kind aus den Armen gerissen.

Das sei das letzte Mal gewesen, dass sie ihr Kind gesehen hatte.

Kümmel war wie vor den Kopf gestoßen, und er versuchte zu verstehen, was das für ihre Ermittlungen bedeuten könnte. Aber vor allem versuchte er sich zu überlegen, wie er Ricardo von dieser Entwicklung würde berichten können.

Als er am Vorabend mit ihm in der Botschaft telefoniert hatte, hatte er ihm angedeutet, dass sie noch keinen Schritt weitergekommen waren, er sich aber melden würde, wenn es einen Durchbruch gäbe.

Konnte er es wagen, denselben Trick ein zweites Mal anzuwenden, oder gab es eine andere Möglichkeit?

Kapitel 25

Polizeipräsidium Bonn, 30. November 1988, 18:30 Uhr

Ricardo glaubte, seinen Ohren nicht zu trauen.

Am späten Vormittag hatte Kulturattaché Kubitschek ihn völlig aufgebracht im Büro der Mordkommission angerufen und ihm mitgeteilt, dass es definitiv das letzte Mal gewesen sei, dass er den Telefonisten für Ricardos „impertinenten Kollegen" Kümmel gespielt habe.

Gleichzeitig hatte er ihn erneut für zwanzig Uhr in die Botschaft einbestellt, weil Kümmel ihm trotz Androhung schlimmer Konsequenzen nicht hatte erzählen wollen, was denn die neuen Erkenntnisse seien, die er ihm am Abend mitteilen wolle.

Und nun saßen Freddy und er erneut bei Hiltrud Theis in deren Wohnzimmer, und er lauschte den unglaublichen Worten, die Gerlinde Theis ihrer Schwester nach einigen einleitenden Sätzen übermittelte.

„Du glaubst nicht, was ich heute gehört habe, Hiltrud. Da hat doch schon wieder so ein Idiot versucht, unsere schöne Republik zu verlassen. Ich verstehe es nicht. Der Typ hatte Frau und eine einjährige Tochter. Die wollte er wohl nicht mehr oder er wollte sich einfach aus der Verantwortung stehlen. Ich kann solche Väter nicht verstehen. Das Mädchen haben sie natürlich in staatliche Obhut gegeben, was sicherlich das Beste für das arme Wurm ist. Man weiß ja schließlich nicht, ob die Mutter nicht damit einverstanden war, was der Vater getan hat, und da ist es sicher besser, wenn das Kind bei anständigen Menschen aufwächst."

Danach hatte sich die Unterhaltung der beiden noch für einige Minuten um belanglose Dinge gedreht, bevor die beiden Schwestern sich voneinander verabschiedet hatten.

Wieder in Freddys Dienstwagen angekommen, sahen sich die beiden Ermittler an.

„Du denkst das Gleiche wie ich, oder?", sagte Ricardo und wagte es nicht, auszusprechen, was er gerade dachte.

„Ich kann zwar noch keine Gedanken lesen", entgegnete Freddy grinsend, „aber ich glaube, dass dein Kollege uns mitteilen wollte, dass Karl Rubischke eine einjährige Tochter hatte, als er erschossen wurde, und dass dieses Kind der Mutter weggenommen und zur Adoption freigegeben wurde. Das war es doch wohl, was du auch gedacht hast?"

Ricardo nickte einfach nur stumm. Er dachte kurz nach, bevor er vorsichtig die nächsten Worte sprach: „Aber was bedeutet das für uns? Dieses Mädchen müsste heute fünfundzwanzig oder sechsundzwanzig Jahre alt sein. Ist sie die Killerin? Verstehen könnte ich es, aber woher hat sie erfahren, dass ihr Onkel ihren Vater erschossen hat, den sie nie kennengelernt haben kann? Vor allem: Woher hat sie gewusst, wer ihr leiblicher Vater war? Und ... wer hat sie adoptiert, also, wie heißt sie heute?"

„Kannst du denn auch Kontakt mit deinem Kollegen aufnehmen, damit du ihn beauftragen kannst, herauszufinden, wer dieses Mädchen adoptiert hat? Ich sehe keinen anderen Weg, wie wir in den Ermittlungen zur Identität dieser Frau sonst weiterkommen sollen."

Ricardo sah Freddy sowohl vorwurfsvoll als auch ein wenig mitleidig an.

„Du hast nicht wirklich großes Vertrauen in unsere kriminalistischen Fähigkeiten, oder? Aber ich kann dir versichern, dass mein Kollege Kümmel sich genau die gleichen Fragen stellt. Und wenn es jemanden gibt, der das herausfinden kann – was zugegebenermaßen nicht gerade leicht sein wird –, dann er. Da können wir uns drauf verlassen."

„Entschuldige, so war das nicht gemeint. Aber bleibt uns dann nichts anderes übrig, als einfach die Hände in den Schoß zu legen und abzuwarten, ob und wann dein Kollege mit seinen Ermittlungen vielleicht Erfolg hat?"

Er sah Ricardo flehentlich an, sodass dieser fast lachen musste.

„Nein, nicht zwangsläufig. Gib mir etwas Zeit, die ganze Sache zu durchdenken, vielleicht fällt mir ja auch noch eine Alternative ein."

Freddy nickte bedächtig, aber sofort kam die nächste Frage, und sie behandelte ein Thema, über das sich auch Ricardo schon Gedanken gemacht hatte.

„Aber ich liege doch wohl richtig, dass wir diese Erkenntnisse auf keinen Fall in der großen Runde in der Besprechung mit diesen ganzen Geheimdienstheinis, also, ich meine unsere westdeutschen, ansprechen dürfen?"

„Allerdings. Das sollten wir auf jeden Fall vermeiden, denn dann würden diese Informationen in ihren Behörden die Runde machen, und dann könnte ich es auch gleich dem Kulturattaché und damit dem MfS melden", entgegnete Ricardo bestimmt.

„Oh oh", meinte Freddy mit einem leichten Grinsen, „dann wird das mal wieder ein Alleingang, für den ich wohl keine Lorbeeren einheimsen werde. Aber was soll's, dafür bin ich ja berüchtigt."

Kapitel 26

Polizeipräsidium Bonn, 01. Dezember 1988, 09:00 Uhr

Die Stimmung im Besprechungsraum der MK war an diesem Morgen gedrückt und nicht mehr von den lockeren Gesprächen untereinander geprägt wie noch zwei Tage zuvor. Freddy kannte das von früheren Fällen: Wenn die Ermittlungsergebnisse nach wenigen Tagen noch keinen Anlass zur Zuversicht gaben, wirkte sich das extrem negativ auf die Stimmung der gesamten Truppe aus.

Lediglich Sass, der BKA-Mann, strahlte eine große Zufriedenheit aus, was Freddy vermuten ließ, dass er neue Erkenntnisse hatte und darauf brannte, sie der Allgemeinheit zu verkünden. Freddy bezweifelte allerdings angesichts seines derzeitigen Informationsstandes, dass es wirklich zielführende Erkenntnisse waren. Er und Ricardo wussten schließlich wesentlich mehr als der Rest der Truppe, und obwohl sie überlegt hatten, ob sie Gattung nicht einweihen sollten, hatten sie sich schließlich doch dagegen entschieden. Sie hielten es noch für zu früh und wollten erst Sicherheit haben bezüglich ihrer Vermutungen.

Gattung eröffnete die Besprechung und bat die einzelnen Ermittlungsteams, den Sachstand vorzutragen.

Obwohl Sass Anstalten machte, als Erster zu sprechen, erteilte Gattung zunächst Ellen Zerwas das Wort, die zusammen mit Tanja Bacher und mit Unterstützung von Spritty Kölsch bezüglich der früheren Aufenthalte von Erich Rubischke in der Bundesrepublik und an diesen Orten eventuell unaufgeklärten Sexualdelikten nachgeforscht hatte. Freddy musste sich zwingen, genau zuzuhören, da er in Gedanken ganz woanders war.

„Wir haben leider nur zwei Spuren, die auch nur den Hauch einer Erfolgsaussicht in sich haben", führte Ellen gerade aus, „aber da wird noch nach den Akten gesucht, weil beide Fälle sich vor einigen Jahren, einmal in Frankfurt und einmal in Westberlin, ereignet haben und schon abgelegt wurden. Wir hoffen, noch heute die Daten und Bilder der Frauen zu bekommen, aber selbst wenn die Frauen dem Bild der mutmaßlichen Täterin nicht gleichen, ist die Spur ja noch nicht zwingend tot. Immerhin könnte es ja auch die Schwester oder enge Freundin eines Opfers sein."

Sie seufzte schwer und schüttelte den Kopf. „Ich weiß noch nicht, ob wir da überhaupt weiterkommen, aber wir müssen auf jeden Fall die Kollegen vor Ort in einem Maß einspannen, dass es ihnen nicht gefallen wird, und ob sie mit der erforderlichen Manpower an die Sache herangehen, ist auch noch nicht klar."

Freddy, aber auch Rudi Gattung, waren das abfällige Grinsen und leichte Kopfschütteln von Hauptkommissar Sass aufgefallen. Gattung war deutlich anzusehen, dass er extrem genervt war, und sein Ton war auch nicht der freundlichste, als er schließlich Sass ansprach, allerdings erst, nachdem er sich bei dem Team um Ellen Zerwas bedankt hatte.

„So, Kollege Sass, ich sehe Ihnen an, dass Sie es kaum noch aushalten können, Ihre sicherlich absolut phänomenalen Erkenntnisse zu offenbaren. Also, tun Sie sich keinen Zwang an, erleuchten Sie uns."

Die Ironie schien an Sass abzuperlen, und er stand auf, knöpfte sich theatralisch das Jackett seines Anzuges zu und begann schließlich in dem ihm eigenen überheblichen Ton zu berichten.

„Wir haben erhebliche Fortschritte bei der Entschlüsselung der Unterlagen aus Rubischkes Hotelzimmer gemacht und können nun mit Bestimmtheit sagen, dass er mit dem Auftrag in der Bundesrepublik war, Gelder aus der DDR in den Westen zu verschieben."

„Hört, hört, welch beachtliche Erkenntnisse", kam die nur halblaut geäußerte Bemerkung von Ricardo Müller, die Freddy beinahe dazu verleitet hätte, laut aufzulachen.

„Allerdings, Herr Müller, allerdings", zischte Sass verärgert, „dank der Informationen der befreundeten Dienste ...", er warf einen kurzen Blick in Richtung der Herren Schuck und Fulbrecht von BfV und BND, „liegen uns ja Erkenntnisse vor, dass der Zusammenbruch dieses maroden Systems, das sich DDR nennt, eigentlich nicht mehr lange auf sich warten lassen wird. Da liegt es nahe, dass gewisse Leute ihr Schäflein ins Trockene bringen wollen und nicht geringe Werte ins Ausland verlagern möchten."

Die Zufriedenheit darüber, dass Ricardo Müller diese Bemerkung nicht kommentierte, sondern mit mahlendem Kiefer vor sich auf den Tisch sah, entlockte ihm wieder das auf seinem Gesicht wie festgetackert wirkende überlegene Lächeln.

Freddy hatte Mitleid mit Ricardo, denn wenn das, was Sass behauptete, wirklich stimmte, dann würde das für seinen Kollegen aus der DDR eine schwere Zukunft bedeuten.

Die beiden Herren von den Nachrichtendiensten blickten ebenfalls betreten vor sich auf den Tisch, denn ihnen war im Vorfeld der Besprechung sicherlich nicht klar gewesen, dass Sass sein offensichtlich von einem von ihnen stammendes Wissen zu diesem Zeitpunkt und in Anwesenheit eines Mitgliedes der DDR-Sicherheitsorgane hinausposaunen würde.

Es war unerwarteter Weise Gattung, der an dieser Stelle explodierte, seinen Kugelschreiber vor sich auf den Tisch knallte und zu schreien begann.

„Ist das die vom Innenminister gewünschte Kooperation? Ich hatte erwartet, dass Sie Ihre Erkenntnisse nicht nur mit dem BKA, sondern auch mit uns teilen, Sie Flachpfeifen. Glauben Sie nicht", seine Stimmer wurde immer lauter, „dass ich das so einfach hinnehme. Ich werde mich bei Ihren Behördenleitern beschweren und das …", er sah nun den immer noch grinsend dastehenden Sass an, „gilt auch für Sie. In einer Ermittlungseinheit wie unserer braucht es keine Angeber, Selbstdarsteller und Solisten, die meinen, eh alles besser als andere zu können und deshalb mit niemandem zusammenarbeiten zu müssen."

Freddys anfängliche Freude über diesen Ausbruch und das blöde Gesicht von Sass brach in sich zusammen, als Gattung das Wort „Solisten" aussprach und danach die mangelnde Zusammenarbeit ansprach, zumal er noch nicht fertig war.

„Und wenn das, was Sie gerade so großspurig als neue Erkenntnisse präsentiert haben, ein Ermittlungserfolg sein soll, dann will ich nicht wissen, was Sie als Misserfolg bezeichnen würden. Melden Sie sich wieder zu Wort, wenn Sie etwas zur Identität der Täterin zu vermelden haben. Bis dahin halten Sie Ihren Rand und leisten Sie erst mal etwas, bevor Sie hier so auftreten. Wir tappen trotz Ihres glorreichen BKAs noch immer im Dunkeln über die Identität der Täterin und die Motive."

Gattungs Kopfschütteln zeigte an, dass er mit seinen Ausführungen am Ende war, und Freddy war sich nicht mehr sicher, ob seine und Ricardos Strategie wirklich die beste Vorgehensweise war.

Ich glaube, wir werden es ihm doch nachher noch sagen müssen. Hoffentlich ist Ricardo einverstanden.

***

„Seit wann wisst ihr das?“

Gattung starrte die beiden vor ihm sitzenden Kriminalbeamten mit offenem Mund an.

„Seit gestern Abend“, gestand Ricardo.

„Aber wir wollten es dir sowieso nach der Besprechung sagen“, verdrehte Freddy die Wahrheit ein wenig, wobei er ein flaues Gefühl in der Magengegend verspürte.

Der misstrauische Blick von Gattung zeigte ihm, dass dieser das Gesagte eher kritisch bewertete, was Freddy dazu brachte, sich noch mehr zu verteidigen.

„Rudi, sei doch mal ehrlich, du wolltest doch sicherlich auch nicht, dass wir diese Erkenntnisse vor Sass und den Nachrichtendienstleuten hinausposaunen, oder?“

Gattung sah ihn nachdenklich an.

„Freddy, ich kann doch nicht auf der einen Seite Sass, Schuck und Fulbrecht den Vorwurf machen, dass sie ihre Erkenntnisse nicht mit uns teilen, und dann genau das Gleiche tun. Ich muss es ihnen sagen, versteh das bitte. Allerdings heißt das nicht, dass ich euch die weiteren Ermittlungen wegnehme. Ihr bleibt an der Sache dran und versucht herauszufinden, wie die Frau heute heißt. Allerdings ...“, er machte eine nachdenkliche Pause, und Freddy hatte schon die Befürchtung, er würde nun mit Sass zusammenarbeiten müssen, „denke ich nicht, dass uns ihr Name viel weiterbringen wird. Nach allem, was ihr mir erzählt habt, hat sie zwar sehr wahrscheinlich ein persönliches Motiv, aber die

Tatbegehung spricht dafür, dass sie das nicht zum ersten Mal macht. Und wenn sie sich als DDR-Bürgerin in der Bundesrepublik aufhält, dann können wir davon ausgehen, dass sie das nicht unter ihrem richtigen Namen tut. Sehen Sie das nicht auch so, Hauptmann Müller?“

Freddy sah zu Ricardo. Dieser nickte und bestätigte im nächsten Satz das, was Gattung gesagt hatte.

„Ja, das stimmt. Es wird sicherlich schwer, sie ausfindig zu machen.“

Freddy merkte, dass Ricardo kurz davor war, noch eine weitere Anmerkung zu machen, aber anscheinend noch überlegte, ob er es tun sollte.

„Komm, spuck's aus“, ermunterte er seinen neuen Freund, „Rudi kannst du vertrauen. Sonst hätte ich nicht dafür gestimmt, ihm die ganze Geschichte zu erzählen.“

Ricardo nickte zustimmend und atmete noch einmal lange und tief ein.

„Nun gut. Ich will euch meine Einschätzung der Situation geben. Wenn es sich bei der Killerin tatsächlich um die Nichte von Rubischke handelt, kann das eigentlich nur eines bedeuten: Sie ist eine Agentin des MfS und hat vielleicht sogar im Auftrag der Stasi gehandelt.“

Er hob Ruhe gebietend beide Hände, als er den aufkommenden Protest von Rudi Gattung und Freddy bemerkte.

„Ich weiß, dass ihr das nicht wirklich wahrhaben wollt, aber ich habe einige Gerüchte über Killerkommandos gehört, die im Auftrag der Stasi erfolgreiche Republikflüchtlinge in den Westen verfolgt und dort umgebracht haben sollen. Vor allem solche, die hier im Westen im Rampenlicht der Öffentlichkeit stehen."

Er schien das ungläubige Stirnrunzeln der beiden zu bemerken und fuhr fort: „Erinnert ihr euch noch an den Fußballer Lutz Eigendorf, der sich 1979 anlässlich eines Freundschaftsspieles zwischen dem FC Dynamo und dem 1. FC Kaiserslautern in Kaiserslautern abgesetzt hat und im Westen blieb? Ich sehe, ihr wisst, wen ich meine. Eigendorf ist 1983 bei einem höchst dubiosen Autounfall ums Leben gekommen, und ich habe ...", er machte eine lange Pause, bevor er weitersprach, „Informationen darüber, dass es eben kein Unfall war. Keine Beweise, aber es wurde auch bei uns viel über diesen Fall geredet, und da hört man so manches."

Freddy sah aus den Augenwinkeln, dass Rudi Gattung den DDR-Kriminalisten genauso fassungslos anstarrte wie er. Er fasst sich etwas schneller als sein Vorgesetzter.

„Und ... und du meinst, dass die Nichte von Rubischke so eine Auftragskillerin des MfS ist?", fragte er, noch immer ungläubig.

„Ich sehe es als ziemlich wahrscheinlich an. Ich habe schon öfter mal von solchen Kommandos gehört, wenn auch noch nie von einer Frau, die mit einem solchen Auftrag alleine unterwegs ist. Aber wenn es so ist, dann wird es für uns fast unmöglich werden, sie ausfindig zu machen. Sie hat mit Sicherheit exzellente Papiere und versteht die Kunst des Untertauchens, des Tarnens und des Versteckspiels aus dem Effeff."

Ricardo blickte abwechselnd Freddy und Gattung an, wartete auf eine Reaktion, aber es kam keine.

Jeder sinnierte vor sich hin, ob es in diesem Fall überhaupt noch mögliche Optionen für das weitere Vorgehen gab.

Kapitel 27

Ostberlin, 01. Dezember 1988, 09:30 Uhr

Langsam gehen mir die Freunde aus, von denen ich noch einen Gefallen einfordern kann, dachte Kümmel und überlegte, welche Chance er überhaupt noch hatte, die neue Identität der adoptierten Nichte des ermordeten Rubischke herausfinden zu können. Er bräuchte einen Kontakt zur entsprechenden Behörde, die für die Adoptionsvermittlung von Kindern, welche von Staats wegen straffälligen oder in den Augen der Staatsmacht untauglichen Bürgern weggenommen worden waren, zuständig war.

In Gedanken ging er alle Optionen durch und kam auf keine Idee, wie er noch weiter hätte vorgehen können. Der Frust über die Tatsache, dass er auch nach längerem Überlegen keinen Lichtstreif am Horizont erkennen konnte, machte ihn aggressiv. Er umklammerte das Bierglas, das zweite, das er in fast einem Zug geleert hatte, und hätte es am liebsten gegen die Wand der kleinen Kneipe geschleudert. Selbstverständlich beherrschte er sich, da er es unbedingt vermeiden musste, unangenehm aufzufallen.

Die Kneipe war nicht übermäßig gut besucht, und er ließ seinen Blick unauffällig über die wenigen anwesenden Gäste gleiten. Dabei blieb sein Blick an zwei Männern hängen, die sich in einer Ecke gegenüberstanden, wobei der eine den anderen an seiner Jacke gepackt hatte. Gerade zog der Größere von ihnen den wesentlich kleineren und schmächtigen Mann an sich heran und zischte ihm eine Bemerkung ins Gesicht, die Kümmel gerade noch so verstehen konnte.

„Das hast du nicht umsonst getan, du Drecksau. Ich mach dich fertig, darauf kannst du dich verlassen."

Kümmel achtete nicht weiter auf die beiden, denn bei dieser Bemerkung hatte es Klick in seinem Kopf gemacht und eine Erinnerung war an die Oberfläche seines Bewusstseins geschwemmt worden, die er lange Zeit verdrängt hatte.

Ich Vollidiot, warum hab ich nicht gleich daran gedacht? Ich brauche gar keinen Freund ... ein guter Feind an der richtigen Stelle ist vielleicht sogar noch besser ... Sawatzki ist genau der richtige Mann für diesen Job.

Er bezahlte sein Bier und beeilte sich, die Kneipe zu verlassen und in sein Büro zurückzukehren. Jetzt musste er nur noch herausfinden, wie er Sawatzki am besten erreichen konnte, dann war er seinem Ziel einen großen Schritt näher.

***

„Ich hätte nicht gedacht, dass ich dich Arschloch in meinem Leben noch mal zu sehen bekomme", knurrte Werner Sawatzki ihn von hinter seinem Schreibtisch an. Dabei musterte er Kümmel sowohl verärgert als auch ein wenig ängstlich.

Was für ein schöner Anblick, dachte Kümmel und konnte sich ein Grinsen nicht verkneifen.

Der arrogante und überhebliche Major Sawatzki ... *ach nein, er war ja zum Oberleutnant degradiert worden ...* also, der ehemalige Major nun als Sachbearbeiter in der Bezirksverwaltung, abgeschoben auf einen Arbeitsplatz, der ihn jeglicher Privilegien und vor allem jeglicher Möglichkeit des Betruges beraubte. Es war Kümmel eine Genugtuung, diesen Typen hier so zu sehen.

Dass Sawatzki nicht gut auf ihn zu sprechen war, musste niemanden wundern, denn schließlich war er, Kümmel, es ja gewesen, der den Major angeschwärzt hatte. Er hatte durch Zufall mitbekommen, dass Sawatzki und einer seiner Kumpane informelle Mitarbeiter der Stasi erfunden hatten, um Dienstreisen zu Orten zu begründen, an denen gerade Güter des täglichen Gebrauches zu bekommen waren, welche die beiden dann dort für ihre privaten Unternehmungen kauften. In Lübbenau waren es Toilettenschüsseln, in Erfurt Zementsäcke und in Cottbus frisch eingetroffene Holzvertäfelungsbretter gewesen, mit denen die beiden ihre Eigenheime renovierten.

Sie hatten Akten und Berichte gefälscht, um immer wieder zu attraktiven Angeboten reisen zu können.

Kümmel hatte die beiden eine Zeit lang observiert und noch einige andere Verfehlungen entdeckt, die er allerdings für sich behalten hatte. Dies wollte er nun nutzen, um sich die Unterstützung dieses Ekelpaketes zu sichern.

„Einen wunderschönen Tag, Genosse Oberleutnant", sagte er mit einem strahlenden Lächeln und setzte sich ungefragt auf einen Stuhl, der vor dem Schreibtisch stand.

„Was soll an diesem Tag schön sein, wenn du hier auftauchst? Was willst du von mir?"

Na also, er weiß, wo der Hase langläuft.

„Du könntest mir einen kleinen Gefallen tun. Keine große Sache und vor allem noch nicht einmal etwas Illegales. Vielleicht bekommst du so was ausnahmsweise auch mal hin. Im Gegenzug werde ich alles vergessen, was ich noch so über deine früheren Aktivitäten weiß. Und wenn du nicht als Leutnant enden möchtest, solltest du dir gut überlegen, dieses einmalige Angebot freudig anzunehmen."

Der säuerliche Ausdruck in Sawatzkis Gesicht sprach Bände. Ihm war klar, dass er kaum eine andere Wahl hatte, als Kümmel bei allem zu unterstützen, was diesem auf der Seele lag.

***

„Mehr konnte ich nicht in Erfahrung bringen, und versuch erst gar nicht, noch mehr von mir zu verlangen. Irgendwann ist mal Schluss."

Sawatzki schob ihm einen Zettel über den Schreibtisch zu, auf dem lediglich zwei Namen standen:

Oberst Vasijli Kasmarow, Bürger der UdSSR

Maria Kasmarowa, geborene Speck, Bürgerin der DDR

„Das ist alles, mehr Daten hast du nicht bekommen können?“, fragte Kümmel ungläubig.

„Sei froh, dass ich überhaupt etwas erfahren konnte. Das habe ich von einer Freundin in der Verwaltung der Behörde, die die Adoptionen vermittelt. Sie war mir noch einen Gefallen schuldig.“

Da war es wieder: ein Gefallen für einen Gefallen. Die ultimative Währung der glorreichen DDR. Kümmel hatte sich mehr an Informationen erhofft.

„Keine Geburtsdaten, Adressen oder wenigstens etwas mehr über die Adoptiveltern?“

„Nein. Nur das.“

Sawatzki hatte sich in seinem Stuhl zurückgelehnt und sah Kümmel mit einem höhnischen Grinsen an.

„Du bist doch angeblich so ein schlauer Polizist, oder? Dann zeig mal, was du draufhast.“

Er beugte sich wieder nach vorne und sah Kümmel aus zusammengekniffenen Augen an.

„Und glaube nur nicht, dass du dieses Spiel immer weiter mit mir treiben kannst. Irgendwann hast du der Kuh mal zu tief ins Arschloch gegriffen. Vielleicht bin ich dann der Meinung, dass meine armselige Situation es nicht mehr wert ist, weiter beschützt zu werden, und dass ich lieber deinen Vorgesetzten ein wenig über deine Aktivitäten erzählen möchte. Selbst wenn ich dann irgendwo den Hof kehren muss. Ist das klar?"

Ja, das war Kümmel klar. Sawatzki war nicht duldsam genug, dass er ihn noch weiter hätte reizen können. Also musste er sich mit dem zufriedengeben, was er nun hatte, und auf eigene Faust weiterermitteln.

„Alles klar. Kein Grund, so sauer zu reagieren. Du wirst nicht mehr von mir hören."

Er stand auf und wandte sich zum Gehen.

Noch bevor er zur Tür hinausging, murmelte er ein leises „Danke".

Kapitel 28

Bonn-Beuel, 01. Dezember 1988, 10:30 Uhr

Willi und Ernst näherten sich, in eine angeregte Unterhaltung vertieft, der kleinen Pension in Bonn-Beuel.

Selbstverständlich waren Willi und Ernst nicht ihre wirklichen Namen, aber es war eine Identität, mit der sie sich im Vorfeld des Einsatzes ausreichend gut vertraut gemacht hatten. Seit sie den Auftrag erhalten hatten, sprachen sie sich gegenseitig auch dann nur noch mit diesen Namen an, wenn sie unter sich waren.

Sich lautstark unterhaltend, betraten sie die Pension und näherten sich der kleinen Rezeption.

„Die haben sie ja nicht mehr alle", sagte Willi zu Ernst und schüttelte empört den Kopf. „Wie sollen wir denn in der kurzen Zeit so viele Verträge abschließen? Wir brauchen für jeden Kunden mindestens drei bis vier Stunden. Die in der Zentrale haben wirklich keine Ahnung."

Inzwischen standen sie vor der Rezeption, hinter der ein Mann mit südländischem Aussehen darauf wartete, dass sie ihn ansprachen.

„Wir bräuchten ein Zimmer für ...“, Ernst sah Willi mit einem fragenden Ausdruck an, „... zunächst mal wohl zwei Tage. Ist das möglich?“

Der Rezeptionist sah in eine Schreibkladde vor sich und nickte. „Ja, das geht sicherlich. Zwei Einzel oder ein Doppel?“

Ernst machte ein säuerliches Gesicht. „Ein Doppel bitte. Für zwei Einzelzimmer reichen unsere Spesen nicht aus.“ Er zuckte mit den Schultern. „Leider, denn mein Kollege schnarcht wie ein kanadischer Holzfäller.“

Der Rezeptionist lächelte verstehend und nickte erneut.

„Ja, so was höre ich öfter. Kein Problem. Zimmer 9, wenn Sie nichts dagegen haben. Sie müssten noch die Anmeldezettel ausfüllen.“

Mit diesen Worten schob er den beiden zwei Zettel auf den Tresen hin und legte jeweils einen Kugelschreiber dazu.

Willi und Ernst füllten, ohne zu zögern, die beiden Zettel aus, Ernst nahm den Schlüssel entgegen, und dann zogen sie ihre beiden kleinen Rollkoffer hinter sich her und begaben sich eine Treppe höher zu ihrem Zimmer.

Dort angekommen, stellten sie ihre Koffer beiseite und ihre Aktentaschen auf einen kleinen Tisch des sehr spärlich eingerichteten Zimmers. Die Einrichtung schien noch nicht sehr alt zu sein und war funktional, aber ungemütlich.

Willi entnahm seiner Aktentasche einen kleinen, grauen Kasten von der Größe einer Zigarettenschachtel, zog eine kleine Antenne aus und drückte den einzigen Knopf an der flachen Seite des Gerätes. Ein rotes Lämpchen leuchtete kurz auf, und der Zeiger auf einer kleinen Skala unterhalb des Lämpchens schlug einmal voll aus, bevor er auf der linken Seite der Skala wieder zur Ruhe kam.

Mit dem Gerät, die Antenne nach vorne gerichtet, ging er den gesamten Raum und das angrenzende kleine Bad in aller Ruhe ab, wobei er mit der Antenne alle Ecken, Lampen, den kleinen Fernseher und die Gardinen am einzigen Fenster des Zimmers langsam und ohne Hektik abfuhr.

Als er nach fünf Minuten seine Inspektion beendet hatte, schaltete er das Gerät wieder aus und schob die Antenne ein.

„Sauber!“, war sein einziger Kommentar.

Ernst hatte es sich inzwischen auf dem Bett bequem gemacht und aus seiner Aktentasche einen schmalen Hefter gezogen, dessen Inhalt er sorgfältig durchlas. Nicht, dass er etwas Neues hätte daraus erfahren können, aber er las noch einmal mit großer Akribie alle Informationen durch, die darin notiert waren.

„Sie ist unter dem Namen Claudia Schütz hier abgestiegen, allerdings müssen wir noch die Zimmernummer herausfinden.“ Er grinste seinen Kollegen an. „Das sollte ja wohl kein großes Problem sein, oder?“

Willi schüttelte lediglich den Kopf. Er war der ernstere von den beiden und längst nicht so redselig wie sein Kollege. Er sprach überhaupt sehr wenig und überließ es in der Regel Ernst, die erforderlichen Konversationen zu führen. Dies mochte auch daran liegen, dass er seinen leichten sächsischen Dialekt bei Weitem nicht so gut verbergen konnte wie Ernst.

„Machen wir's wie immer?", fragte Ernst seinen Kollegen.

Willi nickte schweigend.

***

„Entschuldigen Sie", sprach Willi den Rezeptionisten an, „wo ist denn der nächste Supermarkt? Wir müssen eine ganze Zeit Büroarbeiten machen, und ich möchte ein paar Getränke kaufen."

Bereitwillig beschrieb der junge Mann ihm den Weg zu einem nur etwa fünfhundert Meter entfernten Markt, und Willi machte sich sofort auf den Weg.

Der Rezeptionist widmete sich wieder der Lektüre seines Jerry-Cotton-Heftromans und hatte noch keine zwei Seiten gelesen, als das Telefon klingelte und er erkannte, dass es Zimmer 9 war, von dem der Anruf bei der Rezeption kam.

„Rezeption, ja bitte, wie kann ich Ihnen helfen?"

„Ich habe da ein kleines Problem", hörte er die Stimme des Mannes, der zusammen mit seinem Arbeitskollegen das Zimmer gebucht hatte.

„Was ist denn genau?"

Na, hoffentlich ist das nicht wieder so ein kleinkarierter Handlungsreisender, der an jeder Kleinigkeit etwas auszusetzen hat.

„Mein Kollege war kurz auf der Toilette, aber als ich jetzt war, kam kein Wasser mehr. Es tut mir leid, Sie mit so was zu belästigen, aber die Toilette müsste schon funktionieren."

Ach du Scheiße. Wenn ich Glück habe, ist es nur eine Kleinigkeit, sonst fällt das Zimmer wieder so lange aus, bis ich einen Installateur finde.

„Ich komme hoch. Wenn es nur eine Kleinigkeit ist, kann ich das vielleicht selbst beheben. Ich bin gleich bei Ihnen."

Schwer seufzend legte er sein Heft beiseite, holte sich den Werkzeugkasten aus dem Zimmerchen hinter der Rezeption und machte sich auf den Weg nach oben.

***

Der Rezeptionist war kaum über die Treppe nach oben verschwunden, als sich die Tür der Pension öffnete und Willi den Vorraum betrat. Mit schnellen Schritten begab er sich hinter den kleinen Tresen und verschaffte sich einen Überblick. Es kam ihm zugute, dass es dort ein althergebrachtes Eintragungsbuch gab, in dem die Namen der Gäste, ihre Daten, die Ankunftszeit, die voraussichtliche Verweildauer und natürlich die Zimmernummer vermerkt waren. Es dauerte lediglich einige Sekunden, bis er die gesuchte Information gefunden hatte.

Mit einem zufriedenen Lächeln schloss er das Eintragungsbuch wieder, kontrollierte, ob er nichts verändert hatte, was dem Rezeptionisten eventuell auffallen könnte, und machte sich dann wirklich auf den Weg zu dem Supermarkt, um die Getränke zu besorgen, wie er es behauptet hatte.

Ein Bier hatten sie sich auf jeden Fall verdient, so viel stand fest. Bisher lief die Aktion wie geplant und reibungslos.

Kapitel 29

Bonn-Beuel, 01. Dezember 1988, 10:45 Uhr

Rubina befand sich auf dem Rückweg vom Supermarkt, wo sie sich Haarfärbemittel, einige Toilettenartikel, aber auch Lebensmittel besorgt hatte.

Ihre Gedanken wanderten allerdings in wesentlich ferneren Gefilden umher. Pläne, Alternativpläne, Abwägungen und mögliche Reaktionen auf Entwicklungen. Wie würden ihre Führungsoffiziere reagieren, wenn sie sich nicht wie gewohnt meldete? Gab es noch einen Weg zurück in die DDR oder nach Russland?

Die Entwicklungen in der UdSSR waren einerseits beängstigend, andererseits machten sie auch Hoffnung auf eine bessere Zeit. Der neue und für die Verhältnisse der Sowjetunion mit vierundfünfzig Jahren sehr junge Generalsekretär der kommunistischen Partei der UdSSR, Michail Gorbatschow, war gerade dabei, eine neue Ära einzuläuten. Glasnost und Perestroika – Offenheit und Umstrukturierung. Das waren die neuen Leitlinien, und Rubina hatte Gerüchte vom üblicherweise gut informierten KGB gehört, dass Gorbatschow noch einige Schritte weitergehen wolle und sogar von Abrüstungsverhandlungen die Rede sei.

Sie konnte sich nicht vorstellen, was ein Ende des Kalten Krieges für sie persönlich, für die Geheimdienste allgemein oder für die Menschen in den betroffenen Ländern bedeuten würde. War eine neue Zeit im Anmarsch? Oder würde Genosse Gorbatschow, wie so viele andere Reformer vor ihm, das Ende der von ihm eingeleiteten Veränderungen nicht mehr erleben?

Völlig in diese Gedanken vertieft, ging sie mit ihren zwei prall gefüllten Plastiktüten an dem Rezeptionisten des Hotels vorbei, nickte ihm kurz zu und bemerkte sein freundliches Lächeln, mit dem er ihre Ankunft registrierte. Sie stieg die wenigen Stufen in das erste Obergeschoss und näherte sich ihrem Zimmer.

Als sie die beiden Tüten vor die Tür des Zimmers 3 stellte und den Schlüssel, den sie immer bei sich trug und nicht an der Rezeption abgegeben hatte, in das Schloss stecken wollte, beschlich sie ein seltsames Gefühl.

Im Laufe der Jahre hatte sie gelernt, auf ihr Bauchgefühl zu achten und nichts, aber auch gar nichts einfach abzutun.

Sie war so in ihre Gedanken versunken gewesen, dass ihr beinahe das nur pfenniggroße Stück Glas nicht aufgefallen wäre, das am Rande der Fußmatte vor der Tür lag.

Rubina erstarrte in ihrer Bewegung, der Schlüssel nur wenige Zentimeter vom Schloss entfernt.

Jemand hatte die Tür zu ihrem Zimmer geöffnet und wieder geschlossen!

Dabei war demjenigen das kleine und sehr flache Stück Glas, das sie beim Verlassen des Zimmers und nach Abschließen der Tür ganz unten zwischen Tür und Rahmen geklemmt hatte, nicht aufgefallen.

Ohne dass sie sich darüber im Klaren war, setzten ihre jahrelange Erfahrung und das harte Training ein und übernahmen die Kontrolle über ihre Handlungen. Sie musste weder lange überlegen noch sich entscheiden, sondern es begannen Automatismen zu wirken und ihr Handeln zu bestimmen, die verhindern sollten, dass ein zu langes Zögern oder Abwägen eine Entscheidung hinauszögern würde, was katastrophale Folgen haben könnte.

***

Das kleine Hotelzimmer bot keine Möglichkeiten, sich zu verstecken, zumindest nicht für zwei Personen. Willi hatte zugestimmt, eine Position im Kleiderschrank einzunehmen, während Ernst es sich auf dem Bett bequem machte. Er saß mit dem Rücken zur Wand auf dem Kopfteil, hatte die Beine bequem übereinandergelegt, und vor sich auf dem Schoß ruhte in seiner Hand die Waffe ... eine Makarow PB mit einem angebauten Schalldämpfer, der dafür sorgen würde, dass jeder Schuss lediglich ein halblautes „Plopp“ verursachen würde. Der Finger lag bereits am Abzug, und wenn die Verräterin den Raum betreten würde, bedurfte es lediglich eines leichten Anhebens der Waffe, und ihr Leben wäre beendet.

Die Position von Willi im sicherlich nicht sehr bequemen Kleiderschrank war lediglich eine Rückfallposition, aber in ihrem Job wurde Sicherheit großgeschrieben, und man musste sich auf alle Eventualitäten vorbereiten. Immerhin war ihr Ziel ebenfalls eine ausgebildete MfS-Mitarbeiterin ... allerdings eben auch nur eine Frau.

Ernst zweifelte keine Sekunde daran, dass das Überraschungsmoment auf ihrer Seite war und die Eliminierung der jungen Frau keine große Herausforderung darstellen würde.

Nachdem sie ihre Zimmernummer herausgefunden hatten, hatte es kein Problem dargestellt, sie unauffällig zu beobachten und sogar bis zu dem Supermarkt zu verfolgen. Als sie den Markt betreten hatte, war der Plan festgelegt worden: Sie würde mit Einkäufen zurückkehren, hätte bei ihrer Rückkehr in ihr Zimmer mit hoher Wahrscheinlichkeit eingekaufte Waren dabei und in der anderen Hand den Schlüssel, mit dem sie die Tür öffnen würde.

Beide Hände beschäftigt und somit keine Möglichkeit, sofort eine Waffe zu ziehen. Beste Voraussetzungen für ihren Plan. Jetzt galt es nur noch, die vermutlich nicht allzu lange Zeit abzuwarten, bis sie von ihrer Einkaufstour zurückkam.

Er ging in Gedanken gerade die möglichen Szenarien und die daraus resultierenden Reaktionen durch, als mit einem lauten Krachen die Tür in den Raum flog.

Kapitel 30

Ostberlin, 01. Dezember 1988, 16:00 Uhr

Es war eine seiner leichtesten Übungen gewesen. Eine einfache Meldeabfrage hatte ergeben, dass eine Maria Kasmarowa, geborene Speck, tatsächlich in Berlin lebte.

Einen Vasijli Kasmarow hatte er im Melderegister nicht finden können, was zwei Dinge bedeuten konnte: Entweder waren die beiden geschieden und der dem Namen nach und auch nach der Notiz von Sawatzki als russischer Staatsbürger bezeichnete Mann war irgendwann wieder in seine Heimat abgehauen oder es handelte sich bei Maria Kasmarowa um seine Witwe. Selbstverständlich hätte er das auch noch ermitteln können, aber er wollte sich die Mühe nicht machen, weil er das ja im persönlichen Gespräch herausfinden würde.

Kümmel konnte sich anhand der Adresse vorstellen, unter welchen Bedingungen sie lebte. Ihre Anschrift in Strausberg, nur kurz außerhalb und östlich von Berlin, deutete darauf hin, dass sie vermutlich aufgrund ihrer Ehe mit einem Russen noch in einer der Wohnungen lebte, wo die in der Hauptstadt der DDR stationierten sowjetischen Soldaten untergebracht waren. Er wusste, dass deren Lebensumstände nicht die besten waren und dass in den Mietskasernen zwar auch ein paar verheiratete sowjetische Offiziere wohnten, in der Mehrzahl allerdings mehrere Soldaten in kleinen Wohnungen untergebracht waren.

Aber wie auch immer, ihm blieb nichts anderes übrig, als sich einen Dienstwagen zu schnappen und sich auf den Weg nach Strausberg zu machen.

Als er in der Nähe des Fliegerhorstes an der Adresse ankam, die er sich auf einen kleinen Zettel geschrieben hatte und sich vor der Fahrt auf einem Stadtplan genau angesehen hatte, beschlich ihn ein unangenehmes Gefühl. Die sowjetischen Waffenbrüder waren in den vergangenen Jahren immer öfter durch ein Verhalten aufgefallen, das eher einer Besatzungsmacht geglichen hatte als einem „großen Bruder", mit dem man gemeinsame Waffenübungen abhielt.

Leichte und auch schwere Straftaten durch die hier stationierten Soldaten waren inzwischen an der Tagesordnung, was hauptsächlich darin begründet war, dass es den Soldaten wirtschaftlich wesentlich schlechter als dem durchschnittlichen Bürger der DDR ging. Es hatte sogar Todesurteile gegen sowjetische Soldaten gegeben, die Fahnenflucht hatten begehen wollen und zur Erlangung von Fluchtfahrzeugen nicht davor zurückgeschreckt hatten, DDR-Bürger zu ermorden.

Als er den Dienstwagen abstellte, war er ausnahmsweise froh, dass es sich um einen alten und schwer verbeulten Lada handelte, der nicht so aussah, als würde man mit diesem Wagen sehr weit kommen. Dennoch wünschte er sich in diesem Moment, dass er sich nicht alleine auf den Weg gemacht und stattdessen einen Kollegen zur Unterstützung mitgenommen hätte. Sich ständig nach allen Seiten umsehend, näherte er sich dem Eingang der Mietskaserne und kontrollierte als Erstes die Klingelleiste im Eingangsbereich. Mehr als neunzig Prozent der Klingelschilder waren in kyrillischer Schrift gehalten, was es ihm sehr einfach machte, das Schild mit der Aufschrift *M. Kasmarowa* zu entdecken.

Das war ein weiterer Hinweis darauf, dass Frau Kasmarowa alleine hier lebte und er ihren Mann hier nicht antreffen würde ... aus welchem Grund auch immer.

Er hatte gerade geklingelt, als die Tür aufging und zwei torkelnde Männer, jeder mit einer Flasche Wodka bewaffnet, aus dem Gebäude herauskamen. Fast automatisch ging seine Hand zu der an seiner rechten Seite im Holster befindlichen Waffe. Aber noch bevor er überlegen konnte, ob er es wagen konnte, in dieser Umgebung seine Waffe zu ziehen, waren die beiden laut grölenden Männer an ihm vorbeigewankt, ohne ihn auch nur eines Blickes zu würdigen.

Erst jetzt bemerkte Kümmel, dass ihm der Schweiß auf der Stirn stand und langsam ein Tropfen in seine Augenbrauen lief. Mit einem lauten Seufzer wischte er sich die nasse Stirn ab und machte sich auf den Weg nach oben. Dem Fahrstuhl wollte er nicht vertrauen, denn es gab in seiner Vorstellung nichts Schlimmeres, als in diesem maroden Gebäude in einem vermutlich noch heruntergekommeneren Fahrstuhl stecken zu bleiben ... ohne Aussicht darauf, dass in naher Zukunft jemand erscheinen würde, um ihn daraus zu retten.

Als er völlig außer Atem im sechsten Stock ankam, musste er sich zunächst orientieren, um die Lage der Wohnung ausfindig zu machen. Schließlich stand er vor einer Tür, deren Lack an vielen Stellen bereits abzusplittern begonnen hatte, und wappnete sich vor dem, was er nun vielleicht erleben würde.

Die Bewohnerin musste nach seinem ersten Klingeln unten an der Klingelleiste an der Tür stehen geblieben sein, denn er hatte den Knopf noch nicht wieder losgelassen, als sich die Tür öffnete und eine große, schlanke und trotz der grauen Haare recht gepflegt und wesentlich jünger aussehende Frau, als er es erwartet hatte, ihn aus wachen, neugierigen Augen ansah. Sie sprach kein Wort, sondern sah ihn nur fragend an.

„Bitte entschuldigen Sie die Störung, Frau Kasmarowa, mein Name ist Kümmel von der Morduntersuchungskommission Berlin, ich hätte einige Fragen an Sie."

Bei „Morduntersuchungskommission" waren ihre Augenbrauen nach oben gewandert, aber noch immer sprach sie nicht. Stattdessen öffnete sie die Tür noch weiter und trat zur Seite, was eine unmissverständliche Einladung darstellte, die Wohnung zu betreten. Kümmel trat ein und schaute sich verwundert um. Er hatte viel erwartet, aber nicht das, was sich ihm nun darbot.

Er riss die Augen auf, als er die exquisite Ausstattung, die sicherlich teuren Möbel und stilvollen Accessoires sah, die ihn für einen kurzen Moment vergessen ließen, in welcher Gegend und in welchem Haus er sich befand.

Als er sich umdrehte, um Maria Kasmarowa anzusprechen, fielen ihm ihr amüsiertes Lächeln und der hochgezogene Mundwinkel auf.

Meine Güte, wie unprofessionell. Dieser Frau meine Überraschung so deutlich zu zeigen.

Aber er fand schnell zu seiner ihm sonst eigenen Gelassenheit zurück.

„Ja, Sie haben recht. Ich bin sehr erstaunt über Ihre Wohnungseinrichtung. Vor allem, weil ich etwas Vergleichbares in einem solchen Haus nicht vermutet hätte. Haben Sie keine Angst, dass Sie von den hier wohnenden armen sowjetischen Soldaten bestohlen werden?“

Sie lachte laut auf und zeigte ihre gepflegten und gesund aussehenden Zähne. Dann sprach sie erstmals, und Kümmel war angenehm überrascht von ihrer sanften, etwas rauchigen Stimme.

„Sie scheinen nicht viel über mich in Erfahrung gebracht zu haben, sonst hätten Sie eine solche Frage nicht gestellt. Kommen Sie herein. Wir machen es uns im Wohnzimmer gemütlich und können uns dort in Ruhe unterhalten.“

Sie drehte sich um und ging voran. Das geschmackvoll eingerichtete Wohnzimmer stand der Diele in nichts nach. Eine teuer aussehende Ledergarnitur, ein moderner Couchtisch, ein Fernsehsessel und eine minimalistische und futuristisch aussehende Schrankwand steigerten die Verwirrung Kümmels noch um einige Stufen mehr.

Wie kann sie sich solchen Luxus leisten? Ist sie vielleicht eine hohe Funktionärin und ich weiß nichts davon? Blödsinn, dann würde sie nicht in dieser Gegend wohnen!

Er wusste nicht mehr, was er denken, geschweige denn, wie er ihre Befragung überhaupt beginnen sollte.

Maria Kasmarowa schien seine Verwirrung bemerkt zu haben und war zusätzlich so selbstsicher, dass sie wie selbstverständlich die Gesprächsführung übernahm.

„Inzwischen bin ich mir sicher, dass Sie tatsächlich Polizist sind und kein Mitarbeiter der Staatssicherheit. So wenig, wie Sie über mich wissen, können Sie nur Polizist sein. Allerdings würde ich nun wirklich gerne wissen, was Sie zu mir gebracht hat. Also, wie kann ich Ihnen weiterhelfen?“

„Ich ... äh ...“, Kümmel kam sich wie ein Idiot vor, weil er keinen anständigen Satz zusammenbrachte.

Reiß dich am Riemen, verdammt.

„Nun, verzeihen Sie mir bitte meine Verwirrtheit, ich war wohl ein wenig überwältigt, und Sie werden mir noch erzählen müssen, wie es zu diesem ... diesem ...“, ihm fiel kein anderes Wort ein, „... Reichtum in dieser Umgebung kommt. Aber zunächst möchte ich Ihre Frage beantworten. Es geht um das Mädchen, das Sie und Ihr Mann Vasijli vor fünfundzwanzig Jahren adoptiert haben."

Die Verwandlung, die in rasender Geschwindigkeit in ihr vorging, hätte nicht gewaltiger sein können. Ihre lässige Überlegenheit, ihr Selbstbewusstsein und ihre Amüsiertheit verschwanden blitzartig und machten etwas Platz, das er nur als Angst, Sorge und Verzweiflung deuten konnte.

„Was ist mit Rubina? Ist ihr etwas passiert?", stieß sie keuchend hervor, und das Entsetzen ließ ihre Stimme zittern.

Aha, Rubina, so heißt sie also.

„Nein, nein, beruhigen Sie sich. Bisher ist nichts passiert. Meines Wissens geht es Ihrer Adoptivtochter gut, aber wir müssten sie dringend ausfindig machen. Ihr Onkel, der Bruder ihres leiblichen Vaters, ist ums Leben gekommen, und in diesem Zusammenhang haben wir ein paar Fragen an Ihre ... an Rubina", korrigierte er sich schnell.

Nun war es an Maria Kasmarowa, verwirrt zu sein.

„Ihr Onkel? Ihr leiblicher Vater? Aber die kennt Rubina doch gar nicht. Wie soll sie dazu etwas beitragen können?"

Kümmel überlegte, wie viel er ihr erzählen sollte ... nein ... erzählen durfte.

„Das ist sehr kompliziert. Ich kann Ihnen derzeit nicht wirklich viel dazu sagen. Haben Sie denn Kontakt zu Ihrer Tochter?"

Nun war er sehr gespannt, aber er musste nicht lange warten.

„Sporadisch. Rubina ruft mich immer wieder mal an, von irgendwo auf der Welt, wo sie sich gerade aufhält. Aber es gibt keinen wirklichen Rhythmus."

Oha, von „irgendwo auf der Welt"! Also steht sie doch im Dienst des MfS.

„Wann hat sie Sie denn zuletzt angerufen?"

„Vor ungefähr vier Wochen ... glaube ich. Ich führe kein Buch über ihre Anrufe. Mir ist immer nur wichtig, dass es ihr gut geht."

„Gut", Kümmel überlegte, was er mit dieser Information anfangen konnte. „Wissen Sie denn, in welchem Land sie sich gerade aufhält?"

Maria Kasmarowa schüttelte den Kopf. „Nein, sie hat mir beim letzten Telefonat nicht gesagt, wo sie gerade ist, und das ist ja auch schon eine Weile her, also könnte sie inzwischen schon wieder ganz woanders sein."

„Haben Sie keine Möglichkeit, sie zu erreichen?"

„Nein. Keine."

Sackgasse! Scheiße!

Kümmel überlegte fieberhaft, wie er ab jetzt weiter vorgehen könnte. Ihm fiel nur ein Thema ein, wie er vielleicht noch etwas Weiterführendes erfahren konnte.

„Bitte erzählen Sie mir doch von Rubina. Wie war ihre Kindheit, ihre Jugend, welchen Weg hat sie nach der Schule eingeschlagen und ... wie es kommt, dass Sie hier in dieser Gegend so gefahrlos in diesem Luxus leben können?"

Ein misstrauischer Ausdruck erschien auf ihrem Gesicht, aber schließlich gab sie sich einen Ruck.

Kapitel 31

Bonn-Beuel, 01. Dezember 1988, 10:47 Uhr

Sie folgte dem Tritt gegen die aus dem Schloss springende Tür, die sie mit so viel Anlauf, wie der enge Flur erlaubt hatte, mit beiden Beinen angesprungen war. Zuvor hatte sie sich noch einmal die Standorte der einzelnen Möbel ins Gedächtnis gerufen. Ihr war klar, dass es in dem kleinen Zimmer kaum eine Versteckmöglichkeit gab, weshalb sie sich darauf vorbereiten musste, dass dort jemand deutlich sichtbar auf sie wartete ... vermutlich oder sogar sehr wahrscheinlich mit einer Waffe in der Hand.

Rubina war klar, dass sie lediglich das Überraschungsmoment hatte, also nur eine Schrecksekunde, eventuell noch eine halbe Sekunde länger, je nachdem wie trainiert der potenzielle Angreifer war.

Sie landete auf dem rechten Knie, das linke Bein nach vorne und im rechten Winkel, den linken Fuß fest und sicher auf dem Boden, genau zwischen Tür und Bett. Im Bruchteil einer Sekunde erkannte sie, dass sich lediglich eine Person im Raum befand, und zwar auf dem Bett, den Rücken an die Wand gelehnt und den Blick auf die Tür gerichtet. In seinem Schoß lag eine Waffe mit Schalldämpfer, nach der er gerade hastig griff. Etwas zu hastig, denn er bekam nicht sofort den richtigen Griff an die Waffe ... vermutlich auch deshalb, weil er die am Boden kauernde Frau mit aufgerissenen Augen anstarrte.

Noch während er versuchte, die Waffe anzuheben, kam Rubinas rechte Hand mit Schwung hinter ihrem Rücken hervor und flog mit einer tausendmal geübten fließenden Bewegung nach vorne, wo ihr Handgelenk noch einen kleinen Twist machte, um die Beschleunigung zu erhöhen.

So schnell, dass es mit dem menschlichen Auge nicht zu verfolgen war, flog das kleine, zweischneidige Messer auf den Fremden zu und landete mit einem kaum hörbaren Geräusch in seiner Kehle. Er ließ die Waffe, die er gerade in den Griff bekommen hatte, fallen und griff sich mit beiden Händen an den Hals. Rubina wusste, dass er keinen Laut von sich geben konnte, denn das Messer hatte sich direkt oberhalb des Adamsapfels und waagerecht in den Hals gebohrt. Es musste mit der etwa drei Zentimeter breiten Klinge die Luftröhre blockieren und dem Mann spätestens nach Abklingen des Adrenalinschocks schreckliche Schmerzen bereiten.

Rubina hockte noch immer in der gleichen Haltung auf dem Boden, ihre offene Hand zeigte auf den Mann, und sie wartete ab, was geschehen würde.

Erwartungsgemäß handelte der Unbekannte genau so, wie sie es vorhergesagt hatte. Er griff nach dem Messer und zog es mit angstgeweiteten Augen, in denen die Panik zu erkennen war, heraus.

Rubina hätte ihm sagen können, dass es in den meisten Fällen ein schwerer Fehler war, ein Messer aus einer Wunde zu ziehen, allerdings wusste sie auch, dass er keine Alternative hatte. Er war so oder so zum Tode verurteilt, und es gab keine Überlebenschance für ihn. Die Frage war lediglich, ob er noch die Kraft aufbringen würde, nach der Waffe zu greifen und sogar noch einen Schuss abzugeben.

Sie sprang aus der Hocke auf, um nach der zwischen den Beinen des Unbekannten liegenden Waffe zu greifen, als sie einen mörderischen Schlag gegen den linken Oberschenkel erhielt, der sie noch in der Luft herumwarf.

Noch bevor sie auf dem Bett landete, sah sie den Mann in der offenen Tür des Schrankes stehen, die mit beiden Händen gehaltene Waffe nach vorne gestreckt und auf sie gerichtet.

Sie fiel rückwärts zwischen die Beine des auf dem Bett liegenden Mannes, der sich noch immer mit beiden Händen den Hals hielt und versuchte, die Wunde des Wurfmessers zu verschließen.

Als hätte sich der Zeitablauf verlangsamt, nahm Rubina innerhalb kürzester Zeit zahlreiche Eindrücke in sich auf:

- Hinter ihrem Kopf hörte sie gurgelnde Geräusche, als der Mann versuchte, durch seine zerstörte Luftröhre Atem zu schöpfen, während gleichzeitig Blutspritzer durch die Luft flogen und auf ihrem Gesicht landeten.

- Der Mann, der sie angeschossen hatte, kam mit einem überheblichen Grinsen langsam auf sie zu und öffnete gerade den Mund, um etwas zu sagen.
- Unter ihrem Rücken spürte sie etwas Hartes, auf das sie gefallen war, als sie zwischen den Beinen des Schwerverletzten gelandet war.

„Soso, das ist also die berühmte Rubina Kasmarowa, oder soll ich besser sagen, die berüchtigte Kasmarowa? So toll sieht das jetzt aber nicht aus, oder? Weißt du was?“, er legte den Kopf langsam zuerst nach links, dann nach rechts, als wolle er seine Halsmuskulatur lockern. Rubina hatte solche Dehnübungen bei Ringern oder Judokämpfern gesehen, bevor sie in einen Kampf gingen. Aber der Mann sprach langsam weiter: „Ich hätte große Lust, die Waffe wegzulegen und der großen Killerin zu zeigen, was für ein armseliges Weibsstück sie ist, indem ich ihr den Hals eigenhändig umdrehe.“

Er blickte noch oben und überlegte. „Schießen oder Halsumdrehen? Schießen oder Halsumdrehen? Schießen oder ...“

Haben diese Leute nie Filme gesehen?, fragte sich Rubina, während sie sich entschied. *Sie müssten doch wissen, dass der, der zu viel redet, am Schluss immer der Verlierer ist.*

Noch während er sprach, machte es innerhalb einer Sekunde dreimal sehr schnell hintereinander „Plopp“, und der Mann taumelte zwei Schritte nach hinten.

Verwundert blickte er nach unten auf seine Brust, wo auf seinem weißen Hemd drei kleine Löcher erschienen waren, die man mit einer Münze hätte abdecken können. Noch bevor er die Hand mit der Waffe wieder auf Rubina richten konnte, machte es ein weiteres Mal „Plopp“, und sein Kopf flog nach hinten, wobei er seinen Körper mitnahm, der mit einem dumpfen Aufschlag auf den Boden vor dem Schrank knallte.

Rubina ließ die Waffe sinken, die sie mit der linken Hand unter sich ertastet und dann mit einer schnellen Bewegung nach vorne gezogen hatte.

„Ach, weißt du was?“, knurrte sie halblaut, „halt doch einfach die Schnauze.“

Kapitel 32

Bonn-Beuel, 01. Dezember 1988, 12:10 Uhr

„Wieso habt ihr uns denn jetzt schon wieder zu dieser Sauerei dazugeholt? Als hätten wir nicht genug zu tun."

Freddy Ahlefeld stand sichtlich verärgert in der Tür zu dem Hotelzimmer und blickte auf das Chaos in dem engen Raum. Die in Overalls gekleideten Leute von der Spurensicherung stakten vorsichtig um und über die beiden Leichen. Der Leiter des Trupps kam auf Freddy zu und sah über seine Schulter, wo auch noch Ricardo Müller auf dem Flur stand.

„Gut, dass du den Kollegen mitgebracht hast. Ich denke mal, der Fall könnte was für euch beide sein und vielleicht auch mit dem Mord an dem DDR-Typen zu tun haben", sagte er statt einer Antwort auf Freddys Frage.

Freddy spürte, dass Ricardo von hinten näher an ihn herantrat, noch bevor dieser den Leiter der Spurensicherung ansprach.

„Wie kommen Sie auf diese Vermutung?"

„Na ja, das war nicht so schwer. Die eine Leiche hält eine russische Makarow mit Schalldämpfer in der Hand, und wenn mich nicht alles täuscht, gehört diese Art Waffe nicht zur Standardausrüstung westlicher Ganoven. Das ist nach meinen Kenntnissen eine Spezialwaffe, die komplett aus Stahl gefräst ist und hauptsächlich im Ostblock verwendet wird. Ich kann falschliegen, aber nach dem Blutbad, das hier angerichtet worden ist, könnte das doch mit eurem Fall zu tun haben, oder?"

Freddy schaltete sich wieder in die Unterhaltung ein.

„Vielleicht könntest du uns mal auf Stand bringen, was hier eigentlich genau passiert ist. Wärst du so nett?"

Der Spurensicherer grinste.

„Aber klar doch ... zumindest so weit, wie wir es uns zusammenreimen können. Also ...", er wandte sich um und zeigte in den Raum. „Also, der Typ auf dem Bett, der da so in seinem Blut rumliegt, der hat einen kleinen Einstich im Hals, der die Luftröhre durchtrennt hat. Vorbehaltlich der Obduktion durch die Rechtsmedizin würde ich mal vermuten, dass er an seinem eigenen Blut erstickt ist."

Er drehte sich um und zeigte auf die andere Leiche.

„Der da, der vor dem offenen Kleiderschrank liegt und die Waffe in der Hand hatte, hat drei Einschusslöcher in der Brust, ziemlich dicht beieinander, und als hätte das nicht ausgereicht, auch noch ein Loch in der Stirn. Die Einschüsse stammen allerdings nicht von seiner Waffe, weil in deren Magazin lediglich eine einzige Patrone fehlt. Also wenn ihr mich fragt ..."

„... dann haben wir hier noch eine dritte Person, die die beiden getötet hat", fiel ihm Freddy ins Wort, „... und ich vermute mal, sie hat die fehlende Waffe mitgenommen."

„Na, wenn du schon alles weißt, dann muss ich dir ja nichts mehr erzählen", meinte der Spurensicherer etwas eingeschnappt.

„Mensch, sei doch nicht gleich beleidigt. Was wisst ihr denn noch?"

„Wir haben mit dem Typen gesprochen, der unten die Rezeption macht. Nach seiner Aussage waren die beiden ‚Herren' hier im Zimmer 9 eingebucht. Das hier ist aber Zimmer 3. Und ihr dürft dreimal raten, wer hier laut Meldebuch gewohnt haben soll."

Freddy verdrehte die Augen nach oben. „Mensch, rück mit der Sprache raus, ich bin ganz schlecht im Raten."

Der Spurensicherer hatte wieder zu seinem sonnigen Gemüt zurückgefunden und grinste frech.

„Eine junge Frau mit kurzen Haaren, die laut Meldebuch Claudia Schütz heißen soll, aber ich verwette meinen nicht vorhandenen Hut, dass die junge Dame nicht wirklich so heißt. Wir wissen doch alle, wer das war, oder?"

Niemand ging auf seine Wette ein, und wenn Freddy ehrlich war, hatte es sich als genau richtig erwiesen, dass man ihn und Ricardo an diesen Tatort gerufen hatte. Er sah zu Ricardo, der nichts sagte, aber ausdauernd nickte. Freddy war klar, dass er dasselbe dachte wie er. Hier hatte die Mörderin von Erich Rubischke gewohnt, und aus welchen Gründen auch immer sollte sie wohl auch hier liquidiert werden. Es stellten sich lediglich noch zwei Fragen: Warum und von wem?

Es war Ricardo, der ihn aus seinen Gedanken riss und in die Gegenwart zurückholte.

„Sollten wir uns nicht mal das Zimmer der beiden Herren anschauen?"

Freddy riss sich zusammen. „Ja, du hast recht."

Gemeinsam überließen sie Zimmer 3 den Spurensicherern und machten sich auf den Weg zu Zimmer 9. Das Zimmer war verschlossen, und sie mussten den Rezeptionisten bemühen, da sie beide keine Lust verspürten, die blutüberströmten Leichen nach dem Zimmerschlüssel abzusuchen.

Nachdem der Mann das Zimmer geöffnet hatte und sie ihn wieder nach unten geschickt hatten, betraten sie vorsichtig das Zimmer. Inzwischen hatten sie sich Handschuhe angezogen, um keine eigenen Spuren zu hinterlassen.

Freddy wandte sich sofort der auf einem kleinen Beistelltisch stehenden Aktentasche zu, öffnete sie und nahm den Inhalt in Augenschein. Ricardo begann zur selben Zeit, die beiden kleinen Koffer und den Kleiderschrank durchzusehen.

„Ha, Volltreffer!", rief Freddy erfreut aus.

„Ha, erwischt!", rief Ricardo fast zeitgleich.

Beide sahen sich überrascht an und mussten lachen.

„Du zuerst", forderte Freddy seinen Kollegen auf.

„Unsere beiden Herren stammen zweifellos aus der DDR, selbst wenn die Ausweise etwas anderes sagen."

„Und woher weißt du das so genau?", wollte Freddy neugierig wissen.

„Schon als wir das Zimmer betreten haben, ist mir ein Geruch aufgefallen.“

„Ja, nach Rauch. Na und? Was soll das über ihre Herkunft sagen?“

Ricardo lächelte mitleidig. „Du bist offensichtlich kein Raucher. Ich war es, jedenfalls bis vor Kurzem. Aber den Geruch einer bestimmten Marke erkenne ich sofort. Die hab ich auch geraucht“, fügte er mit einem Schulterzucken hinzu.

Freddy machte große Augen.

„Es handelt sich mit fast absoluter Sicherheit um Karo, die meistgerauchte Marke in der DDR, unter anderem wohl, weil sie so billig ist. Nur eine Mark sechzig.“

„Aber“, wandte Freddy ein und drehte sich um, um eine Zigarettenschachtel von dem Beistelltisch zu nehmen, „hier liegt eine Packung Roth-Händle, also hast du dich wahrscheinlich getäuscht.“

„Gib mir eine.“

Wortlos übergab Freddy die Packung an Ricardo, der eine Zigarette herausschüttelte.

„Liegt da irgendwo Feuer?“

Freddy reichte ihm ein kleines Streichholzbriefchen mit dem Werbeaufdruck des Hotels, und Ricardo zündete sich eine Zigarette an.

„Ha, ich hab's gewusst. Eindeutig eine Karo, egal was das für eine Verpackung ist.“ Ricardo inhalierte den Rauch und blies ihn genüsslich wieder aus.

„Oh, was habe ich das vermisst. Ich hab lediglich meiner Frau zuliebe aufgehört.“

Er sah Freddys zusammengezogene Brauen und schien zu wissen, was dieser dachte.

„Überleg doch mal. Raucher bevorzugen ihre eigene Marke, aber wenn du in Bonn mit einer Schachtel Karo gesehen wirst, wissen sicherlich viele Menschen, dass du aus der DDR kommst. Die Gefahr ist einfach zu hoch. Also kauft man eine Packung irgendwas und tauscht die Zigaretten einfach aus. Schon ist man auf der sicheren Seite."

„Okay, du hast mich überzeugt. Außerdem passt es zu dem, was ich gefunden habe."

Voller Stolz hielt er eine kleine Akte hoch und reichte sie Freddy. Schon auf der ersten Seite sah er ein Bild der bislang unbekannten Attentäterin, auf dem sie trotz eines etwas anderen Haarschnittes eindeutig zu erkennen war.

Die Akte und die einzelnen Blätter waren mit der Aufschrift *Ministerium für Staatssicherheit* und dem Vermerk *streng geheim* beschriftet.

Freddy blätterte interessiert durch die wenigen Blätter.

„Aha, endlich haben wir einen Namen: Rubina Kasmarowa. Das ist doch schon mal ein Anfang."

„Obwohl uns das nicht viel nützen wird", wandte Ricardo ein. „Selbst die Identität Claudia Schütz ist nun verbraucht, und den Ausweis auf diesen Namen wird sie längst vernichtet haben. Sie wird mit Sicherheit noch einige weitere Scheinidentitäten haben, unter denen sie jederzeit in einem anderen Hotel einchecken kann. Wir sind also nicht viel weiter als am Anfang."

Freddy schüttelte den Kopf. „Nein, das sehe ich anders. Immerhin wissen wir jetzt, dass sie für die Stasi gearbeitet hat und auch von der Stasi liquidiert werden sollte. Das sagt uns doch schon einiges, oder?"

Ricardo nickte bedächtig.

Freddy überlegte, was sie mit diesem neuen Wissen anfangen konnten und wie es ihnen helfen würde, die Attentäterin, die inzwischen drei Menschen auf dem Gewissen hatte, zu finden. Er war sich darüber im Klaren, dass es alles andere als eine leichte Aufgabe werden würde.

Kapitel 33

Bonn-Bad Godesberg, 01. Dezember 1988, 12:25 Uhr

Sie hatte die Wunde am Oberschenkel noch vor Ort versorgt, ohne sich Gedanken darüber zu machen, ob sie mit zurückgelassenen, blutverschmierten Handtüchern oder angebrochenen Mullbinden Spuren hinterlassen würde.

Wenn ihre ehemaligen Arbeitgeber bereits einen Mordauftrag für sie herausgegeben hatten, dann war die Identifizierung durch die westdeutschen Behörden ihr geringstes Problem. Zu ihrem Glück handelte es sich um einen glatten Durchschuss, der den Oberschenkelknochen verfehlt hatte, ansonsten hätte sie ein noch viel größeres Problem gehabt.

Als die Blutung gestillt war und sie eine Kompresse und einen festen Verband um den Oberschenkel angelegt hatte, war sie humpelnd durch das Zimmer gegangen und hatte ihre wenigen Habseligkeiten zusammengesucht. Danach hatte sie sich durch das Fenster des Zimmers auf das Dach eines kleinen Schuppens davor heruntergelassen und war von dort durch den Hinterhof des Gebäudes geflohen.

Da das MfS seine Agenten über ihre möglichen Identitäten informiert hatte, waren all ihre gefälschten Ausweise mit einem Schlag wertlos geworden. Wenn sie mit einem von ihnen in einem Hotel eincheckte, hätte das nächste Team, das man ihr sicherlich auf den Hals schicken würde, sie in Nullkommanichts geortet. Also galt es, die Ausweise so schnell wie möglich zu vernichten, und sei es nur für den Fall, dass sie von einer Polizeistreife aufgegriffen und man die falschen Papiere bei ihr entdecken würde. Sie wären im Fahndungssystem überprüft worden und hätten das MfS erneut auf ihre Spur gebracht.

Also galt es nun, ihre restliche Ausrüstung zu holen, die sie sicher untergebracht hatte, und danach einen Unterschlupf zu finden, an dem sie sich eine Weile ausruhen und weitere Pläne schmieden konnte.

Die Gepäckaufbewahrung am Bahnhof in Bad Godesberg war zu dieser Zeit am späten Nachmittag gut besucht. Menschenmengen und großer Andrang waren in ihrer Situation von Vorteil, denn dort fiel sie wesentlich weniger auf als zu einer späteren Stunde, wenn sie ganz alleine unterwegs wäre. Sie reichte dem Beschäftigten, einem jungen Mann, der sie mit einem freundlichen Lächeln am Schalter begrüßte und wohl am liebsten ein wenig mit ihr geflirtet hätte, den Aufbewahrungsschein und wartete, bis er ihren großen Metallkoffer aus dem Lager geholt hatte.

„Wow, was haben Sie denn da drin? Backsteine?“

„So ähnlich“, erwiderte sie ebenfalls freundlich lächelnd, „das ist ein Musterkoffer, und da sind Fliesenmuster drin. Deshalb schleppe ich den auch nicht die ganze Zeit mit mir herum, sondern nur, wenn ich zu einem Kunden gehe.“

„Aha.“

Offensichtlich fiel ihm keine weitere Frage ein, mit der er den Kontakt zu der vermeintlichen Vertreterin hätte intensivieren können.

„Vielen Dank und noch einen schönen Tag“, verabschiedete Rubina sich und zog den schweren Koffer hinter sich her aus dem Bahnhof. Dabei musste sie die Zähne zusammenbeißen, um trotz der Schmerzen in dem verletzten Oberschenkel nicht zu hinken, was Aufmerksamkeit auf sie gelenkt hätte. Gerade das konnte sie sich im Moment am wenigsten leisten. Sie war sich sicher, dass ihr der junge Mann am Schalter der Gepäckaufbewahrung nachsah.

Als Nächstes nahm sie den Bus und fuhr in Richtung Pennenfeld, einem Stadtteil im Süden von Bad Godesberg, wo sie schon vor zwei Wochen eine Baustelle ausgekundschaftet hatte, in der man trockenen Unterschlupf finden konnte, die aber außerhalb der Arbeitszeiten menschenleer war.

Es hatte zu ihrer Ausbildung gehört, sich immer und auf jeden Fall Rückfallpositionen zu schaffen und Notfallpläne zu schmieden ... und das für alle Eventualitäten. Bei dem nun von ihr aufgesuchten Baugelände handelte es sich um ein im Entstehen befindliches neues Sportzentrum, bei dem man bereits mit der Innenausstattung begonnen hatte und das in wenigen Wochen fertiggestellt werden sollte. Das hatte den Vorteil, dass bereits Duschen und Toiletten vorhanden waren.

Allerdings musste sie sich noch etwas gedulden, was ihr angesichts ihrer Verletzung nicht wirklich leichtfiel. Noch war es hell, und obwohl die Bauarbeiter ihre Arbeiten für den Tag abgeschlossen hatten und gerade dabei waren, die Baustelle zu verlassen, musste sie die Dunkelheit abwarten.

Zwei Stunden später konnte sie es wagen, ihren Koffer hinter sich herziehend, auf das Baugelände zu gehen, das zu ihrer Verwunderung nicht im Geringsten gesichert war. Sie zog sich in eine innenliegende Umkleide zurück, die keine Fenster hatte und wo sie somit ohne Angst vor Entdeckung Licht machen konnte. Ihre erste Aufgabe, nachdem sie aus dem großen Metallkoffer eine Leuchtröhrenlampe mit starker Batterie geholt und aufgestellt hatte, war es, die Wunde zu versorgen. Sie entfernte den Verband, säuberte die Wunde erneut und legte einen neuen Verband an. Sie war zufrieden mit dem Gefühl und trat vorsichtig auf, um zu testen, ob sie trotz der Verletzung ihren nächsten Schritt würde ausführen können.

Als sie das guten Gewissens bejahen konnte, packte sie einige Utensilien aus dem Koffer, zog einen grünen

Parka an und verstaute in ihm das ebenfalls dem Koffer entnommene Geld und die Waffe.

Dann machte sie sich auf den Weg, um eine Telefonzelle in der Nähe zu suchen.

Kapitel 34

Ostberlin, 01. Dezember 1988, 19:00 Uhr

Friedrich Kümmel konnte nicht aufhören, ungläubig den Kopf zu schütteln. Was er in den letzten beiden Stunden gehört hatte, war so unglaublich, dass er eine Zeit lang gezweifelt hatte, ob ihm Maria Kasmarowa wirklich die Wahrheit erzählte.

Er wusste nun, dass sie ihren Mann, den damaligen Oberst Vasijli Kasmarow, durch einen Einsatz in Afghanistan verloren hatte. Allerdings erklärte dies auch einen Teil dessen, was ihn zu Beginn seines Besuches so verwirrt hatte. Die Witwe Kasmarowa genoss den Schutz des gesamten Hauses. Ihr Mann war als Held der Sowjetunion gestorben, die Hausbewohner hatten ihn verehrt und zollten selbst noch nach so vielen Jahren der Witwe ihren Respekt – und garantierten ihren Schutz.

Vor einigen Jahren hatte es einen Vorfall gegeben, als ein Neuzugang in dem Wohnblock versucht hatte, die Witwe zu berauben. Die Gemeinschaft hatte eingegriffen, und der junge Soldat wurde nie wieder gesehen. Maria Kasmarowa wusste nicht, was mit ihm passiert war ... allerdings war es ihr auch egal gewesen. Früher hatten noch andere Deutsche in dem Haus gewohnt, aber inzwischen war es ein reines „Russenhaus“, wie es in der Nachbarschaft genannt wurde.

Zu dem Umstand, dass sie in einem Luxus wohnte, der den normalen Bürgern der DDR weitestgehend unbekannt war, musste sie länger ausholen und schilderte Kümmel zunächst, wie sie nach dem Tod ihres Mannes zusammen mit ihrer Tochter alleine klarkam. Sie schilderte die Kindheit von Rubina und was für eine exzellente Schülerin sie gewesen war. Schließlich kam sie zu der Stelle, als Rubina ihr von ihrem Treffen mit Mischa Wolf, dem damaligen Leiter der HVA, berichtet hatte. Maria Kasmarowa war niemals überzeugte Kommunistin oder Sozialistin gewesen, aber sie hatte schon immer den pragmatischen Ansatz von so vielen Bürgern der DDR geteilt: akzeptieren, arrangieren, profitieren!

Also hatte sie nicht versucht, Rubina davon abzuhalten, sich vom MfS als Agentin ausbilden zu lassen. Und sie hatte es nie bereut, denn in der Folge hatte sie zunehmend von Rubinas Sonderstellung profitiert. Ihre Tochter hatte ihr von Auslandsreisen Güter mitgebracht, die in der DDR überhaupt nicht erhältlich waren. Auch den Zugriff auf DDR-Güter, die rationiert oder nur bestimmten Persönlichkeiten vorbehalten waren, hatte Rubina für sie ermöglicht.

„Wie oft sehen Sie Ihre Tochter?“, hatte er sie schließlich gefragt.

Der traurige Blick hatte ihm schon vor ihrer Antwort gesagt, dass persönliche Treffen nicht sehr häufig waren. Sie hatte ihm gestanden, dass sie Rubina in den vergangenen zwei Jahren überhaupt nicht mehr gesehen hatte. Ihr Kontakt beschränkte sich auf gelegentliche Telefonate. Noch bevor Kümmel hatte fragen können, hatte sie ihm erzählt, dass es immer Rubina war, die bei ihr anrief. Dabei gab es aber keinen Rhythmus, sondern die Anrufe kamen überraschend. Manchmal meldete sich ihre Tochter zweimal in einer Woche, dann wieder drei Wochen überhaupt nicht.

Besonders überrascht war Kümmel gewesen, als Maria Kasmarowa ihm von Rubinas Aufenthalt in Moskau und ihrer Ausbildung beim KGB berichtete. Diese Information ließ ihn die junge Frau nun in einem ganz anderen Licht sehen. Wenn sie tatsächlich eine Ausbildung beim KGB erhalten hatte, dann war sie nicht nur weit gefährlicher, als er bisher angenommen hatte, sondern verfügte auch über wesentlich weitreichendere Mittel.

Er musste Ricardo unbedingt warnen. Aber wie sollte er nochmals Kontakt mit ihm aufnehmen? Den Weg über die Ost-West-Schwestern, wie er sie inzwischen insgeheim nannte, konnte er nicht noch ein drittes Mal gehen. Das Risiko war definitiv zu hoch. Aber irgendwie musste es gelingen, Ricardo diese neuen Informationen zukommen zu lassen.

Er hatte gerade die fünfte Tasse Kaffee geleert, und Maria Kasmarowa war in die Küche gegangen, um weiteren Kaffee aufzusetzen, als das Telefon klingelte. Es klingelte erst das zweite Mal, als Maria aus der Küche herangestürmt kam und den Hörer abnahm.

„Kasmarowa?"

Kümmel sah ihren freudigen Gesichtsausdruck, der sich im nächsten Moment in Sorge verwandelte.

Kann das sein? So einen Zufall gibt es doch nicht, oder doch?

„Privet dorogoy kak ty? Ty ne zvuchish' khorosho." (*„Hallo Liebes, wie geht es dir denn? Du klingst nicht gut."*).

Sein Schulrussisch war zwar etwas eingerostet, aber so viel verstand er dann doch noch.

Das muss sie sein! Was mache ich, wenn sie es wirklich ist?

Seine Vermutung wurde durch den ängstlichen Seitenblick bestätigt, den die Kasmarowa ihm zuwarf. Seine Gedanken überschlugen sich, und schließlich rang er sich zu einer Entscheidung durch.

Kapitel 35

Bonn-Innenstadt, 01. Dezember 1988, 19:30 Uhr

Ricardo war sich nicht mehr so sicher, dass es die richtige Entscheidung gewesen war, Freddy Ahlefeld davon zu überzeugen, dass der BfV-Mitarbeiter Schuck einer von den Guten sei.

Aber sie waren in einer Sackgasse gelandet. Sie wussten nun einiges mehr über die Mörderin von Erich Rubischke, nicht zuletzt wegen der Akte aus dem „Nachlass“ der beiden Opfer im Hotel. Es stand auch außer Zweifel, dass es sich bei den beiden um Auftragsmörder des MfS gehandelt hatte, die allerdings in ihrem vermeintlichen Opfer ihre Meisterin gefunden hatten. Nun allerdings stellte sich die Frage, wie man mit den beiden Opfern umgehen sollte.

Sie hatten zwar deutsche Ausweispapiere bei sich, die sich aber bei einer Überprüfung als gefälscht herausstellen würden, alleine schon deshalb, weil sich die Legende bei Ermittlungen am angeblichen Wohnort als falsch herausstellen würde. Dann war da aber noch die MfS-Akte, die eindeutig die Herkunft und den Auftrag der beiden Toten belegte. Sie hatten lebhaft darüber diskutiert, wie man damit umgehen sollte.

Die eine Möglichkeit war, eine harsche Protestnote an die DDR zu senden, die schließlich Mörder in die Bundesrepublik gesandt hatte. Das wiederum würde politische Verwicklungen nach sich ziehen – die Freddy Ahlefeld ziemlich egal waren. Ricardo hatte dafür plädiert, dass man lieber vorsichtig mit dem Sachverhalt umgehen und erst mal in Ruhe darüber nachdenken sollte, welche Vorgehensweise den größten Vorteil bringen würde.

Ricardo befürchtete, dass man ihn bei einem politischen Aufriss über das Ereignis sofort nach Hause zurückbeordern würde. Er hatte seine Befürchtungen mit Freddy geteilt und diesen auch darauf hingewiesen, dass es wahrscheinlich nicht im Interesse der deutschen Regierung war, in der momentan sehr angespannten Lage das innerdeutsche Verhältnis zusätzlich zu belasten und der DDR ein Verbrechen nachzuweisen.

Freddy hatte lange darüber gebrütet und war dann mit dem Vorschlag gekommen, den Mitarbeiter des Bundesamtes für Verfassungsschutz, Schuck, zurate zu ziehen. Allerdings wollte Freddy ihn nicht ins Polizeipräsidium einladen, sondern sich lieber mit ihm an einem neutralen Ort treffen. Er hatte Schuck angerufen, und nun saßen sie am frühen Abend in einem Straßencafé in der Bonner Innenstadt. Da es momentan trocken war, hatten sie es vorgezogen, sich in die mit Decken ausgestatteten Außenstühle zu setzen, zumal unter einer Markise ein elektrischer Heizstrahler für die nötige Wärme sorgte.

Alle hatten einen Kaffee vor sich stehen, und Schuck hatte es sich nicht nehmen lassen, auch ein großes Stück Sahnetorte zu bestellen, das er nun genüsslich in sich hineinschaufelte. Dabei sah er neugierig zwischen Freddy und Ricardo hin und her.

„Ich bin sehr gespannt", murmelte er mit noch vollem Mund, „warum Sie sich mit mir treffen wollten. Ich habe Ihnen ja zugesagt, dass ich Ihnen helfen würde, aber ich hatte wirklich nicht erwartet, dass Sie so schnell auf mein Angebot eingehen würden. Also? Wie kann ich Ihnen helfen?"

Sie hatten sich im Vorfeld darauf geeinigt, dass Ricardo, der ja auch als Erster auf Schucks Vertrauenswürdigkeit hingewiesen hatte, das Gespräch führen sollte. Also nahm er noch einen Schluck Kaffee und begann seine Ausführungen. Sie saßen etwas abseits in dem zu dieser späten Stunde recht leeren Café, aber Ricardo lehnte sich dennoch etwas nach vorne, damit Schuck seine halblaut geäußerten Erläuterungen verstehen konnte.

„Wir sind an einem Punkt angelangt, wo wir eine Menge wissen, allerdings ein Problem mit dem Umgang mit diesen Informationen haben. Wir kennen den Namen der Attentäterin, vermutlich sogar das Motiv und haben noch einige weitere, sehr verstörende Erkenntnisse, die wir gerne mit Ihnen teilen würden, damit Sie uns einen Rat geben oder sogar helfen können."

Schucks Gabel mit einem großen Stück Torte, das sich gerade auf dem Weg in seinen Mund befunden hatte, blieb bei diesen Ausführungen in der Luft hängen. Sein Mund stand immer noch offen, aber nicht, um das Stück Kuchen aufzunehmen, sondern vor Erstaunen. Er legte das Stück Kuchen zurück auf den Teller, schloss den Mund und schluckte schwer.

„Sie sehen mich überrascht, meine Herren. Darf ich Sie bitten, mir zu sagen, was Sie wissen und wie ich Ihnen behilflich sein kann?"

Sie hatten vereinbart, dass man wirklich nur mit offenen Karten spielen konnte, wenn man sich Hilfe erwartete, weshalb Ricardo dem BfV-Mitarbeiter mit absoluter Offenheit alle ihre Erkenntnisse schilderte. Lediglich die Namen zu dem geheimen Informationsweg über die beiden Schwestern Hiltrud und Gerlinde Theis verschwieg er mit dem Hinweis darauf, dass er die Nachrichtenübermittler schützen müsse.

Dafür hatte Schuck absolutes Verständnis, zumal es so viele andere Informationen gab, bei denen er überrascht die Luft einsog, ungläubig den Kopf schüttelte oder erstaunt die Augen aufriss. Als Ricardo schließlich zum Ende kam und noch einmal erwähnte, dass sie sich einfach nicht sicher waren, wie die beste weitere Vorgehensweise aussehen sollte, bat Schuck um einen Moment Geduld. Er müsse sich Gedanken machen, und das könne er am besten bei einem Stück Kuchen.

Genüsslich aß er den Rest des Kuchens, um sich sofort danach ein weiteres Stück, diesmal Käsesahne, zu bestellen. Ricardo fragte sich, wie er es bei diesem Konsum von Kalorien schaffte, so schlank, ja sogar hager zu bleiben. Es machte nicht den Anschein, als gäbe er sich während des Essens irgendwelchen Überlegungen hin, und es war Freddy anzumerken, dass er langsam ungeduldig wurde.

„So", sagte Schuck schließlich und legte die Gabel weg. Dann nahm er noch einen Schluck Kaffee, bevor er langsam und sehr vorsichtig zu reden begann.

„Ich teile Ihre Meinung, dass es nicht wirklich opportun wäre, diese ganze Angelegenheit an die große Glocke zu hängen. Die DDR-Behörden wären nicht nur ‚nicht erfreut', sondern vielmehr richtig sauer, und es könnte ernsthafte politische Verwicklungen geben. Wer hat bisher diese MfS-Akte gesehen?"

Freddy sah Ricardo an, der ihm zunickte.

„Niemand außer uns beiden."

„Okay, dann wäre es also möglich, dass Sie die Akte, nun ... sagen wir mal ... verschwinden ließen?"

„Ja, sicher, aber warum?", erwiderte Freddy mit einem deutlich hörbaren unsicheren Unterton. Schuck ging nicht auf seine Frage ein, sondern fuhr ungerührt fort.

„Könnten Sie sich vorstellen, dass alle drei Morde vielleicht ungesühnt blieben ... wobei die beiden letzten Toten ja wohl eher einen Fall von Notwehr darstellen?"

Ricardo musste nicht lange überlegen. Seine Sympathien lagen kaum bei Erich Rubischke, und er hatte fast Verständnis für die Tat der Attentäterin, die ihren Vater gerächt hatte. Aber wie würde Freddy das sehen?

„Was schwebt Ihnen denn vor?“, fragte Freddy, und Ricardo hatte den Eindruck, dass er es sich noch vorbehielt, wie er sich entscheiden würde.

Kapitel 36

Bonn-Innenstadt, 01. Dezember 1988, 19:50 Uhr

Geduld war nicht seine große Stärke, aber Freddy riss sich zusammen und wartete geduldig, bis Schuck sich eine weitere Tasse Kaffee bestellt, in aller Seelenruhe Unmengen von Zucker hineingeschüttet und dann unnötig lange umgerührt hatte.

Ricardo saß geduldig neben ihm und rauchte gerade genüsslich eine der fünf Zigaretten, die er – nach einer kurzen Rückfrage bei Freddy – der Packung, die sie bei den beiden Toten gefunden hatten, entnommen hatte.

Gerade als Freddy erneut nachfragen wollte, begann Schuck zu reden.

„Ich habe so eine Idee, die allerdings von einigen Voraussetzungen abhängt, die noch nicht gegeben sind. Sollten Sie die junge Frau, also diese Rubina Kasmarowa, finden, dann sähe ich eine Möglichkeit, sie in ein Zeugenschutzprogramm aufzunehmen. Immer vorausgesetzt, dass sie zum Überlaufen bereit wäre. Angesichts des Umstandes, dass ihre eigenen Leute ihr ein Killerkommando auf den Hals gehetzt haben, sähe ich darin aber eine durchaus wahrscheinliche Möglichkeit. Wo soll sie hin? Wem kann sie noch trauen? Wir, also das

BfV, hätten die Möglichkeit, sie in Sicherheit zu bringen, und bekämen im Gegenzug Informationen über das MfS und vielleicht sogar den KGB, die uns in der gerade sehr kritischen Situation wirklich weiterhelfen könnten. Es wären Einblicke in die Abläufe beim MfS und Informationen über Hintergründe, die wir so nur selten haben. Wie sehen Sie die Chance, meine Herren?“

Freddy und Ricardo sahen sich fragend an und zuckten fast gleichzeitig mit den Schultern.

„Ich kann das nicht richtig beurteilen“, meinte Ricardo schließlich, „ob die westdeutschen Fahndungsbehörden da eine Chance auf Erfolg haben. Sie könnte überall sein, und ich habe ehrlich gesagt keinen Schimmer, wie man nach ihr fahnden sollte.“

Freddy musste ihm recht geben. Er überlegte fieberhaft, welche Optionen sie hätten, die junge Frau ausfindig zu machen. Ein Fahndungsaufruf an die Bevölkerung schied von vorneherein aus. Überprüfungen bei den Hotels hatten ebenfalls wenig Aussicht auf Erfolg. Was könnte man sonst noch tun?

„Ich weiß auch nicht“, gab er schließlich widerstrebend zu, „was wir noch unternehmen sollen, um sie zu finden. Wobei ich auch meine Zweifel hege, dass sie überhaupt mit uns reden würde, geschweige denn so einfach festzunehmen wäre. Ich muss gestehen, ich habe im Moment keine Ahnung, wie wir weiter vorgehen könnten. Aber zumindest halte ich es grundsätzlich für eine gute Idee, dass Sie uns die Möglichkeit bieten, ihr ein Angebot zu machen.“

Schuck strahlte sie beide an und war überraschend guter Dinge angesichts der noch vielen Unwägbarkeiten und des fraglichen Fahndungserfolgs. Er schien sich alleine über die Möglichkeit zu freuen, sei sie auch noch so gering. Es wäre selbstverständlich für ihn persönlich ein riesiger Erfolg, wenn es ihm gelingen würde, auf diese Weise eine Überläuferin zu gewinnen.

Freddy hatte noch große Zweifel, ob es überhaupt eine Aussicht auf Erfolg gäbe. Aber etwas anderes war ihm gerade eingefallen.

„Ricardo, wolltest du nicht Herrn Schuck was erzählen?"

Der sah ihn mit gerunzelter Stirn an. „Was meinst du?"

„Ich denke, Herr Schuck hat es angesichts dieses Angebots verdient, dass du ihm das erzählst, was du mir angedeutet hast. Du weißt schon, die Geschichte mit Tiedge."

Zufrieden stellte er fest, dass Schuck bei der Erwähnung des Namens zusammengezuckt war, während Ricardo ein schelmisches Lächeln aufgesetzt hatte.

„Ja, ich glaube, du hast recht. Herr Schuck hat ein Anrecht darauf, etwas mehr zu wissen als seine Kollegen. Also will ich mal nicht so sein und ihm die wahre Geschichte dieses Superspions erzählen."

Schuck machte bei dem Wort „Superspion" ein Gesicht, als habe er in eine Zitrone gebissen, und Ricardo lachte leise auf. Freddy war sehr gespannt auf diese Geschichte, denn er konnte sich wirklich nicht vorstellen, was Ricardo dem Nachrichtendienstmann gleich erzählen würde.

„Nun“, begann Ricardo gemächlich, „Sie müssen sich wirklich keine Sorgen machen, dass Ihr Herr Tiedge dem MfS viel Neues erzählt hätte. Er ist weder wegen des Geldes noch als Spion in die DDR geflohen.“

Freddy hatte gut aufgepasst, aber auch Schuck gehörte zu denen, die auf die Wortwahl ihres Gegenübers achteten.

„Was heißt das, ‚nicht viel Neues‘?“, fragte Schuck sofort nach. Er saß inzwischen kerzengerade in seinem Stuhl und hatte sogar den vor ihm stehenden Kaffee vergessen.

„Nun ja, ich kann Ihnen keinen Namen nennen, aber es gibt da jemanden in Ihrer Firma, der alle Informationen, die Tiedge mit in die DDR gebracht haben soll, bereits vorher geliefert hatte. Tut mir leid, aber Ihre Behörde ist da einem groß angelegten ... nun, wie würde man das im Westen nennen? ... ach ja, PR-Gag aufgesessen.“

Jegliche Farbe war aus Schucks Gesicht gewichen.

„Wie darf ich das verstehen?“

„Nach meinem Kenntnisstand war Ihr Mitarbeiter Tiedge überhaupt kein Spion, sondern lediglich hoch verschuldet, dazu noch Alkoholiker und ist nur aus Angst vor Strafverfolgung nach dem Tod seiner Frau, die er angeblich aus Versehen mit einer Bratpfanne erschlagen hat, in die DDR geflüchtet.“

Freddy hatte die Befürchtung, dass es nicht lange dauern konnte, bis eine Fliege den Weg in Schucks weit offen stehenden Mund finden würde. Aber schließlich fasste sich der BfV-Mann und stotterte sich eine Frage zusammen.

„Aber ... der wurde doch ... ich meine ... die DDR hat ihn doch wie einen Volkshelden gefeiert?"

Man konnte Ricardo ansehen, dass er zwischen Belustigung und Mitleid schwankte.

„Das, mein lieber Herr Schuck, war eine gelungene Täuschung und Ablenkung des MfS. Sie sollten einfach nicht auf die Idee kommen, dass es da noch jemand anderen gab, der eigentlich die Informationen lieferte. Und wenn ich die Herren von der Stasi richtig einschätze, dann haben sie das noch nicht einmal Tiedge selbst erzählt, dass seine Informationen, die er natürlich nach seiner Flucht geliefert hat, im Grund nichts wert und völlig überflüssig waren."

Schuck war am Boden. Er hatte sich in seinen Stuhl zurückfallen lassen, und seine Schultern hingen nach unten.

„Aber ... aber", stammelte er völlig verzweifelt.

Ricardo kam seiner Frage zuvor. „Und fragen Sie mich bitte nicht, wer es ist, das weiß ich nämlich nicht. Das ist ein ganz großes Geheimnis, und ich weiß nicht mal, ob ich es Ihnen sagen würde, wenn ich es wüsste. Ich habe mich so schon ziemlich weit aus dem Fenster gelehnt. Ihnen ist sicherlich auch klar, dass Sie zu niemandem, also wirklich niemandem, ein Sterbenswörtchen darüber verlieren dürfen."

Schuck hörte nicht auf, ständig zu nicken, während er vor sich hin stierte.

„Kann ich mich da auf Sie verlassen?“, fragte Ricardo nun etwas drängender, und Freddy hörte seine Unsicherheit heraus, ob er nicht doch zu viel gesagt hatte.

Schuck schien wie aus einer Trance zu erwachen. Er schüttelte sich kurz, bevor er antwortete.

„Natürlich, klar, sicher. Ich werde …“, er schien kurz zu überlegen, was er denn nun eigentlich tun würde, „… ich werde niemandem etwas sagen, aber natürlich werde ich Ausschau halten, ob ich irgendwie die Identität dieses Maulwurfes herausfinden kann. Selbstverständlich ohne mein Wissen preiszugeben.“

Erstmals seit einigen Minuten sah er abwechselnd Freddy und Ricardo direkt an.

„Machen Sie sich keine Sorgen. Ich werde unser gemeinsames Geheimnis hüten, keine Angst. Und ich stehe zu meinem Wort bezüglich Ihrer Attentäterin. Wenn Sie die Möglichkeit haben, mit ihr in Kontakt zu treten, können Sie ihr mein Angebot unterbreiten.“

Freddy nickte, allerdings hatte er keine Ahnung, wie sie jemals Kontakt zu Rubina Kasmarowa würden aufnehmen können.

Kapitel 37

Ostberlin, 01. Dezember 1988, 20:00 Uhr

Kümmel hatte heftig gestikulierend Maria Kasmarowa zu verstehen gegeben, dass er gerne persönlich mit Rubina sprechen würde. Ihre zusammengezogenen Augenbrauen signalisierten allerdings deutlich ihre erheblichen Zweifel und ihr immer noch bestehendes Misstrauen.

Wie konnte er sie davon überzeugen, dass es nur zu Rubinas Besten wäre, wenn sie mit ihm spräche?

Seine Lippen formten ein lautloses, aber deutlich zu erkennendes „Bitte!“, das Maria Kasmarowa nicht missverstehen konnte. Dabei sah er sie flehentlich mit seinem – wie Ricardo es immer nannte – Dackelblick an und erhob die gefalteten Hände.

Dann flüsterte er halblaut: „Ich meine es wirklich gut mit Ihnen und Ihrer Tochter. Bitte vertrauen Sie mir. Sie riskieren doch nichts.“

Maria sah ihn noch immer überlegend an, als sie ihre Tochter am Telefon fragte: „Wie geht es dir denn, mein Schatz? Erzähl mir was.“

Als sie zuhörte, verdüsterte sich ihr Blick, und es dauerte eine Weile, bis sie wieder etwas sagte.

„Ich glaube, ich kann mir vorstellen, welche Probleme du momentan hast, aber vielleicht gibt es da eine Lösung. Ich habe gerade Besuch von einem jungen Mann, der nicht bei deiner Firma ist, aber etwas Ähnliches macht. Er würde gerne mit dir sprechen. Geht das in Ordnung?"

Es folgte wieder eine längere Pause, bis Maria schließlich Kümmel den Hörer hinhielt.

„Sie wird mit Ihnen sprechen, aber sie hat gesagt, wenn das eine Falle ist, wird das Gespräch sehr schnell beendet sein."

Kümmels Gedanken rasten, und er hatte nicht viel Zeit, sich eine Strategie zu überlegen. Also versuchte er, noch etwas Zeit zu schinden, bevor er zum eigentlichen Thema kam.

„Hallo?", sprach er in den Hörer, „sind Sie das, Rubina?"

„Ja", erscholl es vom anderen Ende der Leitung. „Wer sind Sie und was wollen Sie von mir?"

„Sie kennen mich nicht, und ich möchte meinen Namen auch nicht am Telefon sagen. Aber vielleicht verstehen Sie auch so, was ich Ihnen mitteilen will."

Er machte noch einmal eine Pause und sammelte sich, damit er keine unüberlegten Worte aussprach.

„Ein Kollege und Freund von mir befindet sich gerade dort, wo Sie etwas getan haben, das wir zwar inzwischen verstehen können, das aber die örtlichen Behörden auf den Plan gerufen hat. Man weiß inzwischen dort auch, wer und was Sie sind. Aber ich will nicht über Sie urteilen, sondern Ihnen helfen, wenn ich kann."

Soll ich sie direkt fragen, wo sie ist, oder lieber noch etwas um den heißen Brei herumreden?

Die Entscheidung wurde ihm schneller abgenommen, als er es für möglich gehalten hätte.

„In Anbetracht des Umstandes, dass heute Nachmittag ein Killerkommando meines ehemaligen Arbeitgebers versucht hat, mich umzubringen, ist die Zeit des Drumherumredens wohl vorbei. Man weiß also inzwischen, dass ich den Mörder meines Vaters getötet habe. Nun gut, ist auch nicht weiter schlimm. Dass mein Arbeitgeber sich von mir abgewandt hat und mich lieber tot als wieder zu Hause sehen würde, kann ich auch nachvollziehen. Also bin ich für Vorschläge, wie man weiter verfahren könnte, offen."

Kümmel war zu perplex, als dass er sofort hätte antworten können.

„Bitte entschuldigen Sie, aber das kommt jetzt ein wenig überraschend. Bitte lassen Sie mir ein paar Sekunden Zeit, mir etwas zu überlegen, bevor ich Ihnen vorschnell einen falschen Rat gebe. Können Sie in zehn Minuten vielleicht nochmals bei Ihrer Mutter anrufen, vielleicht von einem anderen Ort? Geht das?"

Er hatte den Vorschlag eines Ortswechsels bewusst in seine Frage eingebaut, da er ihr Vertrauen gewinnen wollte und ihr gleichzeitig mitteilte, dass auch er Angst vor Mithörern oder der Ortung des Ortes hatte, von dem aus sie anrief.

„Sie hören in genau zehn Minuten wieder von mir", war alles, was sie sagte, bevor sie auflegte.

Fast auf die Sekunde genau zehn Minuten später klingelte das Telefon erneut, und Maria Kasmarowa nahm den Hörer ab. Sie musste nichts sagen, denn offensichtlich sprach Rubina sofort los, als der Anruf angenommen wurde.

Die Kasmarowa nickte lediglich und sagte: „Gut, ich gebe ihn dir."

Kümmel nahm den Hörer mit einem dankbaren Nicken entgegen.

„Hallo, Rubina, ich habe mir inzwischen etwas überlegt, das uns vielleicht weiterbringen wird. Da ich nicht davon ausgehe, dass Sie Ihrem ehemaligen Arbeitgeber noch einmal gegenübertreten wollen, schlage ich Folgendes vor: Es gibt da jemanden, der sich intensiv mit Ihnen und Ihrem Fall beschäftigt. Vielleicht sollten Sie ..."

Er erläuterte ihr in den folgenden Minuten, was er sich vorstellte und wie sie am besten vorgehen sollte.

Maria Kasmarowa hörte dem Telefonat aufmerksam zu, und ihre Augen weiteten sich zusehends.

Kapitel 38

Polizeipräsidium Bonn, 01. Dezember 1988, 20:15 Uhr

Sie waren ziemlich frustriert von dem Treffen mit Schuck ins Polizeipräsidium zurückgekehrt und besprachen nun schon seit fast einer Stunde, welche Optionen sie hätten und wen sie über den Stand der Erkenntnisse informieren sollten.

Einerseits hatten sie mit Schuck vereinbart, dass die Akte der beiden MfS-Attentäter über Rubina Kasmarowa, die durch sie zu Opfern geworden waren, verschwinden sollte, andererseits wussten sie nicht, wie sie dem Leiter der MK mitteilen sollten, woher sie nun die Identität der Mörderin von Rubischke kannten. Wie sollten sie Einfluss darauf nehmen, dass nicht weiter im Fall der beiden Opfer ermittelt wurde? War das überhaupt möglich?

Nach längerer Überlegung kamen sie schließlich überein, den Leiter der MK, Rudi Gattung, in vollem Umfang einzuweihen und mit ihm auch das weitere Vorgehen abzusprechen.

***

„Ihr habt sie ja wohl nicht alle! Wie soll das denn gehen? Ich kann das alles doch nicht geheim halten. Wie stehe ich denn dann da? Außerdem wollen die anderen Behörden dann doch auch wissen, warum wir so und nicht anders vorgehen. Ich glaube, ich spinne!“

Rudi Gattung war immer lauter geworden und hatte sich so stark ereifert, wie Freddy ihn selten erlebt hatte, außer damals, als ...

Eine Idee formte sich in seinem Kopf, an die sie bei ihrer Diskussion im Vorfeld des Gesprächs mit Gattung noch gar nicht gedacht hatten.

Er ließ Gattung noch eine Weile wettern, bevor er wortlos die Hand erhob.

„Was?“, schrie Gattung. „Glaub nur nicht, dass du mich belatschern kannst. Diesmal hast du es echt zu weit getrieben, Freddy. Ich riskier doch nicht meinen Job, nur um deinen Alleingang zu decken. Und erst recht nicht werde ich Ermittlungen blockieren, andere Dienststellen belügen oder eine Straftat unter den Teppich kehren. Ist das klar?“

Freddy gestattete sich ein leichtes Lächeln, bevor er ansetzte.

„Kein Problem, Rudi, kein Problem. Aber mir ist da gerade etwas eingefallen, das alle unsere Probleme lösen könnte.“

Er bemerkte den verwunderten Blick von Ricardo und sah auch, dass Rudi Gattung ihn skeptisch ansah.

„Und was soll das wohl sein, du Schlaumeier?", fragte er misstrauisch, aber zumindest ließ er nun Freddy zu Wort kommen.

„Erinnerst du dich an den Mordfall vor vier Jahren, die Sache in der Disco?"

Gattung zog die Augenbrauen zusammen, dann wanderte sein Blick hin und her, als er sich erinnerte, und im nächsten Moment ging eine Veränderung mit seinem Gesicht vor.

Er hat verstanden, was ich meine. Gut. Den Rest muss er sich selbst zusammenreimen.

Es dauerte keine Minute, bis sich die Züge von Gattung entspannten und er ganz langsam und noch immer überlegend sein Statement abgab.

„Ja, wenn ich recht überlege ... das könnte ... ja, das wäre möglich ... vielleicht kommen wir auf diesem Weg elegant aus der Sache raus."

Nun war es an Ricardo, Freddy und Gattung fragend anzuschauen.

Freddy deutete auf Ricardo und fragte seinen Chef: „Was ist? Willst du oder soll ich erklären?"

„Das mach ich schon. Ich bin viel zu froh, dass ich einen Lichtstreif am Horizont sehe, wie wir diese Krise doch noch ganz gut überstehen könnten. Also, Kollege Müller, die Sache ist die: Wir hatten vor vier Jahren einen Mordfall, die Einzelheiten spielen eigentlich keine Rolle, den man uns mitten in den Ermittlungen wegnahm. Die Staatsanwaltschaft tauchte bei uns auf, erklärte uns was von übergesetzlichem Notstand, dass sie die Ermittlungen von nun an alleine übernehmen würde und wir uns für den Fortgang nicht mehr zu interessieren hätten. Eine andere ‚Behörde' würde den Fall übernehmen, und wir sollten uns nicht wundern, wenn wir nie wieder etwas davon hören würden. Ende der Geschichte! Wir haben immer gedacht, das hat was mit irgendeinem V-Mann eines Geheimdienstes zu tun oder mit einer politischen Sache, also irgendwas, was nicht mal die Polizei wissen durfte."

Er nickte mehrfach, als müsse er sich erneut davon überzeugen, dass dieser Ansatz zur Lösung ihres Problems tatsächlich funktionieren würde.

„Genau das könnten wir tatsächlich tun: Wir binden die Staatsanwaltschaft ein. Wenn ich Oberstaatsanwalt Finke davon überzeugen kann, dass wir auf diesem Weg mehrere Fliegen mit einer Klappe schlagen könnten, gibt er vielleicht seine Zustimmung dazu, dass wir die Ermittlungen zu den beiden Hotelzimmer-Opfern ein- oder zurückstellen, bis wir weiter sind und wissen, wie man mit dieser Rubina Kasmarowa weiterkommen kann ... wenn da überhaupt etwas geht. Der Oberstaatsanwalt ist sowieso der Einzige, der entscheiden könnte, dass wir diese ganzen Erkenntnisse nicht mit den Geheimdiensten teilen."

Er sah die beiden Ermittler an.

„Was macht ihr hier noch? Macht euch vom Acker, überlegt euch was, trinkt Kaffee oder sitzt einfach ein wenig rum, ich mache einen Termin mit Oberstaatsanwalt Finke und melde mich bei euch, wenn ich mehr weiß."

Er wedelte sie mit der Hand aus seinem Büro und begann sofort in seinen Unterlagen nach der Telefonnummer des Oberstaatsanwaltes zu suchen.

Kapitel 39

Polizeipräsidium Bonn, 01. Dezember 1988, 20:20 Uhr

Ricardo ließ sich gerade noch einmal von Freddy die Einzelheiten des damaligen Vorfalls schildern, der Freddy auf die Idee mit der Staatsanwaltschaft gebracht hatte, als Freddys Telefon läutete.

Der nahm den Anruf entgegen, obwohl er gerade mitten in einer Erklärung gewesen war.

„Ahlefeld?“ Kurze Pause. „Ja, stellen Sie durch.“

Nur Sekunden später weiteten sich seine Augen, und er sah überrascht zu Ricardo. Dem wurde es heiß, und er überlegte, was nun wieder passiert sein könnte und ob es etwas mit ihm zu hatte.

Währenddessen drückte Freddy auf die Taste für den Lautsprecher, damit Ricardo zuhören konnte.

„... Landsmann hat mir geraten, mich mit Ihnen in Verbindung zu setzen und zu beraten. Er meinte, wir könnten vielleicht eine Lösung für meine derzeit etwas prekäre Situation finden.“

Freddy hielt die Sprechmuschel des Telefonhörers zu und flüsterte Ricardo: „Rubina Kasmarowa!“, zu.

Wie kann das sein? Wer hat ihr geraten, sich mit der westdeutschen Polizei in Verbindung zu setzen?

Ihm wollte keine Antwort auf diese Frage einfallen. Aber eigentlich war es für den Moment ziemlich egal, wie sie auf diese überraschende Idee gekommen war. Nun zählte alleine, ob sie ihr das Angebot von Schuck schmackhaft machen konnten.

Er wedelte heftig mit der Hand, um Freddy zu signalisieren, dass er ihm den Hörer überlassen sollte. Erleichtert sah er, dass Freddy froh zu sein schien, die Verantwortung für dieses Gespräch an Ricardo zu übergeben, als er sagte: „Ich gebe Ihnen mal Ihren Landsmann", bevor er ihm den Hörer reichte.

Ein paar Sekunden lang war Ricardo sprachlos und musste sich sammeln, bevor ihm eine Idee kam.

„Hallo, Sie kennen mich nicht, aber wir wissen dank der Hinterlassenschaften an dem Ort, an dem Sie so schändlich angegriffen wurden, inzwischen sehr viel über Sie. Können Sie mir einen Hinweis darauf geben, wer Sie auf die Idee gebracht hat, hier anzurufen?"

Erstaunlicherweise musste seine Gesprächspartnerin nicht lange überlegen.

„Er hat mir gesagt, dass es von ‚essenzieller' Wichtigkeit sei, dass ich mit der Bonner Polizei Verbindung aufnehme. Er hat mir lediglich den Namen Ihres Kollegen Ahlefeld gegeben."

Kümmel! Du meine Güte. Wie hat er es nur geschafft, den Kontakt zu Rubina aufzunehmen, die sich ja hier im Westen aufhält?

Er schob diese Fragen vorläufig in den Hintergrund seiner Gedanken, um sich auf das Gespräch konzentrieren zu können. Er hatte ihr mit seiner Erwähnung des auf sie stattgefundenen „Angriffs" bereits signalisiert, dass sie wussten, um wen es sich bei den beiden angeblichen Handelsvertretern gehandelt hatte und wie er zu diesem Attentatsversuch stand. Er hoffte, dass diese Aussagen ausreichten, um ein Grundvertrauen in ihr zu wecken. Der ganze Plan basierte darauf, dass sie ihm zumindest so weit vertraute, um zu einem Treffen bereit zu sein.

„Ich weiß, wer Ihnen empfohlen hat, sich bei uns zu melden ... und er hat recht gehabt. Es war eine weise Entscheidung, seinen Rat anzunehmen. Wir haben inzwischen auch schon Überlegungen angestellt und einen Plan, wie wir Ihnen vielleicht aus dieser ausweglos erscheinenden Situation heraushelfen könnten. Aber wir müssten uns persönlich treffen. Sehen Sie dazu eine Chance?"

Es dauerte eine Weile, bis er eine Antwort erhielt.

„Nun gut, was habe ich noch zu verlieren? Sie wissen natürlich, wo sich die amerikanische Botschaft befindet, zwischen der und dem Rhein ja die Rheinaue liegt. Genau dort treffen wir uns heute Abend um dreiundzwanzig Uhr dreißig. Aber kommen Sie nicht auf die Idee, dort mit einem Großaufgebot an Sicherheitskräften aufzutauchen. Dann hören Sie nie wieder von mir, und zu sehen bekommen Sie mich schon gar nicht."

„Einverstanden. Aber wir werden zu zweit kommen ...", er sah Freddy fragend an, der heftig zu nicken begann, „denn ich kann Ihnen das Angebot nicht wirklich verbindlich machen. Aber mein Partner schon. Geht das in Ordnung?“

Sie mussten einige bange Sekunden warten, um zu erfahren, ob Rubina auf dieses Angebot eingehen würde.

„In Ordnung. Aber auf keinen Fall mehr als zwei Personen. Verspäten Sie sich nicht, aber werden Sie auch nicht ungeduldig, wenn es etwas länger dauert, bis ich mich Ihnen zeige.“

Das Gespräch endete so abrupt, dass Ricardo den Hörer vom Ohr nahm und ihn verwundert ansah.

„Eine Frau, die genau weiß, was sie will“, bemerkte Freddy, der das Gespräch ja mitgehört hatte.

Ricardo nickte, aber seine Gedanken waren schon ganz woanders. Er fragte sich, ob sie abwarten mussten, bis sich der Leiter der MK die Zustimmung der Staatsanwaltschaft zu dem speziellen Plan geholt hatte? Konnten sie es wagen, einfach niemandem etwas zu sagen, und das Treffen so wahrzunehmen wie vereinbart? Sollten sie wirklich nur zu zweit an den vereinbarten Treffpunkt gehen? Wer käme als Rückendeckung infrage? Das BfV? Kolleginnen oder Kollegen von Freddy?

„Ich kann mir vorstellen, worüber du gerade nachdenkst“, riss Freddy ihn aus seinen Gedanken, „aber wir haben ja noch ...“, er blickte kurz auf seine Armbanduhr, „... mehr als drei Stunden Zeit bis zu dem Treffen. Bis dahin sollte ich in Erfahrung gebracht haben, was Rudi beim Oberstaatsanwalt erreicht hat.“

Er blickte Ricardo mit zur Seite geneigtem Kopf an.

„Wie ist sie überhaupt auf die Idee gekommen, bei uns anzurufen? Du weißt doch mehr, das habe ich dir angesehen.“

Trotz aller Anspannung musste Ricardo grinsen.

„Das, mein Lieber, ist ein erneuter Beweis dafür, dass mein Kollege Kümmel mehr draufhat, als man ihm so auf den ersten Blick zutrauen würde. Er muss es irgendwie geschafft haben, Kontakt mit Rubina herzustellen, und er war es, der ihr geraten hat, bei uns anzurufen.“

„Woher weißt du das? Ist das denn sicher?“

Ricardo lachte trocken auf.

„Und ob das sicher ist! Wenn jemand ihr gesagt hat, sie soll mir gegenüber erwähnen, es sei von ‚essenzieller‘ Wichtigkeit, dann kann das nur Kümmel gewesen sein.“

Freddy nickte, zum Zeichen, dass er das nachvollziehen konnte und Ricardos Einschätzung folgte.

„Deinen Kollegen würde ich gerne mal kennenlernen. Er scheint wirklich ein guter Ermittler und ein ziemlich heller Kopf zu sein.“

„Oh ja, das ist er auf jeden Fall, auch wenn er wie der gutmütige Junge von nebenan aussieht. Und ich wünschte wirklich“, ein trauriger Zug um seine Lippen zeigte, dass er an seine Worte nicht wirklich glaubte, „dass es so einfach wäre, dass du ihn mal kennenlernst.“

Kapitel 40

Ostberlin, Normannenstraße, 01. Dezember 1988, 20:25 Uhr

Generalmajor Horst Männchen zuckte zusammen, als eine Mitarbeiterin seiner Abteilung, ohne anzuklopfen, in sein Büro stürmte.

„Was ...?", rief er erstaunt aus und blickte erschrocken von der Akte auf, die er gerade studierte.

„Entschuldigen Sie, Genosse Generalmajor", sagte die atemlose Mitarbeiterin im Range eines Hauptmannes, „aber das duldet keinen Aufschub. Wir haben gerade etwas mit angehört, das Sie unbedingt wissen sollten."

Sie muss von irgendwoher gerannt gekommen sein, dachte Männchen bei sich. *Also scheint sie sich sicher zu sein, dass es wirklich wichtig ist.*

„Ich will mal darüber hinwegsehen", merkte er in einem eisigen Ton an, „dass Sie so einfach in mein Büro geplatzt sind. Also ... um was handelt es sich?"

„Wir haben eben ein Telefonat beim Polizeipräsidium Bonn mit angehört, bei dem es sich bei der Anruferin mit sehr hoher Wahrscheinlichkeit um die gesuchte Rubina Kasmarowa handeln dürfte. Glücklicherweise habe ich das Memo kurz zuvor gelesen, das seit gestern durch die Abteilung kursiert."

Horst Männchen zog erstaunt die Augenbrauen hoch. Mit einer solchen Entwicklung hatte er nicht gerechnet, als sein Freund und Kampfgefährte Großmann ihn mit hoher Dringlichkeit auf den Fall der auf Abwege geratenen Agentin aufmerksam gemacht hatte. Er wusste, dass es sich bei dieser Agentin um ein Protegé des legendären Mischa Wolf gehandelt hatte. Also hatte man schnell ein Dossier erstellt und mit Hochdruck die Abhörmaßnahmen in Bonn ausgeweitet. Dazu zählten unter anderem auch zahlreiche Namen, unter denen die abtrünnige Agentin unterwegs sein könnte. Männchen war gespannt, unter welchem Namen sie aufgetreten war.

„Die Abschriften, bitte!", forderte er die Frau auf, die ihm hastig einige lose Blätter in die ausgestreckte Hand drückte. Er begann die Mitschrift des Telefonats zu lesen, bis er bemerkte, dass Frau Hauptmann noch immer abwartend vor seinem Schreibtisch stand.

Er blickte auf. „Sie können wegtreten. Um den Rest kümmere ich mich persönlich."

„Selbstverständlich, Genosse Generalmajor."

Sie machte eine militärische Ehrenbezeugung und beeilte sich, sein Büro zu verlassen.

Männchen konnte sich ein Lächeln nicht verkneifen. Ja, sie hatten großen Respekt vor ihm. Das war auch gut so. Er widmete sich wieder dem Studium der Abschrift.

***

Ostberlin, Normannenstraße, 01. Dezember 1988, 20:30 Uhr

„Ja?"

Werner Großmann meldete sich nie mit Namen. Horst Männchen kannte diese Marotte seines Freundes, der vor zwei Jahren zum Leiter der HVA, der Hauptverwaltung Aufklärung des MfS, aufgestiegen war, die für die Auslandsspionage zuständig war. Großmann hatte Mischa Wolf abgelöst, als dieser in Ungnade gefallen war, weil er eine Liaison mit Andrea Stingl hatte, die zuvor vier Monate wegen versuchter Republikflucht in Haft gewesen war.

Großmann war nicht der charismatische Typ wie Wolf, aber er war ein Arbeitstier und als sehr gründlich und bedacht bekannt.

„Hallo Werner, Horst hier. Ich habe da eine dringende Information, bei deren Abarbeitung dir vermutlich nicht viel Zeit bleibt."

„Oh, hallo Horst. Schön, von dir zu hören. Na, was hat die Abteilung ‚Horch und Guck' denn diesmal zu bieten?"

Die Freude über den Kontakt war seinem Freund deutlich anzuhören, und Horst Männchen hätte gerne ein wenig mit ihm geplaudert, aber dafür war nun keine Zeit.

„Ihr seid doch momentan auf der Suche nach Rubina Kasmarowa, nicht wahr? Ich habe hier die Abschrift eines Telefonates vorliegen, aus dem hervorgeht, dass sie sich in wenigen Stunden in Bonn mit Vertretern der westdeutschen Polizei treffen will. Ich gebe dir mal schnell die Daten, also Uhrzeit und Treffpunkt, durch."

Großmann kommentierte diese Aussage nicht, und Männchen gab ihm die Daten langsam durch. Als er fertig war, wartete er auf eine Reaktion, die auch nicht lange auf sich warten ließ.

„Danke, Horst, du hast was bei mir gut!"

Die Verbindung wurde abrupt unterbrochen, und Horst Männchen legte langsam auf.

Nein, dachte er, *du hast so viel bei mir gut, dass ich es vermutlich nie wieder werde ausgleichen können.*

Als er 1961 aus dem Dienst des MfS entlassen worden war, weil er stark alkoholisiert einen schweren Autounfall verursacht hatte, war es Großmann gewesen, der sich für ihn eingesetzt hatte, was schließlich dazu geführt hatte, dass er 1963 wieder eingestellt wurde. Nur wegen seiner Fürsprache war es Männchen möglich gewesen, letztendlich Karriere zu machen und nun als Generalmajor der Leiter einer der wichtigsten Abteilungen des MfS zu sein.

***

Ostberlin, Normannenstraße, 01. Dezember 1988, 20:35 Uhr

„Schmitt? Großmann hier. Welche Teams haben wir derzeit in der Nähe von Bonn?"

Großmann wartete ungeduldig die Antwort ab. Als er sie erhielt, stahl sich ein Lächeln auf sein Gesicht.

„Sehr gut. Ich gebe Ihnen jetzt die Daten durch, und Sie beeilen sich, sie an das Team weiterzugeben. Wir haben nicht wirklich viel Zeit."

Nachdem er seinem Mitarbeiter die notwendigen Daten mitgeteilt hatte, legte Werner Großmann auf und lehnte sich zufrieden in seinem Sessel zurück.

Diese kleine Zecke würde ihnen keine Probleme bereiten, dessen war er sich ziemlich sicher.

Kapitel 41

Bonn-Bad Godesberg, 01. Dezember 1988, 23:15 Uhr

„Warum hat sie wohl die Nähe der amerikanischen Botschaft für dieses Treffen ausgesucht? Irgendwie erscheint mir das seltsam."

Freddy schüttelte den Kopf und konnte sich augenscheinlich keinen Reim auf Rubinas Wahl des Treffpunkts machen, was Ricardo ein wenig belustigte. Offensichtlich hatte sein Kollege aus dem Westen sich noch nicht viel mit Geheimdiensten, Spionen, Agenten und dem Kalten Krieg beschäftigt.

„Da gibt es mehrere Möglichkeiten", bemerkte Ricardo mit einem leichten Lächeln, während er aus dem Fenster des Wagens sah, an dem die Lichter der nachts gut ausgeleuchteten Innenstadt von Bad Godesberg vorbeizogen.

„Zum einen könnte es sein, dass sie sich eine Rückfallposition offenhalten möchte, und das in der Nähe einer Einrichtung, die Agenten aus dem Ostblock eher meiden würden, oder aber sie hat vielleicht sogar vor, zu den Amerikanern überzulaufen, falls ihr unser Angebot nicht gefällt. Wer weiß das schon?"

Sie standen an einer Ampel, und Ricardo sah den kurzen, aber misstrauischen Blick, den Freddy ihm zuwarf.

„Woher weißt du so viel über diese ganze Spionagekacke, ich dachte, du wärst immer nur Polizist gewesen? Oder etwa doch nicht?"

Ricardo musste herzlich lachen.

„Mal ganz abgesehen davon, dass ich in einem Land groß geworden bin, in dem man über diese Dinge vielleicht ein wenig mehr weiß als ihr hier, kennst du denn nicht den Geheimagenten George Smiley?"

„Nein, wer soll das sein?"

Das ist doch nicht zu glauben, da haben sie alle Möglichkeiten und nutzen sie nicht.

Laut sagte er: „Da hast du aber etwas versäumt. Wenn du mal die Zeit dafür hast, dann empfehle ich dir die Lektüre des Romans *Dame, König, Ass, Spion* von John Le Carré. Da könntest du viel lernen."

„Du wirst lachen, aber sogar ich kenne diesen Schriftsteller. Der ist doch Engländer, oder? Wie kommt es, dass du seine Romane liest?"

Und wieder sah sich Ricardo genötigt, etwas von sich preiszugeben, das ihm zu Hause gehörige Schwierigkeiten eingebracht hätte.

„Na ja, wir haben mal bei einer Festnahme eines Diebes einen Koffer mit Büchern sichergestellt, und da war genau dieser Roman drin."

„Und da hast du das Buch schnell am Ort der Sicherstellung gelesen, toll."

Ricardo musste sich überwinden, die Wahrheit zu gestehen.

„Nun ja, nicht ganz, ich muss zugeben, dass ich es eingesteckt habe, da du dieses Buch in der DDR nicht kaufen kannst. Und dann habe ich es zu Hause gelesen und gut versteckt."

Freddy lachte. „Sieh an, sieh an. Wahrscheinlich schaust du auch ständig Westfernsehen. Du bist ja so was von ‚nicht angepasst', mein Lieber."

„Lass uns das nicht vertiefen. Wir sollten uns auf das Treffen mit Rubina konzentrieren."

Allerdings gingen seine Gedanken zurück zum frühen Abend, als die Grundlagen für die nun stattfindende Aktion geschaffen worden waren.

Es hatte nicht lange gedauert, bis Freddy und er zusammen mit Rudi Gattung im Büro des Oberstaatsanwaltes saßen und ihm dort ausführlich Bericht erstatteten. Noch auf dem Weg zur Staatsanwaltschaft hatten sie Gattung über die allerneueste Entwicklung auf Stand gebracht.

Gattung war absolut verblüfft gewesen, hatte den Kopf geschüttelt, aber schließlich festgestellt: „Dann war es wohl wirklich eine weise Entscheidung, Oberstaatsanwalt Finke mit ins Boot zu holen. Ich bin sehr gespannt, wie er reagieren und welche Entscheidung er fällen wird."

Finke hatte sie beide ausführlich befragt, die richtigen Fragen gestellt und Ricardo mit seinem Sachverstand sehr beeindruckt. Ihm war von Anfang an anzusehen gewesen, dass er in diesem Vorgang eine große Chance sah und nicht bereit war, es den Nachrichtendiensten zu überlassen, diese Sache zum Ende zu bringen. Man hatte ihm deutlich angemerkt, dass er kein Freund der Nachrichtendienste war und die Befürchtung zu hegen schien, sie würden die Angelegenheit vermurksen.

Dennoch war er einverstanden gewesen, dass der Deal mit Schuck und dem Bundesamt für Verfassungsschutz über die Bühne gehen sollte. Er war ebenfalls einverstanden, dass Ricardo und Freddy diejenigen sein sollten, die es zu Ende bringen würden. Allerdings hatte er die Durchführung der Aktion an Bedingungen geknüpft.

Er hatte zwingend Rückendeckung verlangt, dass also ein Team im Hintergrund bereitstehen sollte, falls irgendetwas nicht so verlief, wie man es sich vorstellte. Sie waren in Verhandlungen getreten, bei denen sich Ricardo zurückgehalten hatte, weil er keine ausreichenden Kenntnisse über die Vorgehensweise bei der Kripo hier im Westen hatte. Freddy hatte sich vehement gegen ein Team der GSG 9 gewehrt, die er als „schießwütige Blödmänner ohne Hirn und Verstand" bezeichnete, und schließlich hatte man sich auf zwei zivile Fahrzeuge der MK, mit deren Mitgliedern besetzt und so weit im Hintergrund, dass sie nicht auffallen konnten, geeinigt. Selbstverständlich sollten sie in ständigem Funkkontakt stehen, damit sie im Zweifelsfall auch eingreifen konnten.

Sie waren zufrieden aus Finkes Büro gegangen und hatten sich schnellstmöglich zurück ins Polizeipräsidium begeben, um dort die notwendigen Vorbereitungen zu treffen.

Nun saßen sie eine Dreiviertelstunde vor dem vereinbarten Zeitpunkt lediglich zweihundert Meter vom Treffpunkt in ihrem Dienstwagen, und Freddy überprüfte gerade die Funkverbindung. Erstmals wurde Ricardo schmerzlich bewusst, dass er keine Waffe trug. Es war im Vorfeld seiner Einreise ausdrücklich klargemacht worden, dass man ihm nicht gestatten würde, in der BRD eine Waffe zu tragen. Die DDR-Behörden hatten sich auf diesen Deal eingelassen, und so war ihm nichts anderes übrig geblieben, als sich ebenfalls damit abzufinden.

Aber es änderte nichts daran, dass er sich in dieser Situation gerade nicht wohlfühlte und erstmals seit langer Zeit seine Dienstwaffe vermisste.

Kapitel 42

Bonn-Bad Godesberg, 01. Dezember 1988, 23:20 Uhr

Sie hatte diesen Ort mit Bedacht ausgewählt. Er war für den Zweck nahezu ideal, denn er war nach drei Seiten offen, und die vierte Seite wurde durch die Rückseite der amerikanischen Botschaft abgedeckt, deren äußere Grenze durch Videoüberwachung vor möglichen Eindringlingen geschützt wurde, was ihr eine zusätzliche Sicherheit bot.

Auf der gegenüberliegenden Seite war der Rhein, und rechts und links bot die Rheinaue auf mehrere Hundert Meter eine ausgezeichnete Sicht, da gerade an dieser Stelle nur wenige Bäume standen. Sie würde also die Annäherung der beiden Polizisten schon sehr frühzeitig bemerken, und die Wahrscheinlichkeit, dass sie mit einem großen Aufgebot rechnen musste, war sehr gering.

Die große Frage war gewesen, welche Fluchtmöglichkeiten sich ihr boten, sollte sich die ganze Angelegenheit als Falle herausstellen. Aber sie hatte die verbleibende Zeit bis zu dem Treffen genutzt und sich von den Geldmitteln aus ihrem Koffer ein Fluchtfahrzeug gekauft, das nun lediglich hundert Meter entfernt an einem Baum gelehnt stand.

Sie konnte die Enduro Geländemaschine gerade noch so erkennen, da nicht allzu weit entfernt eine der wenigen Laternen stand, welche die Rheinaue eher spärlich erleuchteten. Zusätzlich hatte sie sich dem Anlass entsprechende Kleidung gekauft, eine schwarze Jeans, einen dunkelgrauen Pullover und einen weit geschnittenen schwarzen Parka, unter dem sie die Waffe trug, mit der sie sich aus ihrem Koffer ausgestattet hatte.

Zu Beginn hatte sie ein schlechtes Gefühl gehabt, sich dann aber gesagt, dass ihre Mutter – sie sah Maria Kasmarowa noch immer als ihre Mutter an, auch wenn sie wusste, dass ihre leibliche Mutter noch lebte – niemals den Telefonhörer weitergereicht hätte, wenn sie dem unbekannten Polizisten nicht vertraut hätte.

Die Einschätzung anderer Menschen war immer eine Eigenschaft ihrer Mutter gewesen, die sie bewundert und auf die sie vertraut hatte. Sie hoffte inständig, dass nicht dieses eine Mal die Ausnahme von der Regel darstellte. Zu Beginn des Gesprächs war sie geschockt gewesen, wie leicht es offensichtlich den Behörden gefallen war, ihre wahre Identität herauszufinden. Als aber denn der andere Polizist von den „Hinterlassenschaften" der beiden Attentäter in ihrem Hotelzimmer gesprochen hatte, war ihr klar geworden, dass sie nun keine andere Chance mehr hatte, als alles auf eine Karte zu setzen.

Sie hatte von Agenten gehört, die übergelaufen und in Zeugenschutzprogrammen gelandet waren. Und sie hatte gehört, dass ein nicht unerheblicher Prozentsatz tatsächlich für alle Zeit von der Bildfläche verschwunden und aus dem Fokus der Nachrichtendienste gelangt war. Also standen ihre Chancen rein rechnerisch gar nicht so schlecht.

Aber sie hatte sich vorgenommen, auf keinen Fall leichtsinnig zu werden und immer von der schlechtmöglichsten aller Entwicklungen auszugehen.

Ein Blick auf ihre Armbanduhr zeigte ihr, dass es nur noch wenige Minuten bis dreiundzwanzig Uhr dreißig waren und sie jederzeit mit der Ankunft der Polizisten rechnen konnte. Die beiden waren mit hoher Wahrscheinlichkeit – genau wie sie – längere Zeit vor dem Termin schon in unmittelbarer Nähe. Sie ging davon aus, dass sie ein Fahrzeug in der Nähe der amerikanischen Botschaft geparkt hatten und den Rest des Weges zu Fuß zurücklegen würden.

Sie wusste, dass sie keine prophetischen Gaben besaß, aber als sie schließlich in einer Entfernung von etwa zweihundertfünfzig Metern zwei Gestalten erkannte, die sich zu Fuß näherten, musste sie dennoch lächeln.

Alles lief genauso, wie sie es sich vorgestellt hatte.

Sie konzentrierte sich auf die entferntere Umgebung, nicht auf die beiden Gestalten, die sich ständig umsehend langsam auf sie zukamen. Angesichts des Wetters war um diese Zeit kein Mensch mehr in der Rheinaue, die in den Sommermonaten auch in den Abendstunden oft von sehr vielen Menschen besucht wurde. Der Boden war matschig und schwer, nachdem der Schnee, der am Vortag gefallen war, inzwischen wieder geschmolzen war.

Sie sah, dass die beiden Männer auf direktem Weg über den Rasen und nicht über die verschlungenen Gehwege auf sie zukamen. Als sie nur noch wenige Meter von ihr entfernt waren, konnte sie die schmatzenden Geräusche hören, die bei jedem Schritt zu hören waren, wenn sie die Schuhe aus dem matschigen Boden zogen.

Sie verscheuchte diese Gedanken und konzentrierte sich darauf, die beiden Männer genauestens in Augenschein zu nehmen. Beide hielten die Arme etwas seitwärts vom Körper weggestreckt, wohl um zu signalisieren, dass sie keine Waffen in den Händen trugen. Etwa fünf Meter, bevor sie ihren Standort erreicht hatten, blieben sie beide stehen.

„Hallo Rubina, wir haben telefoniert, Sie kennen mich nicht, aber mein Name ist Ricardo Müller", sagte der linke, etwa ein Meter siebzig groß, sportliche Figur – soweit sie das unter dem abgetragen wirkenden Mantel erkennen konnte –, kurz geschnittenes Haar und mit einem leichten Berliner Dialekt.

„Sie sind der Polizist aus der DDR", stellte sie fest, und es war keine Frage. „Und mit wem habe ich bei Ihnen das Vergnügen?" Sie war sehr gespannt, was der ihr unbekannte Mann, der zwar etwa im gleichen Alter wie Müller war, aber etwas unsportlicher wirkte, ihr erzählen würde.

KAPITEL 43

Bonn-Bad Godesberg, 01. Dezember 1988, 23:30 Uhr

„Mein Name ist Ahlefeld, und ich bin Mitarbeiter der Mordkommission Bonn. Und ich bin derjenige, der Ihnen ein Angebot des BfV unterbreiten darf", ergänzte Freddy, wobei er Rubina Kasmarowa genau beobachtete.

Selbst aus der Entfernung von fünf Metern und der nicht optimalen Beleuchtung erkannte er den zweifelnden Ausdruck in ihrem Gesicht.

Sie ist misstrauisch, aber wen wundert's. Wie können wir sie von unserer Ehrlichkeit überzeugen?

„Wir haben im Vorfeld unseres Treffens in einem Gespräch mit dem zuständigen Oberstaatsanwalt geklärt, dass Sie im Gegenzug für Informationen den Status einer Kronzeugin bekommen und ins Zeugenschutzprogramm aufgenommen werden können."

Er sah, wie sie überlegend nickte. Dann allerdings wandte sie sich wieder Ricardo zu.

„Und welche Rolle spielen Sie, Genosse Müller? Irgendwie kann ich nicht glauben, dass mir hier im Beisein eines DDR-Bürgers ein solches Angebot gemacht wird. Also ... was haben Sie dazu zu sagen?"

Freddy blickte zu seinem Kollegen, der gemeinsam mit ihm immer näher an Rubina herangetreten war, was diese auch zugelassen hatte. Er war gespannt, was Ricardo der jungen Frau erzählen würde. Fast belustigt musste er feststellen, dass Ricardo sich schwertat, die richtigen Worte zu finden. Schließlich räusperte er sich mehrfach und begann endlich zu reden.

„Nun ja, wie soll ich das sagen? Ich bin Mitarbeiter der MUK in Berlin und bin hierher entsandt worden, um zu helfen, den Mord an Erich Rubischke aufzuklären, von dem wir ja nun wissen, dass er Ihr Onkel und der Mörder Ihres leiblichen Vaters war."

Er zuckte mit den Schultern. „Das ist ja nun so weit geklärt, da uns die Umstände des Todes Ihres Vaters bekannt sind und wir auch wissen, dass Sie schließlich vom Ehepaar Kasmarow adoptiert wurden. Was uns allerdings nicht bekannt ist, ist, wie und wann Sie davon erfahren haben."

Er sah Rubina fragend an.

„Das ist eine längere Geschichte, für die wir derzeit wohl keine Zeit haben. Aber welche Rolle spielen Sie im Zusammenhang mit dem Angebot des westdeutschen Nachrichtendienstes?"

Freddy sah die Chance, erklärend in die Unterhaltung einzugreifen.

„Da spielt mein Kollege Ricardo eine nicht unerhebliche Rolle, wenn ich das so sagen darf. Er hat den Mitarbeiter des BfV dafür gewonnen, Ihnen diesen Deal anzubieten. Wie sich das für ihn auswirken wird, wenn er wieder in die DDR zurückkehren muss, wissen wir noch nicht, aber da wird uns noch etwas einfallen."

„Aha", meinte Rubina wissend, „Sie sind also kein wirklich überzeugter Anhänger unseres Staates." Sie lachte trocken auf. „Na ja, wenn man den Meldungen der letzten Monate Glauben schenken darf, befinden Sie sich inzwischen in guter ... oder zumindest in großer Gesellschaft."

Sie blickte abwechselnd zwischen Freddy und Ricardo hin und her. Freddy war sehr gespannt, ob und wie sie sich nun entscheiden würde. Die Sekunden, in denen Rubina nichts sagte, zogen sich scheinbar endlos hin, aber schließlich gab sie sich einen Ruck.

„Gut, dann erzählen Sie mir mal im Detail, wie Sie sich diesen Deal ..."

Für Freddy sah es so aus, als wäre Rubina mitten im Satz von einem um ihren Oberkörper geschlungenen Seil ruckartig nach hinten gezogen worden. Sie flog fast zwei Meter weit von ihnen weg und blieb neben einem Baum liegen.

Es dauerte mehr als nur eine Schrecksekunde, bis Freddy begriff, dass soeben auf Rubina geschossen worden war.

„Der Schuss kam von dort hinten", rief Ricardo, der offensichtlich schneller begriffen hatte, was hier passiert war. „Schieß in diese Richtung", er wies mit einem Arm in die Richtung rechter Hand der amerikanischen Botschaft, „und ich bringe sie in Deckung."

Freddy musste diese Anweisung nicht hinterfragen, sondern handelte sofort. Er zog seine Waffe aus dem Holster und feuerte blind in die ungefähre Richtung, die Ricardo ihm gewiesen hatte. Aus den Augenwinkeln sah er, dass Ricardo zu der am Boden liegenden Frau gesprungen war und sie gerade an beiden Armen hinter den Baum zog, vor dem sie gestanden hatte.

Gleichzeitig zog Freddy sich ebenfalls rückwärts zu der großen Eiche zurück. In einer Entfernung von etwa hundert Metern sah er in diesem Moment Mündungsfeuer aufblitzen, und fast im selben Moment schlug nur wenige Zentimeter von seinem Kopf entfernt ein Geschoss in den Rand des Baumes ein und ließ Holzsplitter wegspritzen. Da er keinen Schuss gehört hatte, ging er automatisch davon aus, dass es sich um ein Gewehr mit Schalldämpfer handelte.

Laut fluchend warf er sich hinter den Baum, wo Ricardo gerade die am Boden liegende Rubina untersuchte.

„Was ist mit ihr?“, rief er Ricardo zu, während er um den Baum schaute und erneut zwei Schüsse in die Richtung des Schützen abgab.

„Sie ist ziemlich schwer verletzt und hat viel Blut verloren. Ich vermute einen Treffer in der Brust, aber wegen des vielen Bluts kann ich nicht genau erkennen, wo. Wir brauchen dringend einen Arzt für sie.“

Freddy hatte sich mit dem Rücken gegen den Baum gelehnt, das kleine Funkgerät aus seinem Parka gefischt und sprach nun hektisch hinein.

„Habt ihr mitgehört, hallo? Wir werden angegriffen, und unsere mögliche Überläuferin ist angeschossen worden. Wir brauchen hier so schnell wie möglich Verstärkung und einen Rettungswagen, habt ihr gehört?"

Er ließ die Sprechtaste los und wartete auf eine Antwort. Sie kam sofort.

„Ellen hier, wir sind unterwegs, und ein Rettungswagen ist angefordert. Wir sind in einer Minute bei euch. Haltet durch."

Freddy war erleichtert, dass das Team so schnell reagiert hatte und sie diesen Angriff sehr wahrscheinlich überleben würden. Der oder die Angreifer waren dem Mündungsfeuer zufolge zu weit entfernt, als dass sie diese Strecke überwinden könnten, bevor die Unterstützung da war. Es gab zwischen dem Gebüsch und ihrem Standort keine Deckung, und sie mussten ja mit Beschuss durch Freddy rechnen.

„Alles klar, Ricardo, die Kavallerie ist unterwegs", sagte er und sah zur Seite, wo er den Kollegen zuletzt gesehen hatte.

Zu seiner grenzenlosen Überraschung war der Platz neben Rubina, die nun mit dem Rücken gegen den Baum gelehnt lag, und wo er Ricardo zuletzt gesehen hatte ... leer.

Verblüfft sah er sich nach allen Seiten um und entdeckte Ricardo schließlich, wie er in nördlicher Richtung die Uferpromenade entlangsprintete.

Was hat er vor?

Kapitel 44

Bonn-Bad Godesberg, 01. Dezember 1988, 23:32 Uhr

Alles war voller Blut, und Ricardo konnte nicht wirklich erkennen, wie schwer genau die junge Frau verletzt worden war. Er hatte den Parka von Rubina geöffnet und ein Loch mitten auf ihrer Brust gefunden, aus dem Blut quoll. Sie war bewusstlos, atmete sehr flach, aber zumindest kam kein Blut aus ihrem Mund.

Er überlegte, ob er Freddy über ihren bedenklichen Zustand informieren sollte, entschied sich aber dagegen. Als Nächstes versuchte er, Rubina ein wenig aufzurichten und gegen den Baum zu lehnen. Als er unter ihre Arme griff und sie in seinen Schoß zog, um sie so sanft wie möglich zum Baum zu ziehen, spürte er in ihrem Rücken etwas Hartes. Erst als er sie gegen den Baum gelehnt hatte, fühlte er mit einer Hand in ihren Rücken und ertastete die eindeutigen Umrisse einer Waffe.

Er schob ihre Jacke nach oben und zog eine Makarow mit Schalldämpfer aus dem Hosenbund. Noch während er die Waffe in seiner Jackeninnentasche verstaute, warf er einen Blick um den Baum herum, um nach den Attentätern zu sehen.

In etwa hundertfünfzig Metern Entfernung, genau dort, von wo er noch vor wenigen Augenblicken das Mündungsfeuer gesehen hatte, sah er zwei Gestalten laufen. Wenn er sich nicht sehr täuschte, trug eine der Personen etwas bei sich, bei dem es sich um das Gewehr handeln musste, mit dem auf Rubina geschossen worden war.

Er hörte, wie Freddy auf der anderen Seite des Baumes gerade in sein Funkgerät sprach: „Habt ihr mitgehört, hallo? Wir werden angegriffen, und unsere mögliche Überläuferin ist angeschossen worden. Wir brauchen hier so schnell wie möglich Verstärkung und einen Rettungswagen, habt ihr gehört?"

Da er nichts für Rubina tun konnte und hoffentlich in Kürze Hilfe eintreffen würde, traf er, ohne lange darüber nachzudenken, eine Entscheidung. Er sprintete los und lief hinter den beiden Attentätern her. Dabei nahm er keine Rücksicht darauf, ob sie ihn sehen konnten, sondern versuchte lediglich, die Distanz zwischen ihnen so schnell wie möglich zu verkürzen.

Da die beiden offensichtlich versuchten, die vorhandene Deckung von Büschen und Bäumen auszunutzen, kamen sie etwas langsamer voran als er, und schon nach hundert Metern hatte er die Entfernung zu ihnen auf lediglich fünfundsiebzig Meter verkürzt. In zumindest einem Punkt war ihm das Glück hold, denn gerade als sich die Verfolgten einem auf der Straße parkenden Fahrzeug näherten, fand er Deckung hinter einer kleinen Hecke.

Der Attentäter, der das Gewehr trug, öffnete die hintere Beifahrertür des großen Wagens, den Ricardo für einen BMW hielt, während der andere auf der Fahrerseite einstieg. Ricardo wägte seine Optionen ab. Aus seiner jetzigen Entfernung auf das Fahrzeug zu feuern, erschien ihm sinnlos. Da er nicht wissen konnte, in welche Richtung der Wagen fahren würde, hatte er eine Fifty-fifty-Chance ... nein, er korrigierte seine Überlegung dahingehend, dass Profis ein Fahrzeug so parken würden, dass sie nach dem Einsteigen nicht auch noch würden wenden müssen – also in geplanter Fahrtrichtung. Demzufolge standen seine Chancen wesentlich besser als ursprünglich gedacht.

Er sprintete erneut los, aber diesmal nicht in Richtung des Fahrzeuges, sondern parallel zum Verlauf der Straße, auf der die beiden Angreifer gleich fahren würden.

Ohne dass er es gewusst oder geplant hätte, kam ihm die Straßenführung insofern entgegen, als dass die Straße nur zweihundert Meter weiter eine leichte Kurve in Richtung des Rheins machte und dann für etwa hundert Meter an einer Uferpromenade entlanglief. Dabei war sie durch ein etwa ein Meter zwanzig hohes Eisengeländer von der Promenade abgegrenzt.

Wenn ich es schaffe ...

Er verfolgte den Gedanken nicht weiter und holte das Letzte aus seinem Körper heraus, ohne weitere Pläne zu schmieden. So schnell er konnte, lief er auf die Stelle zu, an welcher der Wagen nahe der Uferpromenade vorbeikommen würde und in der leichten Kurve vermutlich etwas langsamer fahren musste. Als er an der Kurve ankam, ließ er sich schwer atmend auf ein Knie hinunter und zog gleichzeitig Rubinas Waffe aus der Innentasche seiner Jacke. Er legte den Unterarm auf eine Querverstrebung des Eisengeländers und versuchte, seine Atmung wieder in den Griff zu bekommen.

Der Wagen kam schneller in der Kurve an, als er seinen Puls herunterbringen konnte, aber das war vermutlich aufgrund der gleich recht geringen Entfernung gar nicht so wichtig. Der BMW kam gerade mit noch hoher Geschwindigkeit herangebraust und musste vor der relativ engen Kurve stark abbremsen.

Ricardo zielte, so gut es ihm möglich war, und hoffte, dass die Abweichung durch den aufgeschraubten Schalldämpfer nicht allzu groß sein würde. Dann löste er schnell hintereinander drei Schüsse aus – genau in dem Augenblick, als sich der Wagen in der Kurve befand und noch bevor er wieder beschleunigen würde.

Er konnte nicht feststellen, welcher seiner Schüsse getroffen hatte, aber der rechte Vorderreifen löste sich, vermutlich aufgrund der zusätzlichen Belastung durch die Linkskurve, in einer kleinen Explosion in seine Bestandteile auf. Sofort neigte sich das Fahrzeug nach rechts, und selbst eine schnelle Reaktion und das verzweifelte Gegenlenken konnten nicht verhindern, dass der Wagen nach rechts ausbrach ... genau auf das Eisengeländer zu, das die Promenade vor den die Straße befahrenden Autos schützen sollte. Obwohl die beiden fliehenden Attentäter noch nicht erneut beschleunigt hatten, waren die Masse des großen BMW und die Geschwindigkeit ausreichend, dass der Wagen das Geländer durchbrach und lediglich leicht verlangsamt auf die Promenade fuhr.

Einen Moment lang glaubte Ricardo, der Wagen würde ungebremst die kleine Mauer durchbrechen, welche die Promenade von dem an dieser Stelle senkrechten Fall in den zwei Meter tiefer fließenden Rhein trennte, und einfach in den Fluss stürzen. Mit einem ohrenbetäubenden Krachen und dem schrillen Kreischen von Metall auf Stein durchbrach die Front des Wagens die kleine Mauer ... und blieb schließlich mittig mit dem Rahmen zwischen Vorder- und Hinterrädern aufsetzend auf der Kante hängen. Dabei bewegte er sich leicht kippelnd mit den Hinterrädern immer wieder einige Zentimeter in die Luft, um dann mit ihnen wieder den Boden zu berühren.

Mit aufgerissenen Augen betrachtete Ricardo das Schauspiel des noch immer nicht zur Ruhe gekommenen Wagens. Durch die zerborstene Scheibe auf der Beifahrerseite konnte er erkennen, dass der Fahrer mit dem Kopf auf dem Lenkrad lag. Der Beifahrer, bei dem es sich um den Schützen handeln musste, der das Gewehr auf den Rücksitz gelegt hatte, versuchte verzweifelt, die hintere Beifahrertür aufzubekommen, die sich offensichtlich verklemmt hatte.

Bei jedem Rütteln an der Tür bewegte sich das ganze Fahrzeug, was den Mann schließlich dazu veranlasste, seine Bemühungen einzustellen und stattdessen den Fahrer am rückwärtigen Hemdkragen zu packen und ihn nach hinten in seinen Sitz zu ziehen. Vermutlich wollte er die instabile Lage des Fahrzeuges ein wenig verbessern, indem er mehr Gewicht nach hinten brachte, damit der Wagen nicht doch noch in den Rhein stürzen würde.

Ricardo befand sich nahe genug, um die aufkommende Panik in den Augen des Attentäters erkennen zu können.

Langsam richtete er sich auf und ging mit vorgestreckter Waffe auf das Fahrzeug zu.

Kapitel 45

Bonn-Bad Godesberg, 01. Dezember 1988, 23:35 Uhr

Der Beifahrer sah Ricardo mit aufgerissenen Augen an, als dieser sich langsam dem Fahrzeug näherte.

„Bitte, helfen Sie mir, wir hatten einen Un..." Er stockte, denn in diesem Augenblick schien er die Waffe bemerkt zu haben. Dann richtete sich sein Blick auf Ricardos Gesicht, und dieser konnte das Erkennen in seinen Augen sehen.

„Ich kenne Sie, Sie sind doch Hauptmann Müller", kam sofort danach die nüchterne Feststellung, und Ricardo hörte die Hoffnung in der Stimme des Mannes.

„Mann, mach was, wir sind in Lebensgefahr. Wir sind Mitarbeiter des MfS und in dienstlichem Auftrag hier. Also mach schon, Genosse, bevor diese verdammte Kiste in den Fluss stürzt."

Der Mann klang nun weniger ängstlich, sondern vielmehr verärgert und vor allem sehr fordernd. Alleine das Verfallen in das vertrauliche Du störte Ricardo ungemein.

Er wunderte sich, dass der Typ noch nicht begriffen zu haben schien, dass er es gewesen war, der ihn in diese gefährliche Lage gebracht hatte. Aber er sagte nichts, sondern sah den Mann nur unverwandt an. Er mochte etwa in seinem Alter sein, trug einen modernen westlichen Haarschnitt und sah insgesamt sehr gepflegt aus. Ricardo schaffte es nicht, die in ihm aufkommenden Gedanken zu verhindern.

Ob er verheiratet ist und vielleicht sogar Kinder hat? Aber wie kann man eiskalt auf jemanden schießen, um ihn zu töten? Ich könnte das nicht.

„Steh nicht da rum wie ein Vollidiot, Mann, sondern tu gefälligst was, aber schnell!“, schrie der Mann ihn nun an.

Ricardo schüttelte den Kopf.

„Sie wollten sie einfach abknallen, wie einen räudigen Hund. Was ist das? Macht Ihnen so was Spaß?“

Zuerst blickte der Mann ihn lediglich verblüfft an, bis er schließlich anfing zu lachen, trotz seiner wirklich nicht angenehmen Lage.

„Ich fass es nicht. Haben die dich umgedreht, oder was? Mensch, Genosse, wir stehen auf derselben Seite, hast du das noch nicht kapiert? Sie war eine Verräterin und wollte überlaufen, das wissen wir. Also stell dich nicht so an wegen einer Verräterin. Hilf mir lieber, diese verdammte Tür aufzukriegen.“

„Sie hat den Mörder ihres Vaters getötet, deshalb ist sie noch lange keine Verräterin. Aber ihr musstet ihr ja sofort ein Killerkommando auf den Hals schicken.“

Erstmals schien der Attentäter seine Lage wirklich zu begreifen. Er starrte Ricardo ungläubig an und schüttelte den Kopf.

„Du wagst es nicht, hier untätig zuzusehen, wie wir dem Klassenfeind in die Hände fallen!", zischte er verärgert. „Entweder du hilfst uns sofort oder du siehst deine Familie niemals wieder. Willst du, dass deine Kinder ohne ihren Vater aufwachsen oder sie vielleicht sogar deiner Frau weggenommen und zur Adoption freigegeben werden?"

Offensichtlich war er der Meinung, Ricardo mit Drohungen zu einem Wechsel seiner Haltung bewegen zu können. Aber seine Aussagen machten Ricardo klarer als jemals zuvor, in was für einer Art von Regime er lebte. Seine Gedanken überschlugen sich in dem Versuch, einen Ausweg aus seiner Lage zu finden.

„Verdammt", schrie der Attentäter nun, „ich bin es langsam leid. Tu deine Pflicht zur Rettung deines Landes und hilf uns aus dieser gottverdammten Karre, du Arschloch. Tu was oder du bist erledigt!"

Ricardo wusste nicht, ob es die Wortwahl des Mannes war, aber mit einem Mal wusste er, was zu tun war.

Kapitel 46

Polizeipräsidium Bonn, 02. Dezember 1988, 14:00 Uhr

Hauptkommissar Freddy Ahlefeld fühlte sich unwohl, weil er nicht absehen konnte, welche Wendung diese Abschlussbesprechung nehmen würde. Rudi Gattung hatte ihm weder sagen wollen, wie sein Gespräch mit Oberstaatsanwalt Finke verlaufen war, noch, wie man ihre Berichterstattung von dem Geschehen am Rhein aufgenommen hatte.

Erst als Ellen Zerwas zusammen mit dem restlichen Team und einem Rettungswagen eingetroffen war, hatte er sich um den Verbleib von Ricardo kümmern können. Die Fragen der Kolleginnen und Kollegen hatte er mit einem lapidaren: „Ich weiß es selbst noch nicht", fürs Erste abwehren können. Dann hatte er sich in die Richtung bewegt, in die er Ricardo hatte laufen sehen. Als er schließlich die Stelle erreicht hatte, an der Ricardo stand, hatte er seinen Augen nicht trauen wollen.

„Meine Damen und Herren", riss ihn die Stimme seines Vorgesetzten aus seinen Gedanken, „ich möchte Sie alle recht herzlich zu unserer abschließenden Besprechung begrüßen, bevor der Herr Polizeipräsident,

Oberstaatsanwalt Finke und ich uns der Pressemeute stellen werden. Ich darf Sie alle darauf hinweisen, dass alle Informationen, die Sie heute hier erhalten – und die etwas von unseren öffentlichen Verlautbarungen abweichen werden – als ‚geheim' eingestuft sind und eine Weitergabe an Privatpersonen oder gar Pressevertreter Ermittlungen und empfindliche Bestrafung nach sich ziehen würde. Aber ich bin mir sicher, dass alle Anwesenden sich der Tragweite eines solchen Geheimnisverrates bewusst sind."

Gattung runzelte die Stirn und sah in die Richtung der beiden Vertreter der Nachrichtendienste, neben denen auch der BKA-Mann Sass saß. Der Einzige, der keinen unglücklichen Gesichtsausdruck zur Schau trug, war Schuck vom BfV.

Freddy sah ihm an, dass er am liebsten seinen beiden Nachbarn sehr deutlich gesagt hätte, warum er im Grunde sehr glücklich und außerordentlich zufrieden war. Aber er schien zu wissen, dass seine Verschwiegenheit über die Hintergründe des Geschehens von größter Wichtigkeit war.

„Nun, wie Sie alle bereits wissen, ist der Wagen mit den beiden mutmaßlichen Agenten des MfS noch nicht aufgefunden worden. Die Wasserschutzpolizei und Einheiten des DLRG suchen noch immer den Rhein ab, aber die Strömung ist derzeit ziemlich stark, der Rhein hat leichtes Hochwasser, und es ist schon mal passiert, dass ein in den Rhein gestürztes Fahrzeug durch die Strömung in eine Aushöhlung oder Kavität, wie das die

Fachleute nennen, gerät und dort hängen bleibt. Das hat den Nachteil, dass es von oben nicht mehr zu sehen ist und auch mit Detektoren kaum aufgespürt werden kann. Bis die Suchaktion aufgenommen werden konnte, hat es fast neunzig Minuten gedauert. Der Rhein hat hier in Bonn beim aktuellen Pegelstand aufgrund der Schnee- und Regenfälle der letzten Zeit eine Strömungsgeschwindigkeit von fast sieben Kilometer pro Stunde, weshalb der Suchraum sich zu Beginn der Suche auf knapp über zehn Flusskilometer erstreckt, aber wir hoffen ..."

„Können Sie nicht endlich mal zur Sache kommen?", unterbrach die näselnde Stimme von Dietrich Sass die Ausführungen des Leiters der Mordkommission. „Das ist ja alles unheimlich interessant, so mit Fließgeschwindigkeit und Suchraum, aber das ist nichts, was ich meinem Chef berichten möchte. Was wissen wir über die Hintergründe, wie geht es dieser Rubina Kasmarowa, wer waren die Leute, die auf sie geschossen haben, und so weiter? Ich muss Sie ja wohl nicht darauf hinweisen, dass der Präsident des BKA in Verbindung mit dem Generalbundesanwalt steht und wir immer noch entscheiden müssen, wer die Ermittlungen nun weiter fortführen soll. Vielleicht können Sie uns ja mal die wirklich wesentlichen Fakten berichten."

Freddy merkte seinem Chef Rudi Gattung an, dass er kurz davorstand zu explodieren. Er sah, wie der neben ihm sitzende Bonner Polizeipräsident Kniesel ihm eine

Hand auf den Arm legte und sich dann zu dem BKA-Mann umdrehte.

„Mein lieber Herr Sass, ich darf Ihnen versichern, dass ich heute Morgen mit meinem geschätzten Kollegen und Wanderpartner, BKA-Präsident Heinrich Boge, also Ihrem Chef, telefoniert habe und ihn über die Erkenntnisse ins Bild gesetzt habe. Er hat mir versichert, dass er sich für den Moment ausreichend informiert fühlt, und ich darf Ihnen von ihm ausrichten, dass es noch nicht mal erforderlich sei, dass Sie, Herr Sass, ihm noch Bericht erstatten. Wir bedanken uns für Ihre Anwesenheit, selbst wenn Sie nichts Wesentliches zu den Ermittlungen beisteuern konnten."

Ein Schlag ins Gesicht hätte keine stärkere Wirkung auf Sass haben können. Er saß mit offenem Mund da und starrte in die zum größten Teil grinsenden Gesichter.

Hochmut kommt also tatsächlich vor dem Fall, dachte Freddy und konnte selbst ein Grinsen nicht unterdrücken. Mit großer Befriedigung beobachtete er, wie Sass mit steinerner Miene seine Unterlagen in den mitgeführten Aktenkoffer packte, sich erhob und ohne noch ein Wort zu sprechen den Raum verließ.

Freddy meinte, das eine oder andere Aufatmen zu hören.

„Nun", meldete sich Gattung wieder zu Wort, „nachdem das geklärt ist", man konnte die unterdrückte Zufriedenheit in seiner Stimme hören, „können wir uns ja nun dem Wesentlichen zuwenden. Wo war ich stehen geblieben? Ach ja, die Suchaktion. Wir werden warten müssen, bis die Suchmannschaften einen Erfolg vermelden, dann werden wir wohl mehr über die zwei Männer erfahren, die da vermutlich zu Tode gekommen sind. Alles, was wir bisher wissen, ist, dass unser Kollege Müller aus Ostberlin die beiden Attentäter zu Fuß verfolgt hat, als sie mit einem bisher nicht zuzuordnenden Fahrzeug, vermutlich ein Mietwagen, versuchten zu flüchten. Als das Fahrzeug dann an der Kurve der Straße, nahe der Fußgängerpromenade entlangfuhr, hat er, und ich muss seinen Einfallsreichtum dahingehend bewundern, einen dort liegenden Stein ergriffen und gegen das Fahrzeug geschleudert. Dass der Fahrer daraufhin die Kontrolle verloren hat und durch die Brüstung brach, ist letztendlich tragisch, aber ich muss zugeben, dass ich zwei Auftragskillern nicht wirklich eine Träne nachweine. Somit hat uns der Kollege Müller dankenswerterweise durch sein Eingreifen eine lange und vermutlich wenig erfolgversprechende Fahndung erspart."

Freddy musste sich die Hand vor den Mund halten, damit niemand sein breites Grinsen sehen konnte. Als er gestern bei Ricardo angekommen war, hatte er diesen dabei beobachtet, wie er eine Waffe im hohen Bogen in den Rhein warf. In den folgenden Minuten hatte Ricardo ihm in allen Einzelheiten geschildert, wie er den Wagen zu Fuß verfolgt und schließlich mit Rubinas Waffe auf den Reifen geschossen hatte. Er habe allerdings nicht vorgehabt, dass der Wagen letztendlich im

Rhein landen würde. Gemeinsam hatten sie sich eine Geschichte zurechtgelegt, die Ricardo erzählen sollte, damit nicht weitere Fragen aufkämen und vor allem, damit er keine zusätzlichen Probleme bekäme.

***

In den folgenden Minuten schilderte Gattung, wie die offizielle Sprachregelung gegenüber der Presse sein würde und was wirklich geschehen war.

Offiziell habe Rubina Kasmarowa den Anschlag auf ihr Leben nicht überlebt. In Wahrheit hatte sie überlebt, war unter einer falschen Identität in ein Krankenhaus in Köln gebracht worden und befand sich zwar noch in Lebensgefahr, aber die Ärzte hätten sich sehr zuversichtlich gezeigt.

Offiziell war der Mordfall Erich Rubischke geklärt, allerdings lediglich dahingehend, dass seine Mörderin tot war und das Motiv wohl für immer im Dunkel bleiben würde. Da man aufgrund der Herkunft des Ermordeten aus der DDR die Gerüchte über einen Spionagehintergrund nicht würde unterdrücken können, hatte Oberstaatsanwalt Finke in einem Gespräch mit dem Leiter der Ständigen Vertretung der DDR diesem zwar die wahren Hintergründe geschildert, aber auch eine gemeinsame Sprachregelung gefunden, mit der alle Beteiligten würden leben können.

Bei der getöteten Rubina Kasmarowa habe es sich um eine DDR-Bürgerin gehandelt, die sich als Teil einer Wirtschaftsdelegation in Bonn aufgehalten habe, und bei dem Mord an Erich Rubischke habe es sich um eine Eifersuchtstat gehandelt. Die Tötung der beiden DDR-Bürger im Hotel würde als einer der wenigen ungeklärten gewaltsamen Todesfälle in die Kriminalstatistik eingehen. Die beiden Attentäter in dem noch nicht aufgefundenen Pkw würden, sollten sie denn überhaupt gefunden werden, auch in geeigneter Weise unter den Teppich gekehrt werden.

Allen Beteiligten war klar, dass die wirkliche Rolle des MfS nicht nach außen dringen sollte, damit die Entspannungsbestrebungen zwischen der DDR und der BRD nicht gefährdet würden.

Aber der für Freddy allerwichtigste Punkt war, dass der Vertreter der DDR dem Plan zugestimmt hatte, wie mit Ricardo weiter umgegangen werden würde. Oberstaatsanwalt Finke hatte seinem Gesprächspartner, Botschafter Neubauer, klarmachen können, dass alle Absprachen hinfällig werden würden, sollte die Rolle, die Ricardo in diesem Fall gespielt hatte, zu irgendwelchen Nachteilen für ihn und seine Familie führen. In diesem Fall würde öffentlich gemacht werden, was das MfS in der Bundesrepublik versucht hatte und wie kläglich sie dabei versagt hatten.

Ricardo hatte sich noch vor dieser letzten Besprechung auf den Heimweg gemacht, sofort nachdem die Absprachen zwischen Finke und Neubauer getroffen worden waren. Freddy hatte Ricardo persönlich zum Flughafen Köln-Bonn gebracht, und sie hatten sich wie langjährige Freunde verabschiedet, wohl wissend, dass sie sich vermutlich nie wiedersehen würden.

Es war Freddy tatsächlich schwergefallen, den neu gewonnenen Freund einfach so ziehen zu lassen, und er fragte sich, wie es ihm wohl wirklich in Ostberlin ergehen würde. Aber sie hatten vereinbart, dass sie sich schreiben würden.

Freddy war sich nicht sicher, ob das wirklich funktionieren konnte, aber er hatte es sich zumindest fest vorgenommen.

Epilog

Landeskriminalamt Hannover, 04. November 1994

„Meine Damen und Herren, liebe Kolleginnen und Kollegen, ich freue mich, Sie hier zur 5. Fachtagung für Todesermittlungen begrüßen zu dürfen. Es ist wirklich erfreulich, dass so viele Kolleginnen und Kollegen aus Süddeutschland, aber auch aus Ostdeutschland den Weg hierher gefunden haben, und ich freue mich auf den regen Austausch von Erfahrungen, Vorgehensweisen und Methoden."

Freddy Ahlefeld wurde mit jedem Wort des Tagungsleiters nervöser, obwohl es dafür eigentlich kaum einen Grund gab. Die etwa neunzig Personen in dem Schulungssaal des LKA waren alles Kolleginnen und Kollegen, und grundsätzlich würde er nichts anderes tun, als von seiner täglichen Arbeit zu berichten, aber dennoch war er es eben einfach nicht gewohnt, vor so vielen Menschen zu reden.

„Umso mehr", fuhr der Tagungsleiter gerade fort, „freue ich mich, als unseren ersten Gastredner den Leiter der Mordkommission Bonn bei uns begrüßen zu dürfen, der von einigen spektakulären Fällen der letzten Jahre berichten wird. Ich bin froh, dass er die Zeit gefunden hat, und begrüße recht herzlich ... den Ersten Kriminalhauptkommissar Alfred Ahlefeld!“

Er hatte die Stimme gehoben wie bei der Ankündigung eines Profiboxers, und Freddy hatte mit den Zähnen knirschen müssen, als er hörte, wie er mit seinem richtigen Vornamen angekündigt wurde.

Unter verhaltenem Beifall der Anwesenden trat er hinter dem Vorhang hervor auf die Bühne und ging zum Rednerpult, wo bereits seine Notizen lagen. Dort angekommen, sortierte er die vor ihm liegenden Zettel, räusperte sich ein letztes Mal und begann mit seinem einstudierten Vortrag.

„Liebe Kolleginnen und Kollegen, da wir alle mehr oder weniger erfahrene Todesermittler sind, will ich mich nicht mit langen Vorreden über unseren schweren Beruf, die herausragenden Leistungen und die hervorragende Erfolgsquote aufhalten, sondern sofort ...“

Er wurde von einem deutlich vernehmbaren „Hört, hört“ unterbrochen. Obwohl es schon sechs Jahre her war, erkannte er die Stimme sofort, und auch die Bemerkung „hört, hört“ erinnerte ihn direkt an die Besprechung der Mordkommission, in welcher dem Besitzer der Stimme so viel Feindseligkeit entgegengeschlagen war.

Freddy unterbrach sich mitten im Satz und schirmte seine Augen gegen die auf ihn gerichteten Scheinwerfer ab. Vergeblich versuchte er, den Sprecher zu orten, was ihm aber auf Anhieb nicht gelang. Plötzlich sah er an der äußeren rechten Seite jemanden winken.

Tatsächlich! Ich glaube es ja nicht! Ricardo!

Der Vortrag war vergessen, und zur Überraschung aller Anwesenden stürmte Freddy von der Bühne auf Ricardo zu, der inzwischen aufgestanden war und nun breit grinsend und mit ausgebreiteten Armen auf ihn wartete. Sie fielen sich in die Arme, wie man es bei einem lang vermissten Verwandten tun würde, den man überraschend wiedergefunden hatte.

***

„Drei Pils, bitte!", rief Freddy dem Barkeeper der Hotelbar zu, nachdem er sein inzwischen drittes Bier geleert hatte.

„Mach mal langsam, der Abend ist doch noch lang", wandte Ricardo lachend ein.

„Ach was", wehrte Freddy den Einwand ab, „man lebt nur einmal, und auf diesen Augenblick habe ich so lange gewartet, da muss man es eben halt auch mal krachen lassen."

Er blickte nach rechts, wo auf seiner anderen Seite der Mann saß, von dem er schon so viel gehört hatte, den er aber nun zum ersten Mal traf. Er sah wesentlich jünger aus als die fünfunddreißig Jahre, die er sein sollte. Sein Dackelblick, die weichen Züge und die Pausbacken ließen ihn wie ein etwa Ende zwanzig Jahre altes, harmloses Jüngelchen wirken. Freddy konnte sich vorstellen, dass viele Zeugen oder Verdächtige ihn nicht ganz für voll nahmen und er dadurch sogar mehr aus ihnen herausbekam als die sogenannten „harten Hunde".

„So, jetzt erzähl doch mal, wie es euch ergangen ist", meinte Freddy wieder zu Ricardo gewandt. „Dass Kümmel und du inzwischen bei der Berliner Mordkommission seid, weiß ich ja nun schon, aber wie war das nach deiner Rückkehr in die DDR? Hattest du große Schwierigkeiten? Und wie sieht es mit dir aus, Friedrich?"

Kümmel hatte ihm unmittelbar nach dem Kennenlernen das Du angeboten, wie es bei Ermittlern untereinander üblich war.

Der wand sich ein wenig, nahm noch einen großen Schluck Bier und sagte dann schulterzuckend: „Na ja, eigentlich habe ich noch großes Glück gehabt, dass Ricardo mich im Wesentlichen aus der Sache raushalten konnte. Außerdem hatte die Stasi genau zu der Zeit wirklich andere Sorgen. Die Widerstände in der DDR wurden ja immer massiver, und als dann am 4. September 89 die Montagsdemos begannen, war es eigentlich schon vorbei."

„Aber das waren ja immerhin noch fast zehn Monate, nachdem Ricardo nach Hause gereist ist. Was war denn bis dahin?", fragte Freddy nun wieder an Ricardo gerichtet.

Der lachte kurz und trocken auf.

„Kaltgestellt haben sie mich. Mir ist zwar nichts passiert, aber man hat mir unmissverständlich klargemacht, dass die Staatssicherheit sehr genau über meine Rolle in dieser ganzen Affäre Bescheid wusste, allerdings aus Gründen der Staatsräson nichts ‚Offensichtliches' gegen mich unternehmen würde. Ich durfte meinen Posten in der MUK behalten, wurde aber genauestens überwacht, und man traute mir selbstverständlich nicht mehr."

Er zuckte erneut mit den Schultern, grinste dann aber über beide Backen.

„Also eigentlich nicht viel anders als vorher."

„Und wie seid ihr in der Berliner Mordkommission gelandet?", wollte Freddy schließlich wissen.

„Das wiederum", warf nun Friedrich Kümmel ein, „haben wir wohl der Intervention einer hochrangigen Persönlichkeit aus dem Westen zu verdanken. Als nach der Wiedervereinigung die Polizei des vereinten Berlins aufgestellt wurde, haben die meisten unserer Kollegen lange Überprüfungen über sich ergehen lassen müssen, bevor sie – wenn überhaupt – wieder in den Polizeidienst, diesmal in den der Bundesrepublik Deutschland, aufgenommen wurden. Bei uns beiden ging das ganz fix."

„Das kann nur Oberstaatsanwalt Finke oder der inzwischen zum Abteilungsleiter beim BfV aufgestiegene Schuck gewesen sein", stellte Freddy nach einigem Überlegen fest.

Ricardo nickte lächelnd.

„So was habe ich mir schon gedacht, aber letztendlich ist es ja auch egal. Hauptsache, wir können weiter in unserem Beruf arbeiten und das machen, was wir am besten können."

„Darauf trinke ich!“ Freddy hatte sein Glas erhoben und leerte es danach in einem Zug.

„Weißt du, worüber ich mich am meisten amüsiere?“, fragte Ricardo nach einer kurzen Zeit, in der keiner so recht zu wissen schien, wie man das Gespräch weiterführen sollte.

„Nein.“

„Dass ich den Eindruck bekommen habe, dass die Behörden der BRD bis heute noch nicht genau wissen, was die Stasi alles wusste. Sie rennen noch immer den Akten hinterher, versuchen, ehemalige Agentenführer zu verurteilen und ehemalige Spione zu enttarnen. Als würde das jetzt noch was bringen. Und das vier Jahre nach der Wiedervereinigung, pah!“

Freddy runzelte die Stirn. Trotz der bereits vier Bier war er noch klar genug, um zu erkennen, dass Ricardo damit eine bestimmte Aussage einleiten wollte.

„Was meinst du genau? Wie sollten sie denn deiner Meinung nach stattdessen vorgehen?“

Ricardo schien einen Moment lang zu überlegen, ob er sagen sollte, was gerade in seinem Kopf vorging. Schließlich gab er sich einen Ruck.

„Ich sage mal voraus, dass die ganzen Verfahren gegen ehemalige Führungsoffiziere früher oder später eingestellt werden und eine Generalamnestie erlassen wird. Schau nicht so missbilligend, mein Freund, aber es tut dem neuen und wiedervereinigten Land nicht gut, wenn in der Art der Siegermentalität mit den Staatsorganen des assimilierten Landes umgegangen wird – ob dir das gefällt oder nicht. Im Übrigen erfahren die Behörden so auf keinen Fall das, was sie gerne wissen würden."

„Und das wäre?"

„Wie viel die Stasi tatsächlich wusste und auf welch dünnem Eis sich die alte BRD bewegt hat."

„Was meinst du?"

„Erinnerst du dich an die kleine Geschichte, die ich damals Schuck in diesem Café erzählt habe? Über den Agenten im BfV, zu dessen weiterer Tarnung man Tiedge als den Superspion dargestellt hatte?"

„Selbstverständlich. Und ich habe mitbekommen, dass er sich nach der Wiedervereinigung gestellt hat. Aber was meinst du noch?"

Wieder lachte Ricardo kurz und trocken auf. Freddy ahnte, dass er ihm gleich eine noch unglaublichere Geschichte erzählen würde.

„Siehst du, das war nur eine von vielen Dingen, in denen die damalige BRD die DDR so wahnsinnig unterschätzt hat und die sie sicherlich schon längst hätten erfahren können, wenn sie anders mit den Stasi-Leuten umgehen würden. Ich habe in den vergangenen vier Jahren von ehemaligen Stasi-Mitarbeitern so viele Interna erfahren, dass ich ein Buch darüber schreiben könnte ... und das Meiste davon ist den bundesdeutschen Nachrichtendiensten bis heute nicht bekannt."

„Was zum Beispiel?", hakte Freddy nach, der inzwischen ziemlich neugierig geworden war.

„Was weißt du über die Geld-Ersatz-Reserven der Bundesrepublik?“, fragte Ricardo, und Freddy entging nicht der leicht anzügliche Blick seines Freundes.

„Äh ... ehrlich gesagt höre ich diesen Begriff zum ersten Mal.“

„Siehst du! Und damit befindest du dich in guter Gesellschaft, denn die gesamte Bundesrepublik weiß bis heute nichts darüber. Es ist eines der bestgehüteten Geheimnisse, dass zur Zeit des Kalten Krieges die Bundesbank einen Bunker angelegt hat, in dem sie fünfzehn Milliarden DM als Ersatzwährung für den Krisenfall gelagert wurden, falls es zu einer Überschwemmung der BRD mit Falschgeld kommen sollte. Das hätte das Land destabilisiert, und dem wollte man entgegenwirken. Nach meinen Informationen liegt dieses Geld noch heute dort, und kaum jemand weiß davon.“

Freddy schnaubte ungläubig. „Aber du, was?“

„Ja, ich! Ich habe davon durch einen ehemaligen Mitarbeiter der Stasi gehört, der es mir eines Abends in einer Kneipe anvertraut hat. Weißt du, die alten Kameraden haben nach der Auflösung ihrer Firma und ohne Aussicht auf einen ähnlich tollen Job aus Frust zum Teil sehr viel getrunken. Und so habe ich von einigen die absurdesten Staatsgeheimnisse der alten Bundesrepublik erfahren, die der Stasi alle bekannt waren. Aber die neue Bundesrepublik hält diese Dinge bis heute geheim, und die Bevölkerung weiß noch immer nichts davon.“

Freddy konnte nicht glauben, was er da hörte. „Und wo soll das sein?“

Wieder lachte Ricardo. „Wie ich dich einschätze, wirst du es nicht lassen können und recherchieren, aber warum eigentlich nicht? Sicherlich wirst du niemandem davon erzählen, sonst müsstest du ja sagen, von wem du es erfahren hast. Also, wenn du es genau wissen willst: Die fünfzehn Milliarden DM in einem abgewandelten Druck der derzeitigen Währung liegen in einem Bunker unter dem ‚Erholungsheim der Bundesbank' ... und das ist in Cochem an der Mosel, also gar nicht so weit weg von deiner Heimat."

Freddy starrte Ricardo fassungslos an. Er war sich sicher, den Mann so weit zu kennen, dass er ihm nicht zutraute, ihm völligen Blödsinn aufzutischen. Außerdem war es nicht die Art von Scherzen, die Ricardo mit ihm treiben würde. Aber er wusste nicht, was er auf diese Offenbarung entgegnen sollte oder wie er in der Zukunft damit umgehen würde. Natürlich würde er der Sache nachgehen ... vorsichtig und ohne Aufsehen zu erregen. Aber für den Moment war es einfach zu viel Input in einer Situation, in der er diesen weder verarbeiten konnte noch wollte.

„Ach was", sagte er schließlich und signalisierte dem Barkeeper mit drei hochgehaltenen Fingern, die nächste Runde zu bringen, „ist ja auch egal. Wahrscheinlich hast du mit allem recht, was du gesagt hast, aber das ist nicht unser Bier. Wir ermitteln in Todesfällen und bringen ganz gewöhnliche Verbrecher zur Strecke. Mit Politik will ich lieber nichts zu tun haben, das ist ein zu dreckiges Geschäft."

Er registrierte das zustimmende Nicken sowohl von Ricardo als auch von Friedrich Kümmel. Als der Barkeeper die drei Biere vor ihnen platziert hatte, ergriff er sein Glas, hielt es hoch und sprach einen Toast: „Meine Freunde aus der Zone, lasst uns darauf trinken, das zusammenwächst, was zusammengehört. Prost!“

„Prost!“

„Prost!“

Aber noch während er trank, sah er das mitleidige Lächeln von Ricardo und den zweifelnden Ausdruck in Kümmels Gesicht.

Ach was, dachte er, *lass sie doch zweifeln. Ich glaube daran.*

Nachwort

Der vorliegende Roman schildert, erstmals seit Beginn meiner Schriftstellerkarriere, zahlreiche Vorgänge, die ich genau so oder zumindest in ähnlicher Form in der Zeit meiner Tätigkeit als Ermittler in der Abteilung Staatsschutz des BKA (Spionageermittlungen) erlebt habe. Natürlich habe ich die Namen (außer bei Personen der Zeitgeschichte) verändert, aber viele der teilweise unglaublich erscheinenden Schilderungen entsprechen tatsächlich der Wahrheit.

In dieser Zeit durfte ich recht oft in persönlichen Gesprächen und Vernehmungen meine Erfahrungen mit den Mitarbeitern und Mitarbeiterinnen von BfV, BND, MAD und auch vom ehemaligen MfS der DDR machen ... und nicht alle waren erquickend und von freundlicher Kooperation geprägt. Mehrere der im Roman geschilderten Typen habe ich einige Male in exakt dieser Art erleben müssen ... was nicht heißen soll, dass ALLE Mitarbeiter*innen der genannten Behörden sich so verhielten. Nein, es war eher die Ausnahme, aber manchmal eben doch auch so vorgekommen wie im Roman geschildert.

Auch viele der im Buch geäußerten und oft irrigen Ansichten bundesdeutscher Ermittler über die DDR und Zweifel an der Effektivität des MfS waren damals sehr verbreitet, und teilweise habe ich diese – zumindest eine gewisse Zeit lang – selbst geteilt ... leider.

Das musste ich Anfang der Neunzigerjahre am eigenen Leib erfahren, als ich eine ehemalige Frau Hauptmann des MfS aus der HA III („Horch und Guck") in anderer Sache vernehmen sollte. Sie begrüßte mich an ihrer Wohnungstür mit den Worten: „Oh, Herr Aurass vom BKA, das ist ja toll, dass ich Sie noch mal persönlich kennenlernen darf. Was haben wir bei Ihren Telefonaten immer gelacht!"

Eine Bemerkung, die mir den Boden unter den Füßen wegzog und mir gleichzeitig klarmachte, dass vom MfS tatsächlich fast alle unsere Telefonate, die wir vom Büro aus geführt hatten – egal ob dienstlich oder privat – mitgehört worden waren. Das war wirklich keine sehr beruhigende Vorstellung.

Frau Hauptmann fand das alles sehr lustig ... ich allerdings weniger.

In vielen Vernehmungen, sowohl von Spionen für die DDR als auch von Offizieren des MfS, habe ich diese Menschen kennengelernt und feststellen müssen, dass die Vorstellung von „James Bond"-gleichen Agenten und Spionen geradezu lächerlich war.

Und ja, es gab tatsächlich „Killerkommandos", die im Auftrag der Stasi Menschen in der Bundesrepublik getötet haben, aber nicht so oft, wie mancher sich das vorstellt oder teilweise sogar behauptet hat.

Eines kann ich im Nachhinein allerdings feststellen: Wir im Westen haben, in der uns leider oft eigenen Überheblichkeit, die Fähigkeiten dieses Geheimdienstes maßlos unterschätzt. Wer, wie ich, in einem demokratischen und freien Land geboren und aufgewachsen ist, konnte sich das tatsächliche Leben in einem totalitären Staat eben einfach nicht richtig vorstellen.

Aber hinterher ist man ja bekanntlich immer schlauer.

Viele der im Roman geschilderten Vorgänge bedürfen vielleicht noch einiger zusätzlicher Erklärungen, die ein wenig Licht ins Dunkel bringen.

Ein wirklich gutes Beispiel dafür ist, was es mit dem von Ricardo genannten ominösen Spion im BfV auf sich hat, der die Informationen geliefert hatte, die dem in die DDR geflüchteten BfV-Mitarbeiter Tiedge zur Verdeckung der wahren Begebenheiten zugeschrieben worden waren.

Deshalb hier die Tatsachen:

Nach der Wiedervereinigung stellte sich Oberamtsrat Klaus Kuron den bundesdeutschen Behörden. Er war Leiter des Referates im BfV, das sich mit Gegenspionage beschäftigte und in dem unter anderem die Doppelagenten geführt wurden. Er war ein Untergebener von Tiedge, und nachdem er sich gestellt hatte, gestand er, seit 1982 für die HVA (Hauptverwaltung Aufklärung des MfS) gearbeitet zu haben. Er hatte sich selbst aus finanziellen Gründen dem MfS angeboten und in einem persönlichen Gespräch mit Markus „Mischa“ Wolf (der in dem vorliegenden Roman ja auch eine kleine Rolle spielt) eine Entlohnung von einmalig 150.000 DM und 4.000 DM monatlich vereinbart. Im Laufe der Jahre erhielt Kuron von der DDR insgesamt etwa 700.000 DM. Er verriet unter anderem die Namen von Doppelagenten, also Spionen der DDR, die eigentlich für das MfS arbeiten sollten, aber vom BfV umgedreht worden waren.

Als 1985 sein Vorgesetzter Hansjoachim Tiedge aus völlig anderen Gründen in die DDR floh, wurden die verratenen Informationen Tiedge zugeschrieben, und die DDR konnte zahlreiche Verhaftungen durchführen, ohne ihre eigentliche Quelle, also Kuron, zu gefährden.

Am 07.02.1992 wurde Kuron vom OLG Düsseldorf wegen schweren Landesverrats zu zwölf Jahren Freiheitsstrafe verurteilt. Nach Verbüßung von zwei Dritteln seiner Strafe wurde er 1998 auf Bewährung entlassen und starb 2020 in Pulheim bei Köln.

Auch die am Ende des Romans genannten Informationen zum Bunker in Cochem an der Mosel und der dort gelagerten Ersatzwährung für den möglichen Krisenfall während des Kalten Krieges entsprechen den Tatsachen, obwohl das ein lange gehütetes Geheimnis der bundesdeutschen Behörden war, das erst vor wenigen Jahren publik wurde.

Dennoch würde ich diesen Roman nicht als Tatsachenroman beschreiben. Es ist einfach eine fiktive Geschichte, in der ich aber viele meiner Erfahrungen einbringen und verarbeiten konnte. Es war mir auch ein Bedürfnis, mit manchen Vorurteilen aufzuräumen. Ich möchte diese Zeit meiner Ermittlungstätigkeit um nichts in der Welt missen und denke oft und gerne daran zurück, denn sie zählte zu den interessantesten Erfahrungen, die ich in meinem Berufsleben machen durfte. Außerdem habe ich in dieser Zeit gelernt, wie gefährlich es ist, wenn man mit Hochmut und Überheblichkeit Urteile über andere Menschen fällt, ohne deren Geschichte, Lebensumstände und ihren Hintergrund überhaupt zu kennen. Ich bin froh, sagen zu können, dass ich viele Freunde in der ehemaligen DDR gefunden habe, und das teilweise an Orten, wo ich es nie erwartet hätte.

Mein Dank gilt all den Kollegen aus West und Ost, die mich auf diesem interessanten Weg begleitet und davor bewahrt haben, einer dieser unsäglichen „Besser-Wessis“ zu werden.

EKHK a. D. Dieter Aurass

Personen der Zeitgeschichte …

… die in diesem Roman eine Rolle spielen und tatsächlich zur Spielzeit der Geschichte in den genannten Positionen tätig waren:

Michael Kniesel (Polizeipräsident Bonn)
* 1945, war von 1988 bis 1993 Polizeipräsident in der damaligen Bundeshauptstadt Bonn.

Heinrich Boge (BKA-Präsident)
* 6. März 1929 in Osnabrück; † 13. Mai 2020 in Hannover

Boge war von April 1981 bis März 1990 Präsident des Bundeskriminalamtes und der Amtsnachfolger von Horst Herold, der das BKA in die technologische Zukunft geführt hatte und entscheidend bei der Einführung von Computern und Fahndungsprogrammen bei der Polizei mitgewirkt hatte.

Boge war für seine Sportlichkeit bekannt, teilweise sehr zum Leidwesen seiner Beschützer, die körperlich sehr fit sein mussten, um bei Boges Wandertouren oder beim Skifahren mithalten zu können.

Botschafter Horst Neubauer
*06. Juli 1936 in Pockau
Er war von Juni 1988 bis 1990 der letzte Leiter der ständigen Vertretung der DDR in Bonn. Im Sprachgebrauch der DDR wurde der langjährige Diplomat mit Botschaftsaufgaben u. a. in Moskau und Warschau immer als Botschafter bezeichnet, im Sprachgebrauch der Bundesrepublik Deutschland allerdings – wie im Buch beschrieben – „nur" als Leiter der Ständigen Vertretung.

Markus ‚Mischa' Wolf (ehem. Leiter der HVA)
*19. Januar 1923 in Hechingen, † 09. November 2006 in Berlin
Bereits mit neunundzwanzig Jahren wurde er Chef eines weltweiten Agentennetzes mit 4600 hauptamtlichen Mitarbeitern, über 10.000 inoffiziellen Mitarbeitern und 1500 Spionen in der Bundesrepublik Deutschland, darunter rund fünfzig Spitzenquellen.

Er wurde Leiter der Hauptverwaltung Aufklärung (HVA), zum Generalmajor befördert und war als Spionagechef auch erster Stellvertreter des Ministers für Staatssicherheit, zunächst unter Ernst Wollweber, dann unter Erich Mielke.

Da es im Westen seit den 1950er-Jahren kein aktuelles Foto von Wolf gegeben hatte, bekam er den Beinamen „Mann ohne Gesicht".

Erst 1979 wurde er von einem Überläufer auf einem Foto aus Stockholm als „Mischa" Wolf identifiziert.

1986 überwarf er sich wegen verschiedener Frauengeschichten mit seinem Chef Erich Mielke und schied aus dem MfS aus. Sein Nachfolger wurde Werner Großmann (siehe unten).

Wolf war zeitlebens eine schillernde Figur und hatte ein Charisma, dem man sich nur schwer entziehen konnte, wie ich bei einem persönlichen Zusammentreffen selbst feststellen durfte.

Generalmajor Horst Männchen (Leiter der HA III)
*3. Juni 1935 in Berggießhübel; † 12. Januar 2008 in Berlin
Männchen war Leiter der Hauptabteilung III (Funkaufklärung/Funkabwehr) im Ministerium für Staatssicherheit (MfS). Dazu zählte auch die Überwachung des Telefonverkehrs vieler westlicher Sicherheitsbehörden.

Es entspricht den Tatsachen, dass er seine Leitungsfunktion der im Volksmund „Abteilung Horch und Guck" genannten Einheit seinem Freund Werner Großmann (siehe unten) zu verdanken hat, der sich 1963 für ihn einsetzte, nachdem Männchen betrunken einen schweren Autounfall verursacht hatte und ihm die Entlassung drohte.

Unmittelbar nach der Wende, also noch vor der Wiedervereinigung, wurde Männchen dann schließlich doch vom MfS entlassen. Er hatte sich nach der friedlichen Revolution in der DDR dem bundesdeutschen Verfassungsschutz umfassend offenbart und dabei auch Quellen enttarnt.

Generalmajor Werner Großmann (Leiter der HVA)
*09. März 1929 in Oberebenheit (Sachsen); † 28. Januar 2022 in Berlin
Großmann war der Nachfolger von Markus Wolf und Leiter der HVA von 1986 bis 1990.

Großmann wurde 1990 aus dem MfS entlassen. Am 3. Oktober 1990 (das war der Tag, als die Ermittlungsbeamten vieler bundesdeutscher Behörden wie die Heuschrecken in die „neuen Bundesländer" des wiedervereinten Deutschland einfielen) wurde er verhaftet, kam in Untersuchungshaft und erhielt eine Anklage wegen geheimdienstlicher Agententätigkeit und Landesverrats. Am 15. Mai 1995 nahm der Generalbundesanwalt die Klage zurück und stellte das Verfahren ein.

Hansjoachim Tiedge
* 24. Juni 1937 in Berlin; † 6. April 2011 nahe Moskau
Der Regierungsdirektor (Volljurist) und Referatsgruppenleiter IV B des BfV setzte sich am 19. August 1985 in die DDR ab, was für viele Jahre als die größte Schlappe in der Geschichte des Verfassungsschutzes empfunden wurde.

Der Fall Tiedge, den wir in den Ermittlungsbehörden oft nur „den dicken Tiedge" nannten, wurde lange als der schlimmste vorstellbare Spionagefall gesehen.

Erst viele Jahre später wurde offenbar, dass Tiedge lediglich aus privaten Gründen in die DDR geflohen war, unter anderem wahrscheinlich auch wegen des möglicherweise von ihm verursachten Todes seiner Ehefrau.

Aber das MfS baute ihn als „Held des Volkes“ auf, um den eigentlichen Spion im BfV, Klaus Kuron (siehe unten), zu schützen.

Tiedges ehemaliger Chef Heribert Hellenbroich, der gerade zum Präsidenten des BND ernannt worden war, musste zurücktreten und wurde in den vorzeitigen Ruhestand versetzt. Hellenbroich waren die Alkoholprobleme und Schulden Tiedges bekannt gewesen, aber er hatte ihn trotzdem in seiner Position belassen.

Tiedge lebte in der DDR bis zur Wende als „gefeierter Held“. Als jedoch die Wiedervereinigung bevorstand, flüchtete Tiedge erneut und wurde am 23. August 1990 vom KGB in die Sowjetunion ausgeflogen, wo er bis zu seinem Tod in der Nähe von Moskau lebte.

Klaus Kuron

*20. Mai 1936 in Recklinghausen; † 8. Oktober 2020 in Pulheim

Kuron war Mitarbeiter des BfV im Rang eines Referatsleiters und Untergebener von Hansjoachim Tiedge (siehe oben).

Seine Aufgabe lag vor allem darin, die Operationen des MfS gegen Parteien, oberste Bundesbehörden und Gewerkschaften aufzuklären. Außerdem war er zuständig für die Führung der Doppelagenten, die mit Wissen des BfV weiterhin ihrer Tätigkeit in der DDR nachgingen (sogenannte Countermen).

1981 wandte er sich schriftlich an die Ständige Vertretung der DDR in Bonn und bot sich als Spion an. Es dauerte fast ein Jahr, geprägt von ständigem, vorsichtigem Abtasten, bis es zu einem persönlichen Treffen mit Markus Wolf (siehe oben) in Dresden kam, wohin er nach einem Treffen in Wien gereist war. In Wien war ihm ein DDR-Diplomatenpass für die Einreise in die DDR übergeben worden.

Er verlangte und erhielt vom MfS eine Einmalzahlung von 150.000 DM sowie 4.000 DM monatlich im Gegenzug für seine Informationen.

Bis zur Wende erhielt er insgesamt etwa 700.000 DM für seine Spionagetätigkeit. Einen Tag nach der Wiedervereinigung erfuhr er im BfV, dass ein hochrangiger Mitarbeiter des MfS, von dem er wusste, dass der seine Identität kannte, auspacken wollte. Sein Plan, diesen Mitarbeiter in Berlin zu erschießen, scheiterte daran, dass er seinen Aufenthaltsort nicht ausfindig machen konnte.

Am 8. Oktober 1990 stellte er sich deshalb dem BfV und bot an, für sie als Doppelagent beim KGB zu arbeiten, was das BfV jedoch „*dankend*" ablehnte.

1992 verurteilte ihn das Oberlandesgericht Düsseldorf wegen schweren Landesverrats zu zwölf Jahren Freiheitsstrafe.

Danksagung

Ein Buch darf nicht enden, ohne dass man den vielen Helferinnen und Helfern gedankt hat, die zur Entstehung und der letztendlichen Umsetzung beigetragen haben.

An erster Stelle möchte ich den CW Niemeyer Buchverlagen danken, die dieses neuerliche Wagnis mit mir eingegangen sind. Vielen Dank dafür.

Selbstverständlich dürfen die Agentur Brauer und meine dort tätige Agentin Christine Härle nicht vergessen werden, die mir seit Beginn meiner schriftstellerischen Tätigkeit vor inzwischen sieben Jahren mit Rat und Tat zur Seite stehen.

Sie, Christine Härle, war es auch, die mich auf die Idee brachte, einen deutsch-deutschen Kriminalroman zu schreiben und dabei auf meine vielfältigen Erinnerungen und persönlichen Erfahrungen aus dieser Zeit zurückzugreifen.

Vielen, vielen Dank. Ich weiß, dass ich ohne meine Agentur auf verlorenem Posten stände.

Kein Autor kann auf Probeleser verzichten, die teilweise schon zu einem frühen Stadium des Manuskriptes ihre Einschätzung abgeben und einen ehrlichen Eindruck (wenn es gute Probeleser wie bei mir sind) dazu schildern, ob der Plot, die Story und vielleicht sogar nur der Einstieg in den Roman gelungen sind, sie gepackt haben oder vielleicht doch noch Schwächen aufweisen.

Hier sind meine liebe Frau Ellen, Rainer Gattung, Jürgen Schuck, Elmar Bretz und Frank Schäfer zu nennen. Auch euch möchte ich meinen Dank aussprechen, verbunden mit der Hoffnung, dass ihr mir auch in Zukunft noch eine so tolle Unterstützung zukommen lasst.

Aufmerksame Leser*innen werden nun vielleicht gemerkt haben, dass ich so frei war, einige dieser Namen auch im vorliegenden Roman zu verewigen (eigentlich wollte ich schreiben: „ihnen zu ewigem Ruhm zu verhelfen“, aber das erschien mir dann doch ein wenig zu großspurig :-))

Dieter Aurass
Im Mai 2021
(mitten in der Pandemie)

Im Verlag CW Niemeyer bereits erschienen ...

Töte ich Menschen, ohne mich daran zu erinnern?

Diese Frage stellt sich der 20-jährige Paul. In ihm existieren zwei unterschiedliche Persönlichkeiten, die – bis auf wenige Ausnahmen – nichts voneinander wissen. Ein Hannoverscher Bestsellerautor wird abends vor seinem Haus von einer unbekannten Gestalt getötet. Paul befürchtet, der Täter zu sein, kann sich jedoch an nichts erinnern. Kurz darauf beginnt der renommierte Psychiater Dr. Mark Seifert eine heimliche Affäre mit Pauls Mutter, bringt damit eine tödliche Kaskade ins Rollen. Es gibt ein altes, düsteres Geheimnis, dessen Aufdeckung einige Personen in Pauls Umfeld um jeden Preis verhindern wollen. Die verstörende Wahrheit kostet mehrere Menschenleben. Gelingt es Mark Seifert, die Hintergründe der Tötungsserie aufzudecken, bevor der Täter ein weiteres Mal zuschlägt?

Thorsten Sueße. Hannover sehen und sterben

512 Seiten. Klappenbroschur. ISBN 978-3-8271-9508-1
E-Book 9978-3-8271-8565-5 (Pdf)
978-3-8271-8364-4 (Epub)

Im Verlag CW Niemeyer bereits erschienen ...

Ein Messer voll Blut. Ein Geist im Wasser. Aber: keine Leiche?
Wat 'n Moordsspaaß, Neuharlingersiel ...
Bei Wikingerausgrabungen wird ein Meuchelwerkzeug entdeckt. Nichts Außergewöhnliches? Doch, denn die rostige Klinge steckte erst kürzlich in ihrem Opfer. Ob Mensch oder Tier kann nur Rechtsmediziner Enno klären. Aber diese besonderen Umstände rufen sofort die legendäre Oma Pusch auf den Plan. Sie weiß: Das Böse schläft nie! Es muss stets von Neuem überlistet werden. Und während sie längst mit ihrer Freundin Rita ermittelt, glaubt manch einer noch an Spuk, denn es gibt weder einen Toten, noch einen Vermissten. Ja, es ist diesmal tatsächlich zum Haare raufen ...
... doch wer zuletzt lacht, lacht am besten!

Nané Lénard. FriesenWitz
432 Seiten. Klappenbroschur. ISBN 978-3-8271-9377-3
E-Book 978-3-8271-8630-0 (Pdf)
978-3-8271-8422-1 (Epub)

#niemeyerbuch

Jetzt kein Buch mehr verpassen

Im Verlag CW Niemeyer bereits erschienen ...

Ausgerechnet Hannover! Schlimmer hätte es für die Kölner Hauptkommissarin Williamson kaum kommen können. Ein Neustart in der niedersächsischen Landeshauptstadt ist so gar nicht nach dem Geschmack der rheinischen Urgewalt. Aber wat sollet? Da muss sie mit ihrer Familie halt durch!
Noch völlig hilflos in der norddeutschen Fremde führt sie ihr erster Fall an das Ufer des Maschsees – der Karnevalsprinz von Hannover wurde mausetot im See gefunden. Zusammen mit ihrer jungen Kollegin Elena Grifo und dem unbeliebten Mitarbeiter Sascha Cohen stößt sie immer tiefer in der hannoverschen Gesellschaft auf eine Mischung aus Schweigen, Verzweiflung und Hass. Ihr ganzer Spürsinn und ihre Erfahrung sind gefordert, um den wahren Zusammenhängen hinter der Fassade einer heilen Welt näherzukommen.
Da taucht eine weitere Leiche auf …

Susanne Schieble. Hannover Helau
448 Seiten. Klappenbroschur. ISBN 978-3-8271-9380-3
E-Book 978-3-8271-8627-0 (Pdf)
978-3-8271-8419-1 (Epub)

#niemeyerbuch

Jetzt kein Buch mehr verpassen

Im Verlag CW Niemeyer bereits erschienen ...

… aus heimlichen Schatten schreit Vergangenheit ihre Wahrheit ins Licht …
Ein böses Zeichen aus Blut wurde auf einen Sarkophag geschmiert. Wurde der Mann zum Opfer, weil er Afrikaner ist? Und ist es Zufall, dass im benachbarten Völkerkundemuseum gerade eine Ausstellung zur deutschen Kolonialgeschichte in Afrika gezeigt wird? Sicher scheint nur, dass sich der Ermordete am Tag zuvor mit einem Urlaubsflirt getroffen hat, was eine unheilvolle Dynamik in Gang setzte. Kommissar Neven Rohlfing und Kommissarin Sabrina Eisele ermitteln zwischen Eifersucht, Rassismus und der Vergangenheit, bis das BKA übernimmt und Neven Rohlfing suspendiert wird. Während es zum Showdown zwischen Rohlfing und seiner Chefin kommt, erhält ein Artefakt aus der Kolonialzeit eine immer größere Bedeutung.

Jochen Bender. SchwabenSchatten
384 Seiten. Klappenbroschur. ISBN 978-3-8271-9373-5
E-Book 978-3-8271-8634-8 (Pdf)
978-3-8271-8426-9 (Epub)

#niemeyerbuch

Jetzt <u>kein</u> Buch mehr verpassen